A FÚRIA

OBRAS DO AUTOR PUBLICADAS PELA EDITORA RECORD

A fúria
A paciente silenciosa
As musas

ALEX MICHAELIDES
A FÚRIA

Tradução
Adriano Scandolara

3ª edição

EDITORA RECORD
RIO DE JANEIRO • SÃO PAULO
2025

CIP-BRASIL. CATALOGAÇÃO NA PUBLICAÇÃO
SINDICATO NACIONAL DOS EDITORES DE LIVROS, RJ

M569f Michaelides, Alex
3. ed.   A fúria / Alex Michaelides ; tradução Adriano Scandolara. - 3. ed. -
           Rio de Janeiro : Record, 2025.

           Tradução de: The fury
           ISBN 978-85-0192-000-3

           1. Ficção cipriota. I. Scandolara, Adriano. II. Título.

                           CDD: 894.33
23-87476   CDU: 82-3(564.3)

Meri Gleice Rodrigues de Souza - Bibliotecária - CRB-7/6439

TÍTULO EM INGLÊS:
The Fury

Copyright © Alex Michaelides, 2024

Proibida a venda em Portugal.

Texto revisado segundo o Acordo Ortográfico da Língua Portuguesa de 1990.

Todos os direitos reservados. Proibida a reprodução, no todo ou em parte, através de quaisquer meios. Os direitos morais do autor foram assegurados.

Direitos exclusivos de publicação em língua portuguesa somente para o Brasil adquiridos pela
EDITORA RECORD LTDA.
Rua Argentina, 171 – Rio de Janeiro, RJ – 20921-380 – Tel.: (21) 2585-2000, que se reserva a propriedade literária desta tradução.

Impresso no Brasil

ISBN 978-85-01-92000-3

Seja um leitor preferencial Record.
Cadastre-se no site www.record.com.br
e receba informações sobre nossos
lançamentos e nossas promoções.

Atendimento e venda direta ao leitor:
sac@record.com.br

para Uma

ἦθος ἀνθρώπῳ δαίμων
Caráter é destino

— Heráclito

Prólogo

Nunca comece um livro descrevendo o clima.

Quem foi que disse isso mesmo? Não me lembro — algum escritor famoso, imagino.

Quem quer que tenha sido, tinha razão. Descrições climáticas são entediantes. Ninguém quer ler sobre o tempo, principalmente na Inglaterra, onde já não se aguenta mais esse assunto. As pessoas querem ler sobre *outras pessoas* — e, até onde sei, elas pulam os parágrafos descritivos.

Evitar falar do clima é um ótimo conselho, mas um que não vou seguir agora, por minha conta e risco. Uma exceção para comprovar a regra, espero. Não se preocupe, minha história não se passa na Inglaterra, por isso não vou falar de chuva aqui. É algo que nunca faço — livro nenhum, em tempo algum, deveria começar com chuva. Sem exceção.

Vou falar do vento. Aquele que sopra serpenteando pelas ilhas gregas. O selvagem e imprevisível vento grego. Do tipo capaz de levar à loucura.

O vento estava violento naquela noite — a noite do crime. Estava feroz, furioso, açoitando árvores, devastando trilhas, sibilando, pranteando, arrebanhando os demais sons e disparando a toda com eles.

Leo estava ao ar livre quando ouviu os tiros. De quatro, vomitava na horta atrás da casa. Não estava bêbado, só chapado. (*Mea culpa*, admito. Leo nunca havia puxado fumo; eu não deveria ter oferecido.) Depois de uma experiência inicial semieufórica — que aparentemente incluiu uma visão sobrenatural —, ele ficou enjoado e botou os bofes para fora.

Naquele exato instante, o vento soprou mais forte na direção dele — carregando o som diretamente a seus ouvidos: *pou, pou, pou*. Três tiros, um seguido do outro.

Leo se pôs de pé. Com alguma dificuldade, enfrentou o vendaval rumo aos disparos — afastando-se da casa, seguindo pela trilha, atravessando o olival, rumo às ruínas.

E lá, na clareira, estendido no chão... havia um corpo.

O corpo jazia numa poça de sangue que se espalhava, cercado pelo semicírculo de colunas de mármore em ruínas que o encobriam parcialmente com sombra. Leo se aproximou com cautela, tentando ver quem era. Então cambaleou para trás, no rosto uma expressão de horror, abrindo a boca para gritar.

Cheguei nessa hora, assim como os outros — a tempo de ouvir o início do uivo de Leo, antes que o vento arrancasse o som de sua boca e disparasse, sumindo com ele na escuridão.

Ficamos todos imóveis por um segundo, em silêncio. Foi um instante terrível, aterrador — como a cena culminante de uma tragédia grega.

Mas a tragédia não terminou ali.

Aquilo foi só o começo.

ATO I

Esta é a história mais triste que já ouvi.

— Ford Madox Ford, *O bom soldado*

1

Esta é uma história de assassinato.

Ou talvez não seja bem assim. No fundo, é uma história de amor, não é? O tipo de história de amor mais triste que existe — sobre o fim do amor, a morte do amor.

Então acho que acertei de primeira.

Você pode até achar que conhece esta história. Provavelmente leu sobre ela na época — os jornais adoraram, se você bem se lembra: "A ILHA DO ASSASSINATO" foi uma manchete recorrente. O que não é nenhuma surpresa, na verdade, pois tinha os ingredientes perfeitos para a imprensa fazer a festa: uma estrela de cinema reclusa, uma ilha grega particular isolada pelo vento... e, obviamente, um crime.

Muita bobagem foi escrita sobre aquela noite. Todo tipo de teoria maluca e descabida sobre o que pode ou não ter acontecido. Evitei todas elas. Não tinha o menor interesse em ler nenhuma especulação mal-informada sobre o que teria acontecido na ilha.

Eu sabia o que tinha acontecido. Eu estava lá.

Quem sou eu? Sou o narrador desta história — e personagem dela.

Éramos sete pessoas ao todo, presas naquela ilha.

Um de nós era um assassino.

Mas, antes que você comece a apostar em quem cometeu o crime, eu me sinto na obrigação de avisar que esta não é uma história de detetive na qual o objetivo é descobrir *quem* é o assassino. Graças a Agatha Christie, todos sabemos como esse tipo de trama se desenrola: um crime inexplicável, seguido por uma investigação obstinada até um desfecho engenhoso — e então, com sorte, uma reviravolta no fim. Mas esta é uma história verídica, e não obra de ficção. Ela envolve pessoas de verdade, um lugar de verdade. No máximo, é uma investigação da *motivação* do assassino — um estudo de caráter, um exame de quem somos e por que fazemos o que fazemos.

O que se segue é, da minha parte, uma tentativa honesta e digna de reconstituir os acontecimentos daquela noite terrível — o assassinato em si, e tudo o que levou a ele. Eu me comprometo a apresentar a verdade nua e crua — ou o mais próximo dela que conseguir chegar. Tudo o que fizemos, dissemos e pensamos.

Mas como?, ouço você perguntar. *Como isso é possível*? Como posso saber de *tudo*? Não só cada ato, tudo o que foi dito e feito, mas tudo o que foi *desfeito, desdito,* todos os pensamentos na mente de cada um?

Estou partindo principalmente das conversas que tivemos, antes do homicídio e depois — aqueles de nós que sobreviveram, digo. Quanto à vítima, espero que me permita uma licença artística no que se refere ao que sentiu e pensou. Como sou dramaturgo por profissão, talvez seja mais qualificado que a maioria para esta tarefa específica.

Meu relato também se baseia nas minhas anotações — feitas tanto antes quanto depois do crime. Uma breve explicação sobre isso. Faz alguns anos que tenho o hábito de escrever em cadernos. Não os chamaria de diários, não são estruturados dessa forma. Só um registro de pensamentos, ideias, sonhos, fragmentos de diálogos que escuto, minhas observações sobre o mundo. Os cadernos em si não são nada de mais, só Moleskines pretas básicas. Estou com a daquele ano aberta aqui ao meu lado — e, sem dúvida, vou recorrer a ela conforme avançamos.

Enfatizo tudo isso para que, se a qualquer momento durante esta narrativa eu confundir você, saberá que é sem querer, não de propósito, que distorço desajeitadamente demais os eventos do meu ponto de vista. Um risco ocupacional, talvez, quando se narra uma história na qual se representa um papel secundário.

Mas farei o melhor que puder para não controlar a narrativa. Mesmo assim, espero que você me permita alguma digressão aqui e ali. E, antes que me acuse de contar minha história de um jeito labiríntico, preciso reforçar que esta é uma história verídica — e, na vida real, é assim que nos comunicamos, não? Tudo se mistura: vamos e voltamos no tempo, desaceleramos e nos alongamos em alguns momentos, passamos batidos por outros, fazendo edições pelo caminho, minimizando falhas e maximizando pontos fortes. Somos todos narradores não confiáveis de nossa vida.

Engraçado, tenho a sensação de que você e eu deveríamos estar sentados num banco de bar agora, enquanto conto esta história — bebendo, como velhos amigos.

Esta é uma história para qualquer um que já amou, digo, deslizando um copo na sua direção — um copo bem grande, você vai precisar —, enquanto se ajeita no assento e eu começo.

Peço que não me interrompa muito, pelo menos não num primeiro momento. Haverá muitas oportunidades para debate depois. Por ora, peço que ouça atentamente o meu relato, como faria ao ouvir um causo comprido de um bom amigo.

Chegou então a hora de conhecer nosso elenco de suspeitos — em ordem de importância. Sendo assim, por enquanto, devo ficar fora do palco, ainda que com certa relutância. Vou perambular pelos bastidores, aguardando minha deixa.

Comecemos — como deve ser — com a estrela.

Comecemos com Lana.

2

Lana Farrar era uma estrela de cinema.

Lana era uma estrela das grandes. Fez sucesso muito jovem, naquela época em que o estrelato ainda era algo digno de nota — antes que qualquer pessoa com acesso à internet pudesse virar celebridade.

Com certeza, muitos de vocês podem conhecê-la de nome ou ter visto seus filmes. Ela fez tantos que é impossível citar todos. Se você for como eu, deve ter um carinho especial por pelo menos um ou dois deles.

Apesar de ter se aposentado uma década antes de nossa história começar, a fama de Lana perdurou — e, sem dúvida, muito após eu mesmo estar morto e esquecido, como se nunca tivesse existido, Lana Farrar será lembrada. Nada mais justo. Assim como escreveu Shakespeare a respeito de Cleópatra, ela conquistou seu "lugar na história".

Lana foi descoberta aos dezenove anos pelo célebre produtor de Hol ywood e vencedor do Oscar Otto Krantz, com quem viria a se casar. Até o dia de sua morte precoce, Otto dedicou uma parte considerável de sua energia e influência para impulsionar a carreira de Lana, elaborando filmes inteiros só para exibir os talentos dela. Mas, com ou sem Otto, Lana estava destinada ao estrelato.

Não era apenas o rosto perfeito, a beleza pura e luminosa de um anjo de Botticelli — aqueles olhos de um azul infinito —, nem seu modo de se portar ou falar; não era nem o famoso sorriso. Não. Havia alguma *outra* qualidade em Lana — algo intangível, um vestígio de semideusa, algo mítico, mágico —, que dava vontade de assistir a ela sem parar, compulsivamente. Na presença de tamanha beleza, você só quer ficar admirando.

Lana fez muitos filmes quando era bem jovem — e, para ser franco, a sensação era de que estavam atirando para todos os lados para ver no que acertavam. Apesar de suas comédias românticas serem meio "oito ou oitenta", na minha opinião, e seus suspenses, banais, quando Lana encenou uma tragédia foi que encontraram a mina de ouro. Ela fez o papel de Ofélia numa adaptação moderna de *Hamlet* e recebeu sua primeira indicação ao Oscar. Dali em diante, sofrer nobremente tornou-se a especialidade de Lana. Você pode chamar de melodrama ou dramalhão, mas Lana sempre se destacou em todos os papéis de heroínas românticas malfadadas, desde Ana Karenina até Joanna d'Arc. Ela nunca ficava com o mocinho no final, raramente chegava ao fim da história com vida — e todos a adorávamos.

Como pode imaginar, Lana fez muita gente ganhar uma quantidade imensa de dinheiro. Aos trinta e cinco anos, durante um período financeiramente catastrófico para a Paramount, foram os lucros de um de seus maiores sucessos que evitaram que o estúdio falisse. E, por isso, foi uma onda de choque enorme na indústria quando Lana, de repente, anunciou sua aposentadoria — no auge da fama e da beleza, na tenra idade dos quarenta anos.

O motivo para ela querer pular fora foi um mistério — e assim está destinado a ser, pois Lana não ofereceu a menor explicação. Nem na época, nem nos anos seguintes. Nunca falou disso em público.

No entanto, ela me contou, numa noite de inverno em Londres, enquanto bebíamos uísque diante da lareira, observando os flocos de neve caírem do outro lado da janela. Ela me relatou a história inteira, e eu lhe contei sobre o...

Droga. Lá vou eu de novo, já me infiltrando mais uma vez na narrativa. Parece-me que, apesar de minhas boas intenções, não consigo me manter fora da história de Lana. Talvez eu deva admitir a derrota, aceitar que estamos inseparavelmente entrelaçados, ela e eu, emaranhados feito um novelo de lã, impossíveis de distinguir ou desembaraçar.

Mesmo que isso seja um fato, nossa amizade só aconteceu bem depois, na verdade. Naquela altura da história, ainda não nos conhecíamos. Naqueles tempos, eu morava com Barbara West, em Londres. E Lana, é claro, estava em Los Angeles.

Lana nasceu e cresceu na Califórnia. Morava e trabalhava lá, e foi onde fez a maioria de seus filmes. Entretanto, depois que Otto morreu e ela se aposentou, Lana decidiu abandonar Los Angeles e começar de novo.

Mas para onde ir?

Tennessee Williams já dizia que não se tinha para onde ir depois de se aposentar do cinema, a menos que você fosse para a lua.

Mas Lana não foi para a lua. Foi para a Inglaterra.

Ela se mudou para a Inglaterra com o filho pequeno, Leo. Comprou uma casa imensa em Mayfair, de seis andares. Não pretendia ficar muito tempo — e, com certeza, não para sempre; era algo temporário, experimentando um novo estilo de vida, enquanto resolvia o que faria depois.

O problema era que, sem sua carreira avassaladora para defini-la, Lana chegou à desconfortável constatação de que não sabia quem era, nem o que queria fazer da vida. Sentia-se perdida, pelo que me disse.

É difícil, para nós, que nos lembramos dos filmes de Lana Farrar, imaginarmos que uma pessoa dessas estivesse "perdida". Nas telonas, ela sofria muito, mas sofria de um jeito impassível, com toda uma resiliência interior e uma tremenda coragem. Era capaz de encarar o destino sem hesitar, mas também não sem lutar. Ela era tudo o que se esperava de uma heroína.

Na vida real, Lana não podia ser mais diferente de sua persona cinematográfica. Quando você a conhecia intimamente, começava a vislumbrar outra pessoa escondida por trás da fachada: um ser mais frágil e complexo. Alguém bem menos seguro de si. A maioria das pessoas jamais chegava a conhecer essa outra faceta. Mas, conforme esta história for se desenrolando, devemos ficar de olho, procurando-a, você e eu. Pois é ela quem detém todos os segredos.

Essa discrepância, na falta de uma palavra melhor, entre as personalidades pública e privada de Lana foi algo que me desgastou ao longo dos anos. Sei que a desgastou também. Ainda mais quando havia acabado de abandonar Hollywood e se mudar para Londres.

Felizmente, ela não precisou se desgastar por muito tempo antes que o destino interviesse, e Lana se apaixonou — por um inglês; um empresário bonitão e um pouco mais jovem, cujo nome era Jason Miller.

Se essa paixão foi, na verdade, obra do destino ou apenas uma distração conveniente — alguma desculpa para que Lana postergasse, talvez indefinidamente, todos aqueles dilemas existenciais complicados sobre si mesma e seu futuro —, isso fica aberto a interpretação. Pelo menos, para mim.

Em todo caso, Lana e Jason se casaram, e Londres tornou-se o lar permanente dela.

Lana gostava de Londres. Suspeito que gostasse da cidade, em grande parte, por causa do jeito reservado dos ingleses — lá as pessoas costumavam deixá-la em paz. Não é do feitio dos britânicos abordar ex-estrelas de cinema no meio da rua, exigindo selfies e autógrafos, por mais famosas que elas sejam. Por isso, no geral, Lana podia andar pela cidade sem que ninguém a incomodasse.

E ela andava bastante. Lana gostava de caminhar — quando o clima permitia.

Ah, o clima. Assim como qualquer pessoa que more por algum período na Inglaterra, Lana desenvolveu uma preocupação nada saudável com o tempo. Conforme os anos foram passando, isso foi se tornando uma constante fonte de preocupação para ela. Gostava de Londres, mas, após quase dez anos morando lá, a cidade e seu clima haviam se tornado sinônimos em sua mente. As duas coisas estavam interligadas: Londres equivalia a *molhado*, a *chuva*, a *cinza*.

Este ano vinha se mostrando particularmente anuviado. Era quase Páscoa e, até então, nem sinal de primavera. No momento, pairava uma ameaça de chuva.

Lana olhou para cima, de relance, para os céus escurecidos, enquanto vagava pelo Soho. E foi tiro e queda: ela sentiu um pingo de chuva no rosto — e outro na mão. *Droga*. Era melhor voltar já, antes que piorasse.

Lana começou a fazer o caminho de volta pela calçada — e pelos pensamentos. Retornou ao problema espinhoso que vinha ruminando desde antes. Algo a incomodava, mas ela não sabia o que era. Havia dias andava se sentindo ansiosa. Ficava inquieta, nervosa, como se alguma coisa a perseguisse e ela estivesse tentando despistá-la — andando de cabeça baixa pelas ruas estreitas, fugindo daquilo que estava em sua cola. Mas o que era?

Pense, ela disse para si mesma. *Ache a resposta*.

Enquanto caminhava, Lana foi fazendo um inventário da vida, procurando quaisquer insatisfações ou preocupações mais gritantes. Será que era o seu casamento? Improvável. Jason andava estressado com o trabalho, mas não havia nenhuma novidade nisso — seu relacionamento estava numa fase boa, por ora. Não era ali que residia o problema. Então onde? Seu filho Leo? Seria a conversa que tiveram outro dia? Foi só uma conversa amigável sobre o futuro dele, não foi?

Ou será que era algo muito mais complicado, na verdade?

Outro pingo de chuva a distraiu. Lana encarava, ressentida, as nuvens. Não era à toa que não dava para pensar direito. Ah, se ela ao menos conseguisse ver o céu... ver o *sol*.

Enquanto caminhava, sua mente brincava com a ideia de fugir do clima. Nisso, pelo menos, havia algo que daria para fazer.

Que tal uma mudança de cena? No fim de semana que vem seria Páscoa. E se saíssem numa viagem de última hora — em busca do sol?

Por que não ir à Grécia por uns dias? Ir à ilha?

Sério, por que não? Faria bem a eles — Jason, Leo e, principalmente, Lana. Podia convidar Kate e Elliot também, pensou.

Sim, seria divertido. Lana sorriu. A promessa de sol e céu azul melhorou num instante seu humor.

Ela sacou o celular do bolso.

Ligaria para Kate agora mesmo.

3

Kate estava no meio de um ensaio.

Em pouco mais de uma semana, ela iria estrear no Teatro Old Vic uma nova e muito aguardada produção de *Agamenon*, a tragédia de Ésquilo. Kate interpretaria Clitemnestra.

Era o primeiro ensaio da peça no palco do teatro em si, e não estava indo bem. Kate ainda tinha dificuldades com a atuação — com as falas, para ser mais específico, o que não era um bom sinal a essa altura do campeonato.

— Pelo amor de Deus, Kate — gritou Gordon, o diretor, sentado numa das cadeiras da plateia, com seu forte sotaque de Glasgow. — A estreia é daqui a dez dias! Misericórdia, será que não dá pra você se sentar com a porra do roteiro e decorar as falas?

Kate estava igualmente exasperada.

— Eu sei as falas, Gordon. Não é esse o problema.

— Então, qual é? Por favor, me esclareça, meu bem. — Mas Gordon estava sendo bastante sarcástico e não esperou resposta. — Pode continuar — gritou ele.

Cá entre nós — *entre nous*, como dizia Barbara West —, não culpo Gordon por perder a paciência.

Sabe, apesar do vasto talento de Kate — e ela tinha um talento imenso, disso não há dúvida —, ela também era caótica, bagunceira, temperamental, raramente pontual, muitas vezes briguenta, nem sempre sóbria, além de, é claro, brilhante, carismática, engraçada — e dotada de um instinto inequívoco para a verdade, tanto dentro quanto fora do palco. Tudo isso combinado significava — como o pobre Gordon descobriu — que era um pesadelo trabalhar com ela.

Ah... mas isso não é justo, é? Inserir aqui o meu juízo de valor quanto a Kate, assim desse jeito — por baixo dos panos, como se diz —, como se você não fosse reparar. Sou bem dissimulado, não sou?

Prometi ser objetivo, dentro do possível, e deixar que você formasse sua própria opinião. Assim sendo, devo honrar minha promessa. Daqui em diante, vou me esforçar para manter minhas opiniões só para mim.

Vou me ater aos fatos:

Kate Crosby era uma atriz de teatro inglesa. Nascida e criada em Londres, numa família da classe trabalhadora, num bairro situado ao sul do rio Tâmisa, embora qualquer vestígio de sotaque da região já tenha sido eliminado pelos anos de aulas de teatro e treinamento vocal. Kate falava com o que costumava ser conhecido como "sotaque BBC" — um tanto refinado e difícil de situar —, porém seu vocabulário, importante frisar, continuava tão pé no chão quanto sempre fora. Era provocativa de propósito, com um "toque de baixa renda", como dizia Barbara West. *Sacana* é a palavra que eu usaria.

Havia uma história famosa, sobre a vez em que Kate conheceu o rei Charles, quando ele ainda era o Príncipe de Gales, num almoço beneficente em que ele era o anfitrião. Kate perguntou a Charles a que distância ficavam os toaletes — acrescentando que estava tão desesperada, senhor, que se precisasse, mijaria na pia. Charles urrou de tanto gargalhar, completamente encantado, ao que pareceu. Foi ali mesmo que ela garantiu sua posterior condecoração.

Kate estava com seus quarenta e tantos anos quando nossa história começou. Talvez fosse até mais velha — é difícil saber ao certo. Assim como acontece com muitas pessoas no meio artístico, sua data exata de nascimento não era fixa. Mas, enfim, ela não aparentava a idade que tinha. Era bonita, tão morena quanto Lana era loira — olhos escuros, cabelos escuros. A seu próprio modo, Kate era tão atraente quanto a amiga americana. Diferentemente de Lana, no entanto, Kate usava muita maquiagem, pesando a mão no delineador, com diversas camadas pretas e espessas de rímel para acentuar os olhões. Jamais tirava o rímel, até onde sei; acho que ela só ia acrescentando uma ou duas camadas a mais a cada dia.

Todo o visual de Kate era mais "teatral" que o de Lana — um monte de joias, correntinhas, pulseiras, echarpes, botas, casacões —, como se estivesse fazendo de tudo para repararem nela. Ao passo que Lana, que era realmente extraordinária em vários aspectos, sempre se vestia do modo mais básico possível — como se, de algum jeito, atrair atenção para si mesma fosse uma atitude de mau gosto.

Kate era uma pessoa dramática; uma figura heroica, com uma energia caótica. Bebia e fumava o tempo inteiro. Nisso e em todos os outros quesitos, imagino que Lana e Kate devam ser vistas como opostos. Sua amizade sempre foi um tanto misteriosa para mim, tenho que admitir. Pareciam ter tão pouca coisa em comum, mas eram melhores amigas — e assim foi durante muito tempo.

Na verdade, de todas as histórias de amor que se entrelaçam ao longo desta narrativa, a relação entre Lana e Kate foi uma das primeiras, a mais duradoura e talvez a mais triste.

Como duas pessoas tão diferentes se tornaram amigas?

Suspeito que a *juventude* tenha tido muito a ver com isso. As amizades que fazemos quando jovens raramente são com o tipo de pessoa que procuramos mais tarde na vida. O tempo que se passa desde que nos conhecemos confere a essas amizades um tipo de nostalgia aos nossos olhos, por assim dizer, uma complacência, uma "carta branca" em nossa vida.

Kate e Lana se conheceram trinta anos atrás, num set de filmagem. Um filme independente que estava sendo gravado em Londres: uma adaptação de *A idade estranha*, de Henry James. Vanessa Redgrave interpretava o papel principal, a sra. Brook; e Lana era sua filha, a ingênua Nanda Brookenham. Kate ficou com o papel cômico, secundário, da prima italiana Aggie. Kate fazia Lana dar risada tanto na frente quanto atrás das câmeras, e as duas jovens foram se tornando amigas ao longo do verão de filmagens. Kate apresentou Lana à vida noturna de Londres, e logo as duas estavam saindo todas as noites, vivendo a vida loucamente — aparecendo no set de ressaca e, às vezes, conhecendo Kate, sem dúvida ainda bêbadas.

É como se apaixonar, não é? Fazer uma nova amizade? E Kate foi a primeira amiga íntima de Lana. Sua primeira aliada na vida.

Onde eu estava? Peço perdão, isso de tentar manter uma narrativa linear tem-se revelado um tanto complicado. Devo me empenhar para dominar essa arte ou jamais chegaremos à parte da ilha — que dirá ao assassinato.

O ensaio de Kate. Era isso.

Bem, foi uma luta, e ela não parava de se atrapalhar com as falas. Mas não era por não ter decorado. Ela havia decorado, sim. Só não se sentia confortável no papel — sentia-se perdida.

Clitemnestra é uma personagem icônica. A *femme fatale* original. Matara seu marido e sua amante. Um monstro — ou uma vítima, dependendo do ponto de vista. Que dádiva um papel desses para um ator. Algo a ser agarrado com unhas e dentes. Minha opinião, pelo menos. Mas a atuação de Kate continuava anêmica. Parecia incapaz de reunir aquele fogo grego em seu ventre, pré-requisito para o papel. De algum modo, ela precisava mergulhar na personagem, ir além da pele e penetrar no coração e no espírito, descobrir uma brecha de conexão que permitisse habitá-la. Atuar, para Kate, era um processo confuso e mágico. Mas, naquele momento, não havia mágica alguma — só confusão.

Eles prosseguiram aos tropeços até o fim. Kate manteve a pose, mas se sentia péssima. Graças a Deus teria uns dias de folga agora, na Páscoa, antes dos ensaios técnicos e de figurino. Uns poucos dias para se recompor, repensar — e rezar.

Gordon anunciou, ao término do ensaio, que gostaria que todos estivessem impecáveis depois da Páscoa. "Ou não vou me responsabilizar pelos meus atos. Ficou claro?" Suas palavras se dirigiam ao elenco inteiro, mas todos sabiam que ele se referia a Kate.

Kate sorriu e deu um beijo de mentirinha na bochecha dele.

— Gordon, meu bem. Não se preocupe, está tudo sob controle. *Prometo.*

Gordon revirou os olhos, pouco convencido.

Kate foi até os bastidores pegar suas coisas. Ainda estava no processo de se mudar para o camarim principal, e estava tudo uma zona: malas parcialmente desfeitas, maquiagem e roupas espalhadas pelos cantos.

A primeira coisa que Kate fazia em qualquer camarim era acender a vela aromática de jasmim que sempre comprava nessas ocasiões, para dar sorte e expulsar aquele cheiro bolorento de ar estagnado, madeira velha, carpete e tijolos úmidos — sem falar dos cigarros furtivos que fumava na janela.

Após reacender a vela, Kate fuçou a bolsa, sacando um frasco de comprimidos. Pegou um Xanax. Não queria o comprimido inteiro, só um pedacinho, uma *mordidinha* — para diminuir a ansiedade. Ela o partiu ao meio e mordeu um quartinho. Deixou o fragmento do comprimido amargo dissolver na língua. Até que lhe agradava o sabor químico de remédio. Na cabeça dela, o gosto ruim era sinal de que estava fazendo efeito.

Kate olhou pela janela de relance. Estava chovendo. Não parecia uma chuva pesada — talvez o tempo abrisse em breve. Ela poderia dar uma caminhada às margens do rio. Seria bom andar. Precisava arejar a cabeça. Tinha muito no que pensar; chegava até a ficar tonta... Tanta coisa pela frente — tanto para refletir, com o que se preocupar —, mas não ia aguentar encarar tudo isso agora.

Talvez uma bebida ajudasse. Ela abriu o frigobar embaixo da penteadeira e sacou uma garrafa de vinho branco.

Serviu-se de uma taça de vinho e se sentou à penteadeira. Então acendeu um cigarro, o que ia estritamente contra as regras do teatro, passível de pena capital, mas foda-se — do jeito que as coisas iam, esta seria a última vez que ela iria se apresentar naquele teatro; ou em qualquer outro, pensando bem.

Ela disparou um olhar de ódio para o roteiro, que a encarava de cima da penteadeira. Esticou a mão e o virou, com a capa para baixo. *Que desastre*. O que a fizera pensar que *Agamenon* seria uma boa ideia? Devia estar chapada quando concordou com isso. Fez uma careta, imaginando as resenhas cruéis que viriam. A crítica de teatro do *Times* já a odiava; teria um prato cheio para detoná-la. E o mesmo valia para aquele desgraçado do *Evening Standard*.

O celular tocou — uma distração bem-vinda para arrancá-la de seus pensamentos. Ela o pegou e olhou a tela. Era Lana.

Kate atendeu.

— Oi. Você está bem?

— Vou ficar — disse Lana. — Já entendi que o que gente precisa é de um pouco de sol. Você vem?

— O quê?

— Para a ilha... Passar a Páscoa? — Lana continuou antes que Kate pudesse responder. — Não diga que não. Vai ser só a gente. Você, eu, Jason e Leo. E Agathi, claro... Não tenho certeza se vou convidar Elliot... ele anda me irritando ultimamente. O que me diz?

Kate fingiu deliberar. Arremessou a bituca de cigarro pela janela, contra a chuva que caía.

— Estou comprando minha passagem agora mesmo.

4

A ilha de Lana fora um presente. Um presente de amor.

Quem deu foi Otto, como um dote de casamento. Um dote ridiculamente extravagante, a princípio — mas, pelo visto, Otto era desses. A julgar por todos os relatos, ele era uma figura e tanto.

A ilha ficava na Grécia, na região sul do mar Egeu, num agrupamento esparso de ilhas conhecidas como Cíclades. Das mais famosas, você já ouviu falar — Mykonos e Santorini —, mas a maioria das ilhas permanece desabitada e inabitável. Algumas poucas são propriedades privadas, como a que Otto comprou para Lana.

A ilha não custou tanto quanto se poderia imaginar. Continuava sendo algo muito além dos sonhos mais loucos das pessoas comuns, é claro, mas, comparativamente — pensando em termos de ilhas —, não era tão cara assim de se comprar ou manter.

Para começo de conversa, era minúscula — com poucas centenas de acres —, quase uma rocha. E, considerando que seus novos donos eram um produtor de cinema de Hollywood e sua musa, Otto e Lana levavam uma vida doméstica razoavelmente modesta. Havia apenas um funcionário contratado em tempo integral — um caseiro —, o que já rendia uma história por si só; uma que Otto adorava contar, deliciando-se, como costumava fazer, com as idiossincrasias dos gregos. Elas o cativavam por completo. E ali, longe da Grécia continental, os nativos conseguiam ser bem excêntricos, diga-se de passagem.

A ilha habitada mais próxima era Mykonos — a vinte minutos de distância, de barco. Por isso, naturalmente, Otto foi procurar lá um caseiro para a ilha de Lana. Mas encontrá-lo acabou sendo mais difícil do que o esperado. Parecia que ninguém estava disposto a morar naquela ilha, nem pelo generoso salário oferecido.

Não era só porque o caseiro precisaria encarar uma vida isolada e solitária. Havia também um mito — uma lenda sobrenatural — de que a ilha era amaldiçoada desde a época dos romanos. Pisar na ilha já dava azar, que dirá morar lá. Pessoalzinho supersticioso, esse povo de Mykonos.

No fim das contas, apareceu apenas um voluntário para o serviço: Nikos, um jovem pescador.

Nikos tinha uns vinte e cinco anos e havia acabado de enviuvar. Era um homem silencioso e taciturno. Lana me disse que tinha a impressão de que ele sofria de uma depressão profunda. Tudo o que ele queria, pelo que disse a Otto, era ficar sozinho.

Nikos tinha pouca instrução e falava um inglês bem rudimentar — mas ele e Otto conseguiram se fazer entender, muitas vezes recorrendo a gestos elaborados. Nenhum contrato foi assinado, um aperto de mãos bastou.

E, dali em diante, ao longo do ano inteiro, Nikos passou a morar sozinho na ilha. Caseiro oficial da propriedade e jardineiro extraoficial. Não havia muito em termos de jardim, a princípio. Fazia alguns anos que ele vinha morando lá quando começou a cultivar uma hortinha — mas foi um sucesso imediato quando isso aconteceu.

No ano seguinte, Otto, inspirado pelos esforços de Nikos, mandou vir um pequeno pomar importado de Atenas — que chegou pendurado em cordas, suspenso por helicópteros —, com macieiras, pereiras, pessegueiros e cerejeiras, tudo isso plantado entre os muros de um jardim. Essas árvores também vingaram. Tudo parecia desabrochar naquela ilha do amor.

Parece maravilhoso, não? Idílico, eu sei. Mesmo ao contar isso para você agora, é uma tentação romantizar a ilha. Ninguém quer a realidade; todos queremos um conto de fadas — e assim parecia ser a história de Lana para o mundo exterior. Uma vida mágica e encantada. Mas se tem uma coisa que eu aprendi é que as coisas raramente são o que parecem.

Certa noite, anos depois, Lana me contou a verdade a respeito de sua vida com Otto, como seu casamento de conto de fadas não era tudo o que parecia ser. Talvez fosse inevitável, pois no rastro da personalidade heroica de Otto e de sua generosidade, de seu ímpeto e ambições implacáveis, vinham outras qualidades menos atraentes. Ele era muito mais velho que Lana, para começo de conversa, e a tratava com uma atitude paterna, até patriarcal. Era controlador em relação ao que ela fazia, ditava o que ela comia e vestia, criticava impiedosamente qualquer decisão que ela tomava. Ele a podava e a intimidava — e, quando bebia demais, chegava a cometer abusos emocionais e até físicos.

Não consigo não ficar com uma pulga atrás da orelha de que, se tivessem continuado juntos por mais tempo, Lana acabaria se rebelando, cedo ou tarde, conforme fosse envelhecendo e se tornando mais independente. Com certeza, um dia ela iria abandoná-lo, não?

Jamais saberemos. Apenas alguns poucos anos após se casarem Otto teve um infarto fulminante — bem no aeroporto de Los Angeles. Estava a caminho de encontrar Lana na ilha, para descansar, seguindo recomendações médicas. Infelizmente, ele nunca chegou ao destino.

Depois da morte de Otto, Lana passou vários anos evitando a ilha. As lembranças e as conexões eram insuportáveis. Porém, com o tempo, ela passou a se lembrar da ilha e de todos os bons momentos que compartilharam sem que doesse tanto. Por isso, decidiu voltar.

Daí em diante, Lana passou a visitar a ilha pelo menos duas vezes por ano, às vezes com maior frequência, ainda mais depois de se mudar para a Inglaterra — quando precisava se refugiar do clima inglês.

Antes de prosseguirmos, devo lhe contar das ruínas. Elas têm um papel importante na história, como você vai ver.

As ruínas eram a minha parte favorita da ilha. Um semicírculo de seis colunas de mármore, quebradas e expostas às intempéries, numa clareira, cercadas por oliveiras. Um cenário cativante, ao qual era fácil atribuir ares de magia. Um lugar perfeito para contemplação. Eu costumava ficar sentado em uma das pedras, apenas para respirar e escutar o silêncio.

Essas ruínas eram o que sobrara de um antigo casarão que existiu na ilha mais de mil anos atrás. Pertencera a uma rica família romana. Só o que restara foram essas colunas partidas — as quais, segundo a história contada a Lana e Otto, teriam abrigado, no passado, um pequeno teatro, um auditório privado, usado para apresentações particulares.

Uma bela história — ainda que um pouco forçada, na minha opinião. Eu não conseguia deixar de suspeitar de que teria sido inventada por algum agente imobiliário excessivamente zeloso, a fim de capturar a imaginação de Lana. Se foi isso, o plano dele deu certo. Lana foi cativada de imediato: passou a chamar as ruínas de "o teatro" logo depois disso.

E, por um tempo, ela e Otto se ocuparam em ressuscitar essa antiga tradição: encenando esquetes e pequenas peças nas ruínas durante as noites de verão, compostos e montados pela família e seus convidados. Uma prática que dou graças por ter sido abandonada muito tempo antes de eu ter pisado na ilha. A perspectiva de ter de me prestar a ver astros de cinema em seu teatrinho amador é, francamente, mais do que eu seria capaz de aguentar.

Fora as ruínas, havia apenas outras duas estruturas na ilha — e ambas eram relativamente recentes: o chalé do caseiro, onde Nikos residia, e a casa principal.

A casa ficava no centro da ilha — um monstro de arenito com mais de cem anos de existência. Tinha paredes num tom amarelo-claro, um telhado vermelho de terracota e janelas venezianas verdes de madeira. Otto e Lana acrescentaram mais coisas, expandindo-a e reformando as áreas mais dilapidadas. Construíram uma piscina e uma edícula para hóspedes no jardim, além de um píer de pedra na praia mais acessível, onde ancoravam a lancha.

É difícil descrever o quanto a ilha é agradável — ou *era* agradável? Estou sofrendo um pouco aqui com os tempos verbais. Não sei direito onde estou — no presente ou no passado? Sei onde estaria se me dessem meia chance que fosse. Daria qualquer coisa para estar lá de novo agora mesmo.

Consigo imaginar tudo com tanta clareza. Se fechar os olhos, consigo me ver lá: no terraço da casa, com uma bebida gelada na mão, admirando a vista. A maior parte da ilha é bem plana, por isso a vista vai longe: para além das oliveiras até as praias e enseadas, lá embaixo, até a limpidez da água azul-turquesa. O mar, quando está calmo, é translúcido, quase como vidro. Porém, como a maioria das coisas na vida, sua natureza não é unívoca. Quando o vento sopra, o que é frequente, as ondas se encrespam e as correntes agitam toda a areia no leito do mar, tornando a água turva, escura e perigosa.

O vento atormenta essa parte do mundo. Ele o fustiga ao longo do ano, ainda que não continuamente, nem com a mesma intensidade — mas, de vez em quando, irrompe numa fúria que arrebenta as águas e espanca as ilhas. A avó de Agathi costumava chamar o vento do Egeu de *to menos*, que significa "a fúria".

A propósito, a ilha também tem nome.

Foi batizada como Aura, em homenagem à deusa grega do "ar matinal" ou da "brisa". Um belo nome, que dissimulava a ferocidade do vento e da deusa em si.

Aura era uma divindade menor, uma ninfa, caçadora, que sempre acompanhava Ártemis. Não tinha muito apreço por homens e gostava de massacrá-los por esporte. Na ocasião em que deu à luz dois meninos, Aura começou a comer um deles enquanto Ártemis levava o outro embora rapidamente.

Era assim que os nativos falavam do vento, aliás — como uma coisa monstruosa e devoradora. Não era à toa que ele aparecia em seus mitos, em suas histórias, tal como personificado por Aura.

Dei sorte de nunca ter passado por essa experiência — a do vento, digo. Visitei a ilha ao longo de vários anos e sempre fui premiado com um tempo estranhamente dócil — muitas vezes escapando de uma tempestade por um dia ou dois.

Mas não este ano. Neste ano, a fúria me alcançou.

5

Lana acabou me convidando para a ilha, no fim das contas — apesar de ter falado para Kate que eu a estava irritando.

Sou Elliot, a propósito, caso ainda não tenha deduzido.

E Lana estava só fazendo graça quando disse aquilo. Era o tipo de relação que nós dois tínhamos. Brincávamos muito. Mantínhamos essa leveza, como as bolhas numa taça de champanhe Bollinger.

Não que tivessem me oferecido champanhe, ou *cava*, no meu voo para a Grécia. Presumo que com Lana e sua família tenha sido diferente — eles viajavam até a ilha da mesma forma que Lana ia a todos os outros lugares, de jatinho particular. Meros mortais como eu pegavam voos comerciais; e com muita frequência, hoje em dia, por meio de companhias aéreas barateiras, infelizmente.

E é aqui, num balcão de check-in modesto, no aeroporto Gatwick, que entro nesta história. Eu vinha aguardando impacientemente a hora de me apresentar. Agora, enfim, podemos nos conhecer direito.

Espero que eu não deixe a desejar como narrador. Gosto de pensar que me consideram uma companhia decente — um tanto divertido, bastante direto, bem-humorado, e até profundo, de vez em quando —, isto é, depois que você deixar que eu lhe pague umas bebidas.

Estou na faixa dos quarenta, um ano ou dois para mais ou para menos. Dizem que pareço mais jovem. Isso devo à minha recusa em amadurecer, sem dúvida — se já não quero amadurecer, que dirá envelhecer. Ainda me sinto uma criança por dentro. Não é assim com todo mundo?

Minha estatura é mediana, talvez um pouco mais alto que a média. Meu porte é esbelto, mas não tão esquelético quanto costumava ser. Antigamente, eu desaparecia se me olhassem de lado. O que tem muito a ver com os cigarros, é claro. Já está tudo sob controle agora, só um ou outro baseado e os cigarros ocasionais, mas, quando eu estava lá com meus vinte ou trinta e poucos anos, meu Deus, que vício feroz em tabaco eu tinha. Costumava viver à base de fumaça e café. Era magrelo, ligadão, tenso e ansioso. Que beleza devia ser a convivência comigo. Já me acalmei agora, ainda bem.

É a única coisa boa que direi sobre envelhecer. Que enfim estou me acalmando.

Tenho olhos escuros e cabelos escuros, como meu pai. Uma aparência mundana, eu diria. Já me descreveram como alguém bonito, mas eu mesmo não me vejo assim, de modo algum — exceto quando a luz está boa.

Barbara West sempre dizia que as duas coisas mais importantes na vida são a luz e o *timing*. Ela tinha razão. Se a luz estiver muito forte, tudo que vejo são meus defeitos. Odeio meu perfil, por exemplo, e o modo como meu cabelo fica espetado num ângulo esquisito na nuca, além do queixo pequeno. É sempre um choque desagradável quando me vejo num dos espelhos laterais do provador de uma loja de departamentos, com meu cabelo feio e este narigão, sem queixo. Não tenho aparência de astro de cinema, digamos assim. Diferentemente das outras pessoas nesta história.

Sou nascido e criado na periferia de Londres. Quanto menos falarmos da minha infância, melhor. Vou tentar dar conta disso no mínimo de palavras possível, tudo bem? Que tal três?

Eram só trevas. Isso resume bem.

Meu pai era um brucutu, minha mãe bebia. Juntos, os dois viviam cercados de sujeira, miséria e feiura — como duas crianças bêbadas discutindo na sarjeta.

Não sinta pena de mim; esta não é uma autobiografia de fazer chorar. É só a declaração de um fato. Suspeito que seja uma história bem comum. Assim como tantas outras crianças, passei por uma criação caracterizada por longos períodos de abandono e negligência, tanto em nível físico quanto emocional. Raramente recebi carinho, nem brincavam comigo, minha mãe nunca me dava colo — e as únicas vezes que meu pai encostou em mim foi motivado por raiva.

Isso é o que eu acho mais difícil de perdoar. Não a violência física, entenda, que logo aprendi a aceitar como parte da vida, mas a falta de *toques* — e as repercussões disso na idade adulta. Como posso explicar? Isso me deixou desacostumado — ou até com medo? — do toque dos outros. E tornou os relacionamentos íntimos, emocionais ou físicos, extremamente difíceis.

Mal podia esperar para ir embora de casa. Meus pais eram dois estranhos; parecia-me inconcebível que eu sequer tivesse algum grau de parentesco com eles. Eu me sentia como um alienígena, um extraterrestre, adotado por uma forma de vida inferior — sem alternativa que não fugir e procurar outros integrantes da minha espécie.

Perdoe-me se isso soa arrogante. É só que, quando se passa anos abandonado na ilha deserta da infância, aprisionado com pais raivosos, alcoólatras, infinitamente sarcásticos e transbordando desprezo, que nunca oferecem qualquer encorajamento, apenas tormentos e humilhação, rindo de você por gostar de estudar ou de arte, que ridicularizam qualquer coisa que seja sensível, emotiva ou intelectual... aí não tem como você não crescer meio com raiva, meio reativo e sempre na defensiva.

Você cresce determinado a defender o seu direito de ser... o quê, ao certo? *Diferente*? Um *indivíduo*? Uma *aberração*?

Caso eu esteja conversando agora com alguém jovem, deixe-me dar um conselho: não se desespere por ser diferente. Porque essa exata diferença, inicialmente fonte de vergonha, tão humilhante e dolorosa, um dia será uma medalha de honra e fonte de orgulho.

A realidade é que hoje eu tenho orgulho de ser diferente — dou graças a Deus por isso. E mesmo quando era criança, cheio de desprezo por mim, eu sentia que tinha um outro mundo lá fora. Um mundo melhor, onde havia lugar para mim. Um mundo mais iluminado — além da escuridão, sob a luz de holofotes.

Do que estou falando? Do *teatro*, é claro. Pense naquele momento em que o auditório escurece, a cortina se ilumina e a plateia toda pigarreia, ajeitando-se no assento, na expectativa. É magia pura e simples, mais viciante que qualquer droga que já experimentei na vida. Eu soube desde pequeno — tendo um vislumbre disso nas excursões escolares para peças da Royal Shakespeare Company, do Teatro Nacional, ou para as matinês do West End — que eu tinha de pertencer a esse mundo.

Além disso, eu compreendia, com a mesma clareza, que se quisesse ser aceito por esse mundo, se quisesse me encaixar, precisaria mudar.

Quem eu era simplesmente não era bom o bastante. Precisava me tornar outra pessoa.

Parece absurdo, escrevendo sobre isso agora — até doloroso —, mas eu acreditava nisso à época com todo o meu ser. Acreditava que precisava mudar tudo a meu respeito: meu nome, minha aparência, como me comportava, como falava, sobre o que falava, sobre o que pensava. Para ser parte deste admirável mundo novo, eu precisava virar uma pessoa diferente — uma pessoa melhor.

E um dia, enfim, consegui.

Bem, quase — havia alguns vestígios do meu antigo eu, como uma mancha de sangue numa tábua do assoalho, que deixa uma leve marca avermelhada, não importa o quanto você esfregue.

A propósito, meu nome todo é Elliot Chase.

Eu me sinto lisonjeado com o fato de meu nome talvez não lhe ser desconhecido — se você vai ao teatro. Se não conhece o nome, talvez tenha ouvido falar da minha peça — ou até assistido a ela? *Os miserabilistas* foi um grande sucesso em ambos os lados do Atlântico. Ficou em cartaz por um ano e meio na Broadway, ganhou vários prêmios. Recebi até indicação para um Tony, diz ele com modéstia.

Nada mau para um dramaturgo de primeira viagem, hein?

Claro que houve as fofocas inevitáveis, os comentários escrotos e as histórias maliciosas, espalhados por um número surpreendente de autores amargurados, mais velhos e de maior renome, invejosos do sucesso imediato, de público e de crítica, de um jovem dramaturgo. Fui acusado de todo tipo de coisas asquerosas, desde plágio até roubo. Imagino que dê para entender. Sou um alvo fácil. Veja só, durante muitos anos, até a sua morte, eu vivi com Barbara West, a romancista.

Barbara, diferentemente de mim, dispensa apresentações. É provável que você a tenha estudado na escola. Os contos estão sempre na ementa, por mais que eu seja da opinião impopular de que sua obra é supervalorizada além da conta.

Barbara era muito mais velha que eu quando nos conhecemos e estava mal de saúde. Fiquei com ela até o fim.

Eu não a amava, caso esteja se perguntando. Nossa relação era mais transacional que romântica. Eu era seu acompanhante, serviçal, motorista, bajulador, saco de pancadas. Uma vez eu até a pedi em casamento, mas ela disse não. Tampouco estava disposta a concordar com uma união estável. Não éramos amantes, nem parceiros; sequer amigos — pelo menos não perto do fim.

Barbara, porém, me deixou sua casa no testamento. Aquela velha mansão caindo aos pedaços em Holland Park. Era enorme e medonha, e eu não tinha dinheiro para bancar a manutenção — por isso a vendi e vivi muito feliz com o que tirei disso durante vários anos.

O que ela não deixou para mim foram os direitos autorais de qualquer um de seus *best-sellers*, o que teria me rendido segurança financeira pelo resto da vida. Em vez disso, ela distribuiu tudo entre várias instituições de caridade e primos distantes da Nova Escócia que ela mal conhecia.

Ter sido deserdado por Barbara foi seu gesto final de rancor contra mim, numa relação dominada por crueldades mesquinhas. Não consegui perdoá-la por isso. Foi esse o motivo de eu ter redigido a peça, inspirada em nossa convivência. Um ato de vingança, você poderia dizer.

Não sou uma pessoa de sangue quente. Não explodo quando me irritam; eu me sento, em silêncio, bem quietinho, munido de papel e caneta, e planejo minha vingança com precisão gélida. Eu a expus com essa peça, revelando nossa relação como uma farsa — e Barbara, como a velha tola, ridícula e vaidosa que era.

Cá entre nós, vou admitir que fiquei muito contente com a revolta e a indignação que a peça causou em meio aos fãs devotos de Barbara no mundo inteiro, até ainda mais do que com o sucesso comercial.

Bem, talvez isso não seja bem verdade.

Jamais me esquecerei da noite em que minha peça estreou no West End. Lana estava colada ao meu braço, como minha acompanhante. E, por um instante, experimentei como deve ser a fama. O flash das câmeras, o estrondo dos aplausos, ser ovacionado de pé. Foi a noite de maior orgulho da minha vida. De vez em quando me lembro dessa noite e abro um sorriso.

E aqui me parece um bom ponto para encerrar esta digressão. Vamos retornar à nossa narrativa central — de volta para mim e Kate, e nossa jornada da Londres chuvosa para a Grécia ensolarada.

6

Avistei Kate no aeroporto Gatwick antes que ela me visse. Mesmo a essa hora da manhã, ela estava lindíssima, ainda que um tanto despenteada.

Ela virou o rosto de leve ao reparar em mim no balcão de check-in. Fingiu não me ver e foi direto para o fim da fila. Mas eu acenei e chamei seu nome em voz alta — repetindo-o vezes o suficiente para que outras pessoas se virassem para olhar. Não lhe restou opção senão levantar a cabeça e reconhecer a minha presença. Ela fingiu surpresa e abriu um sorriso forçado.

Kate veio me encontrar na frente. Seu sorriso seguia inabalável.

— Elliot, oi. Não te vi.

— É mesmo? Engraçado, eu te vi logo de cara. — Abri um sorriso malicioso. — Bom dia. Que coisa, esbarrar em você por aqui.

— Estamos no mesmo voo?

— É o que parece. Podemos sentar juntos para botar a boa e velha fofoca em dia.

— Não posso. — Kate apertou o roteiro junto ao peito como se fosse um escudo. — Preciso estudar minhas falas. Prometi ao Gordon.

— Não se preocupe... pode deixar que eu repasso as falas com você. Podemos fazer isso no caminho até lá. Agora, me dê aqui o seu passaporte.

Kate não tinha escolha, ambos sabíamos disso. Se ela se recusasse a se sentar comigo, começaria o fim de semana com o pé esquerdo. Por isso, seu sorriso seguiu firme, e ela me entregou o passaporte. Fizemos o check-in juntos.

Assim que decolamos, no entanto, e o avião despontou em meio às nuvens, ficou óbvio que Kate não tinha a menor intenção de estudar as falas. Meteu o roteiro na bolsa.

— Tudo bem se a gente não ensaiar? Estou com uma dor de cabeça terrível.

— Ressaca?
— Sempre.

Dei uma risada.

— Tenho a cura para isso. Um pouquinho de vodca.

Kate fez que não com a cabeça.

— Não tem a menor condição de eu encarar uma vodca a esta hora da manhã.

— Bobagem, serve para acordar. Que nem um tapa na cara.

Ignorando os protestos de Kate, chamei um comissário de bordo que estava passando e pedi dois copos com gelo — sendo gelo a única coisa oferecida de graça naquele voo —, e, embora ele tenha me lançado um olhar meio torto, não se negou a atender meu pedido. Foi aí que saquei da minha mala um punhado de garrafinhas de vodca em miniatura que eu havia levado às escondidas para o avião. Dada a falta de opções alcoólicas nos voos ultimamente, sem falar dos preços exorbitantes, para mim é mais conveniente — e econômico — trazer de casa.

Se isso lhe soa como uma atitude deplorável, posso lhe garantir que eram garrafinhas minúsculas. Além do mais, se Kate e eu estávamos sendo obrigados a passar o restante desta longa viagem juntos, um anestésico caía muito bem para os dois.

Servi um pouco de vodca nos copinhos de plástico. Levantei o meu.

— A um fim de semana divertido. Saúde.

— Saúde. — Kate bebeu a vodca toda e fez uma careta. — Ai.

— Isso vai curar sua dor de cabeça. Agora, me conta do *Agamenon*. A quantas anda?

Kate abriu um sorriso forçado.

— Ah. Está muito bom. *Ótimo*.

— É mesmo? *Que bom*.

— Por quê? — Kate fechou o sorriso e me encarou com suspeita. — O que você ouviu?

— Nada. Nada mesmo.

— Elliot, desembucha.

Hesitei.

— É só um boato, só isso... de que você e Gordon não andam muito entrosados.

— O quê? Que balela.

— Imaginei que sim.

— É tudo intriga. — Kate abriu mais uma minigarrafa de vodca. Encheu o copo de novo. — Gordon e eu estamos nos dando muito bem. — Ela virou a bebida mais uma vez.

— Fico aliviado em ouvir isso — falei. — Mal posso esperar pela noite de estreia. Lana e eu estaremos lá, na primeira fileira, torcendo por você.

Eu sorri para ela.

Kate não retribuiu o sorriso. Ficou me olhando por um instante — um olhar nada amigável, sem falar nada. Não suporto pausas desconfortáveis, por isso preenchi o silêncio contando o caso de um amigo em comum que estava passando por um divórcio absurdamente vingativo, envolvendo ameaças de morte, e-mails hackeados e todo tipo de insanidade. Uma história longa e complicada, que exagerei para efeito cômico.

Enquanto eu falava, Kate me observava com um olhar de pedra. Dava para ver que não achava graça, nem em mim, nem na história.

Ao olhar nos olhos dela, tive um vislumbre da sua mente... e li seus pensamentos:

Meu Deus, queria que ele calasse a boca. Elliot se acha muito engraçado, tão sagaz — ele se acha o próprio Noël Coward. Mas não é. É só um puta escr...

Kate não ia lá muito com a minha cara — como você já pode já ter percebido.

Digamos apenas que ela era imune ao meu tipo de charme. Achava que conseguia disfarçar bem sua antipatia, porém, como a maioria das atrizes — ainda mais aquelas que gostam de se imaginar como figuras enigmáticas —, era incrivelmente fácil de desvendar.

Conheci Kate muito antes de conhecer Lana. Kate era a grande queridinha de Barbara West, dentro e fora dos palcos, e frequentemente era convidada à casa em Holland Park para as famosas *soirées*, chamadas pelo eufemismo de "festinhas", mas que na verdade eram bocas-livres orgíacas para centenas de pessoas.

Mesmo naquela época, Kate já me intimidava. Eu ficava nervoso quando ela me procurava na festa — espalhando cinzas de cigarro e bebida em seu rastro —, me pegando pelo braço, me puxando de lado, me desviando e me fazendo rir ao zombar dos outros convidados impiedosamente. Sentia que Kate estava se alinhando comigo por sermos dois forasteiros ali. *Não sou que nem as outras, meu bem*, ela parecia estar dizendo. *Não se deixe enganar pelo meu jeito todo cadenciado de falar, não sou dama coisa nenhuma.*

Kate fazia questão que eu soubesse que ela era tão impostora quanto eu — a única diferença era que eu tinha vergonha do meu passado, e não do meu presente. Ao contrário de Kate, eu queria desesperadamente trocar de pele, habitar meu papel atual e me misturar com os outros convidados. Ao me incluir em todas as suas piadas, todos os cutucões, piscadinhas e comentários, Kate deixava bem claro que meu plano não estava indo bem.

Para ser franco, embora eu tenha receio de criticar Lana, pois ela nunca me deu motivo para isso — então esta não é uma crítica de verdade —, era Kate quem me fazia dar mais risadas. A toda hora Kate tentava arrancar um risinho — sempre procurando uma brecha para uma piada em tudo; o tempo todo travessa e sarcástica. Ao passo que Lana — bem, Lana era séria, em vários sentidos — era extremamente direta, sempre sincera. Eram como óleo e água, essas duas, eram mesmo.

Ou talvez seja só uma diferença cultural? Todo mundo que conheci que vem dos Estados Unidos sempre teve uma tendência a falar de um jeito direto, quase brusco. Respeito isso — há um tipo de pureza nessa honestidade. ("É só arranhar a superfície de um ianque que você encontra um puritano embaixo", Barbara West costumava dizer. "Não esqueça que eles foram todos para lá na merda do *Mayflower*.") Diferentemente de nós ingleses, isto é, educados num nível patológico, quase servis, sempre concordando na sua frente, para depois falarmos mal de você, com requintes de crueldade, assim que der as costas.

Kate e eu éramos criaturas muito mais semelhantes; se não fosse por causa de Lana, talvez até tivéssemos nos tornado amigos. Essa é a minha única reclamação quanto a Lana e toda a sua bondade comigo: o fato de ela, sem querer, ter se metido entre nós. Assim que Lana e eu começamos a nos aproximar, Kate passou a me enxergar como uma ameaça. Dava para ver nos olhos dela uma nova hostilidade, uma competição pela atenção de Lana.

Independentemente de como Kate se sentisse a meu respeito, ela era, para mim, uma figura fascinante e dotada de um talento óbvio — mas também era complicada e volátil. Eu ficava desconfortável perto dela, ou talvez *cauteloso* seja uma palavra melhor — do jeito que você se sente perto de um gato imprevisível e mal-humorado, capaz de atacar sem aviso. Não acredito que dê para fazer amizade de verdade com alguém se essa pessoa te dá medo. Como uma pessoa poderia ser ela mesma perto da outra? Quando se tem medo, não se consegue ser autêntico.

E, *sim* — eu tinha medo de Kate. Por bons motivos, como descobri.

Ah. Será que revelei isso cedo demais? É possível.

Mas aí está. Falei. Que fique registrado.

Pousamos no aeroporto de Mykonos — nada mais que uma pista de pouso glamorizada, o que dava a ele um ar mais exótico. Fomos de táxi até o antigo porto de Mykonos, para pegar o táxi aquático até a ilha.

Era fim de tarde quando chegamos ao porto. A paisagem era puro cartão-postal: barquinhos de pesca brancos e azuis, redes emaranhadas como novelos de lã, o som da madeira rangendo na água, o cheiro suave de combustível na brisa marinha. Os cafés agitados à beira-mar estavam lotados, e havia os sons de conversas e risadas, e os aromas fortes daquele café encorpado dos gregos e de lulas fritas. Eu amava tudo aquilo — parecia tão vivo —, e parte de mim queria ficar ali para sempre.

Mas meu destino — em qualquer sentido da palavra — era outro lugar. Por isso subi no táxi aquático atrás de Kate.

Começamos nossa viagem sobre a água. O céu estava assumindo tons violeta enquanto fazíamos a travessia. Escurecia mais a cada segundo.

Logo a ilha apareceu à frente, uma massa de terra obscura ao longe. Parecia quase agourenta à luz do crepúsculo. Sua beleza austera nunca falhava em preencher meu ser com algo parecido com reverência.
Lá está ela, pensei. *Aura.*

7

Quando Kate e eu nos aproximamos da ilha, uma lancha estava deixando o lugar.

Quem conduzia a lancha era Babis, um homem calvo, baixinho e queimado de sol na casa dos sessenta anos, muito bem-vestido. Era dono do restaurante Yialos em Mykonos, e, como resultado de um acordo de décadas iniciado por Otto, Agathi ligava para Babis com antecedência e passava uma lista de compras para ele, que fazia a entrega; também era ele quem cuidava para que a casa estivesse sempre arejada e limpa. Fiquei feliz de não o ter encontrado — era um homem tedioso e esnobe, na minha opinião.

Ao passar por nós, Babis desacelerou a lancha. Fez uma reverência toda performática e cerimoniosa para Kate. Três mulheres de idade avançada, responsáveis pela limpeza, estavam sentadas na parte traseira da lancha, perto de uma pilha de cestas de compras vazias. Enquanto ele fazia sua reverência, as mulheres trocaram olhares inexpressivos entre si.

Aposto que odeiam esse sujeito, pensei. Estava prestes a comentar isso com Kate, mas só de olhar para ela já entendi que era melhor ficar calado. Ela não tinha nem reparado em Babis. Estava olhando fixo para a frente, para a ilha, franzindo o cenho. Ela foi ficando cada vez mais emburrada conforme a jornada prosseguia. Era evidente que alguma coisa a estava incomodando. Fiquei me perguntando o que seria.

Chegamos a Aura e levamos nossas bagagens num silêncio exausto pelo longo caminho para pedestres.

Lá, ao fim do caminho, estava a casa, toda iluminada, um farol de luz, cercada pela escuridão.

Lana e Leo nos deram uma recepção calorosa. Abriram champanhe, e bebemos todos uma taça, menos Leo. Lana perguntou se gostaríamos de desfazer as malas e tomar um banho antes do jantar.

Pedi para ficar no mesmo quarto onde eu sempre ficava — na casa principal, o quarto ao lado do de Lana. Kate pediu para ficar na casa de hóspedes, onde dormira tão bem no último verão.

Lana acenou com a cabeça para Leo.

— Querido, pode ajudar Kate com a bagagem?

Leo, sempre galante, já estava de pé.

Mas Kate o dispensou.

— Não se preocupe, meu bem. Não preciso de ajuda. Sou osso duro de roer. Eu me viro. Deixa só eu terminar minha bebida.

Naquele momento, Jason fez sua entrada, olhando o celular, com uma expressão carrancuda no rosto. Estava prestes a dizer alguma coisa para Lana quando viu Kate e parou ali mesmo. Ele não me viu.

— Ah, é você. — Jason sorriu para Kate, um sorriso que parecia meio forçado. — Não sabia que você vinha.

— *Tã-rã*.

— Querido, eu te falei que tinha convidado a Kate — disse Lana. — Você esqueceu, só isso.

— Quem mais está aqui? — suspirou Jason. — Nossa, Lana, eu te falei... preciso trabalhar.

— Ninguém vai incomodar você, prometo.

— Só espero que não tenha convidado aquele babaca do Elliot.

— Olá, Jason — falei, atrás dele. — É ótimo ver você também.

Jason tomou um susto e, pelo menos, me fez a gentileza de parecer estar constrangido. Kate gargalhou tanto que sua risada mais pareceu um rugido. Lana riu também. E Agathi idem.

Todos nós rimos — menos Jason.

E agora eu chego ao Jason.

Eu poderia muito bem admitir que é impossível, para mim, escrever sobre ele com um mínimo de objetividade. Vou me esforçar ao máximo, claro. Mas é difícil. Basta dizer que Jason não era dos meus. O que é um jeito bem inglês de dizer que eu o achava insuportável.

Jason era um sujeito engraçado. Não quero dizer divertido. Era bonito — tinha uma boa constituição física, uma mandíbula forte, olhos azuis bem claros, cabelo escuro. Mas seus maneirismos eram um constante enigma para mim. Nunca consegui saber se ele estava sendo *brusco* de propósito — para usar um termo educado — e se não dava a mínima quando agia com grosseria. Ou se ele só não estava ciente de como fazia as pessoas se sentirem. Infelizmente, suspeito que seja o primeiro caso.

Agathi, em particular, era quem mais se magoava com a maneira como Jason falava. Ele usava um tom tão arrogante com ela, como se estivesse se dirigindo a uma serviçal, quando era claro que ela era muito mais que isso. Ela o fuzilava com o olhar: *Estou aqui desde antes de você*, seus olhos gritavam, *e estarei aqui quando você não estiver mais*.

Mas Agathi nunca falava fora de hora. Jamais criticou Jason diante de Lana — que continuava cega a todos os defeitos dele. Lana tinha um hábito teimoso de sempre enxergar o melhor em todo mundo — até nas piores pessoas.

— Beleza — disse Kate. — Vou desfazer as malas. Vejo vocês no jantar.

Ela bebeu o restante do champanhe, depois pendurou a mala no ombro e saiu da cozinha.

Sob o fardo da sua bagagem, Kate desceu o estreito lance da escada de pedra que levava ao patamar inferior.

A casa de hóspedes ficava depois da piscina. Essa, por sua vez, era feita de mármore verde, cercada por ciprestes. Otto a havia projetado para que combinasse com a arquitetura original da casa principal.

Kate gostava de se instalar ali — longe da casa principal, dava para ter privacidade, um lugar mais afastado para onde podia fugir.

Ela entrou na casa de hóspedes e largou as malas no chão. Pensou em desfazê-las, mas era esforço demais. Recobrou o fôlego.

Kate sentiu vontade de chorar de repente. Passara o dia inteiro meio emotiva; e agorinha mesmo, só de ver Lana e Leo juntos — tão felizes um na companhia do outro, um afeto tão tranquilo e íntimo —, sentiu uma pontada de tristeza, misturada com inveja, e flagrou-se estranhamente chorosa.

Por que isso? Por que será que, quando Leo pegava a mão da mãe, tocava seu ombro ou dava um beijo carinhoso na sua bochecha, Kate ficava com vontade de chorar? Era porque ela mesma se sentia tão desesperadamente solitária?

Não, que bobagem. Era mais que isso, e ela sabia.

Era o fato de estar aqui, na ilha — era isso o que a incomodava. Estar aqui, sabendo o que tinha vindo fazer. Seria um equívoco? Uma ideia errada? Era possível... Provável.

Tarde demais agora, ela pensou. *Vamos lá, Katie, olha o foco.*

Precisava de algo para acalmar os nervos. O que havia trazido? Klonopin? Xanax? De repente, lembrou-se do agradinho que havia deixado para si mesma na última vez que estivera na ilha. Será que ainda estava aqui?

Kate correu até a estante de livros, passando os dedos pelas lombadas. Então encontrou o velho livro amarelo que estava procurando: *As portas da percepção*, de Aldous Huxley.

Ela o tirou da prateleira. O livro caiu aberto bem na página certa — revelando um saquinho achatado de cocaína. Seus olhos se iluminaram. *Bingo*.

Sorrindo para si mesma, Kate esvaziou o saquinho na mesa de cabeceira. Então pegou o cartão de crédito e começou a separar as carreiras.

8

Na cozinha, Agathi usava uma faca pequena e afiada para habilmente estripar um peixe, uma dourada. Havia arrancado as entranhas turvas e cinzentas, despejando-as na pia. O sangue vermelho-escuro se misturava com a água corrente enquanto ela lavava a cavidade.

Ela quase conseguia sentir as mãos da avó trabalhando por meio das suas; o espírito guiava seus dedos enquanto fazia os movimentos já conhecidos. Passou a tarde inteira com sua *yiayia* nos pensamentos — para Agathi, a velha senhora era inseparável desta parte do mundo. Ambas possuíam algo de selvagem, um toque de magia. Havia boatos de que sua avó fora bruxa. E Agathi conseguia sentir sua presença. Conseguia senti-la na luz do sol, no barulho do mar — e ao estripar peixes.

Ela fechou a torneira, secou a dourada com papel-toalha e depositou o peixe em um prato.

Agathi era uma mulher de quarenta e cinco anos. Tinha um rosto bem marcante, olhos escuros, maçãs do rosto proeminentes — um aspecto bem helênico, a meu ver. Uma mulher bonitona, que raramente se dava ao trabalho de usar maquiagem. Seu cabelo estava sempre preso num coque. Um aspecto severo, talvez — mas se a vaidade de Agathi já era escassa, ela tinha ainda menos tempo livre, que não gostava de desperdiçar cuidando da aparência. Preferia deixar isso para os outros.

Ela analisou os peixes. Eram dos grandes. *Três devem bastar*, pensou. Mas achou melhor confirmar com Lana, só por garantia.

Lana parece mais feliz, pensou. *Que bom.*

Lana andava esquisita ultimamente. Distante, inacessível. Era óbvio que alguma coisa a incomodava. Agathi não seria boba de perguntar. Era a discrição em pessoa e nunca dava sua opinião a não ser que pedissem — e, mesmo assim, só se pressionassem muito.

Naquela casa, Agathi era a única com poder de observação suficiente para reparar nessa mudança recente em Lana. Os outros — os dois homens — dedicavam pouquíssimo tempo a contemplar as alterações no estado de espírito de Lana. O egoísmo de Leo, Agathi botava na conta de sua pouca idade. Jason já era mais difícil de perdoar.

Agathi estava determinada a garantir que Lana tivesse alguns dias de descanso e prazer na ilha. Não existia o menor motivo para que isso não acontecesse.

Até o momento, tinham dado sorte com o tempo. Não havia sinal de vendavais. Quando fizeram a travessia, o mar não podia estar mais calmo. Não se via quase nenhuma ondulação na superfície.

Já a recepção deles fora mais acidentada — num sentido logístico. Agathi era uma governanta formidável e fazia tudo funcionar feito um relógio. Hoje, porém, as coisas estavam atrasando. Quando chegaram, flagraram Babis na cozinha com as compras ainda nos cestos e as faxineiras passando o esfregão nos assoalhos e arrumando as camas. Ficou visível o constrangimento de Babis, que não parava de pedir desculpas. Lana era uma pessoa graciosa, claro, e disse que era culpa dela por ter-lhes dado tão pouco tempo. Agradeceu a todas as faxineiras, uma a uma, e as velhinhas abriram um enorme sorriso de adoração, impressionadas. Lana e Leo saíram para nadar, e Jason se retirou, de mau humor, munido de notebook e celular.

Agathi ficou sozinha com Babis, o que foi desconfortável, naturalmente. Mas ela aguentou firme. Que filho da puta pomposo era aquele homem! Todo prestativo com Lana, se humilhava e praticamente rastejava pelo chão. E aí, sem nem piscar, falava com suas funcionárias feito uma serpente, em grego, com um tom de ditador, desdenhoso, como se fossem lixo.

Agathi era quem ele mais desprezava. Para ele, Agathi sempre seria a garçonete do restaurante. Ele jamais a perdoou pelo que aconteceu naquele verão — a primeira vez que Otto e Lana apareceram para almoçar no Yialos à procura de uma babá, e o destino decretara que seria Agathi quem serviria a sua mesa. Lana foi logo com a cara de Agathi. Eles a contrataram ali mesmo, e ela se tornou indispensável para o casal. Quando sua visita chegou ao fim, perguntaram se ela gostaria de ir morar com eles, como babá, em Los Angeles. Ela topou sem pensar duas vezes.

Você poderia achar que foi o apelo de Hollywood que fez Agathi aceitar a proposta de primeira, mas isso seria um equívoco. Para ela, não fazia diferença para onde iria, contanto que estivesse com Lana. Estava sob o feitiço de Lana naquela época. Teria ido para Timbuktu se a outra pedisse.

Então Agathi se mudou para L.A. com a família e de lá para Londres. E, conforme Leo foi crescendo, ela foi sendo promovida, de babá para cozinheira, governanta, assistente, até mesmo — e aqui será que ela não estava se envaidecendo? — confidente e melhor amiga de Lana. Talvez estivesse passando um pouco dos limites, mas não muito. Num sentido prático, do dia a dia, Agathi era mais íntima dela do que qualquer outra pessoa.

Sozinha na cozinha com Babis, Agathi se deleitou com um prazer perverso, repassando a longa lista de compras, lenta e minuciosamente, item por item, insistindo para que ele verificasse se estava tudo lá. Esse processo era excruciante para ele, sempre acompanhado por suspiros audíveis e batidas de pé no chão.

Assim que Agathi teve a impressão de que já o havia torturado o suficiente, ela o liberou. E começou a guardar todas as compras e a planejar as próximas refeições.

Enquanto servia-se de uma xícara de chá, a porta dos fundos se abriu.

Ali estava Nikos, à sombra da porta. Em uma das mãos, trazia uma adaga e um gancho de aparência assustadora. Na outra, carregava um saco molhado, cheio de ouriços-do-mar pretos e espinhosos.

Agathi o fuzilou com o olhar.

— O que você quer? — disse ela em grego.

— Aqui. — Nikos estendeu a mão com o saco de ouriços-do-mar. — Para ela.

— Ah. — Agathi pegou o saco.

— Sabe como se limpa?

— Sei, sim.

Nikos se demorou por um instante. Parecia estar tentando espiar por cima do ombro dela, para ver quem mais estaria na cozinha.

Agathi franziu a testa.

— Quer mais alguma coisa?

Nikos fez que não com a cabeça.

— Então tenho mais o que fazer.

E fechou a porta com firmeza na cara dele.

Ela largou a sacola de ouriços-do-mar na bancada. Ficou olhando para eles por um segundo. Ouriço-do-mar cru era uma iguaria local, e Lana adorava. Foi uma bela gentileza da parte de Nikos,

sim, e Agathi não ficou com raiva pelo esforço adicional que seria
prepará-los. Mas esse gesto dele a incomodou. Algo a seu respeito
a deixava nervosa.

Havia algo estranho, pensou, no modo como ele andava olhando
para Lana. Agathi havia reparado nisso mais cedo, quando Nikos os
recebeu no píer. Lana nem percebeu.

Mas Agathi sim. E não gostou nem um pouco disso.

9

Nikos se afastou da porta dos fundos.

Estava pensando em como era estranho, após meses de solidão, estar novamente na companhia de outras pessoas.

De certo modo, ele sentia que aquilo era quase uma invasão — como se sua ilha estivesse sendo sitiada.

Sua ilha. Que absurdo pensar que a ilha lhe pertencia. Mas não tinha como evitar.

Já fazia quase vinte e cinco anos que Nikos vinha levando uma existência solitária em Aura. Era praticamente autossuficiente, caçando e plantando tudo de que precisava. Tinha uma horta nos fundos do seu chalé, algumas galinhas e uma abundância de peixes no mar. Hoje em dia, só voltava a Mykonos para o essencial, como tabaco, cerveja, *ouzo*. Quanto ao sexo, podia ficar sem.

Quando acontecia de se sentir solitário, necessitando de companhia humana — outras vozes e risadas —, ele visitava a taverna frequentada pelos nativos. Do porto de Mykonos, era preciso atravessar a cidade para chegar lá, longe dos bilionários e seus iates. Nikos se sentava sozinho no bar, tomando cerveja. Não falava nada, mas escutava, com o ouvido colado nas fofocas locais. Os outros fregueses, fora um ou outro aceno de cabeça para reconhecer sua presença, geralmente o deixavam em paz. Sentiam que Nikos era uma pessoa diferente agora — suas décadas de isolamento o transformaram num estranho.

Ele escutava as fofocas sobre Lana, o que diziam os velhos sentados às mesinhas com seus jogos de gamão e copinhos de *ouzo*. Muitos deles se lembravam de Otto e se referiam a Lana, em grego, com a expressão um tanto peculiar de "a sereia das telonas". Ficavam intrigados com essa estrela reclusa do cinema americano que era dona da ilha — uma posse que, diga-se de passagem, lhe trouxe uma felicidade parca e rara, e muita tristeza.

— A ilha é amaldiçoada — falou um deles. — Pode anotar o que eu digo. Vai acontecer de novo. Não vai demorar para que o novo marido siga pelo caminho do que veio antes.

— Ele não tem dinheiro nenhum — disse um outro. — O marido é um pau-mandado, quem banca tudo é a esposa.

— Ela tem dinheiro para dar e vender — disse um terceiro. — Queria eu que a minha mulher me sustentasse.

Isso arrancou risadas de todos.

O quanto havia de verdade nisso a respeito de Jason, Nikos não sabia — nem queria saber. Compreendia a situação do homem. Quem poderia competir com Lana, em termos de riqueza? Tudo o que Nikos tinha para lhe oferecer eram suas mãos vazias. Mas, pelo menos, era um homem de verdade — não um homem de mentira, como Jason.

Nikos sentiu antipatia por Jason logo de cara. Lembrava-se da primeira vez dele em Aura, mal-humorado, de terno e óculos escuros, inspecionando a ilha com ares de proprietário.

Nikos continuou a observá-lo de perto ao longo dos anos, muitas vezes quando Jason não fazia ideia de que estava sendo observado. Nikos concluíra que Jason era uma farsa. Seu último "hobby", por exemplo, o de brincar de caçador, fora a maior piada até agora. Nikos teve que se esforçar para não rir ao ver Jason manusear as armas de forma tão desajeitada, com uma pontaria péssima, mas todo bravateiro, como um menino estufando o peito para fingir que era homem.

Quanto ao que ele caçava — uns coitados de uns passarinhos patéticos que sequer valiam o esforço de Agathi para depená-los. Sem falar do desperdício de balas.

Um homem daqueles não merecia Lana.

De todos ali, ela era a única cuja presença não incomodava Nikos. Era a ilha dela, afinal. Ela pertencia àquele lugar, ganhava vida ali. Sempre chegava com uma palidez de defunta, desesperada por sol. E então, em poucos dias, a ilha realizava sua mágica — ela nadava em seu mar, comia seus peixes e os frutos de sua terra. E então desabrochava feito uma flor. A coisa mais bonita que ele já vira. Um lembrete visceral de que a natureza — ainda que fosse gloriosa e sua fonte de sustento — não era a mesma coisa que uma mulher.

Nikos não conseguia se lembrar da última vez que fora tocado. Que dirá beijado.

Havia passado tempo demais sozinho. Às vezes se perguntava se não estava enlouquecendo. Diziam, na taverna, que era o vento que enlouquecia as pessoas. Mas não era o vento.

Era a solidão.

Se fosse embora de Aura, para onde iria? Já não conseguia ficar na presença de outras pessoas por muito tempo. Sua única opção era o mar — morar num barco, navegar pelas ilhas. Mas ele não tinha um barco grande o suficiente para isso e jamais teria dinheiro para comprar um que fosse adequado para algo maior que uma pescaria.

Não, ele precisava se resignar com o fato de que nunca deixaria a ilha até o dia de sua morte. E provavelmente nem nesse dia. Levaria vários meses antes que seu corpo fosse descoberto. Até esse momento, ele provavelmente já teria sido despedaçado, comido, devorado pelos outros habitantes da ilha — como aquele besouro morto em frente à porta da sua cozinha, desmembrado e levado embora por uma longa fileira de formigas operárias.

Sua mente parecia estar girando em torno da morte. A morte estava por toda parte em Aura. Disso ele sabia.

Enquanto se afastava da casa, pegando um atalho em meio às árvores, Nikos avistou algo que o fez parar ali mesmo.

Um enorme ninho de vespas.

Ele ficou observando. Era um ninho imenso, o maior que ele já vira. Estava na base de uma oliveira, num espaço oco criado pelas raízes. Uma grande massa de vespas, que voavam em círculos — como uma bola esvoaçante de fumaça preta, revirando-se sobre si mesma. De certo modo, era lindo de ver.

Seria loucura mexer num ninho desse tamanho. Além do mais, não queria destruí-lo. Não seria certo matá-las. As vespas tinham tanto direito de estar ali quanto qualquer um. Eram uma bênção, na verdade — comiam os mosquitos. Nikos só esperava que a família não reparasse no ninho e exigisse que fosse destruído.

A coisa certa a fazer, ele decidira, seria atrair as vespas para longe da casa principal — e torcer para não acabar picado no processo. Um prato de carne deixado do lado de fora de seu chalé bastaria: um bife em pedaços ou um coelho esfolado. As vespas tinham uma predileção especial por coelhos.

Foi então que ele ouviu o barulho de algo caindo na água. Olhou através das árvores e viu que Kate havia pulado na piscina.

Nikos ficou ali em pé, invisível na escuridão, observando enquanto ela nadava.

Depois de um tempo, Kate pareceu sentir sua presença. Parou do nada e olhou ao redor, tentando ver para além das luzes, no escuro.

— Quem é? — disse Kate. — Quem está aí?

Nikos estava prestes a seguir em frente, quando ouviu passos nas sombras. Mais alguém apareceu — Jason, descendo os degraus. Ele andou até a beira da piscina.

Jason ficou ali, em pé, encarando Kate na água. Seu rosto estava inexpressivo, feito uma máscara. Kate nadou até ele.

Ela sorriu.

— Você deveria entrar na água, está ótima.

Jason não retribuiu o sorriso.

— O que você está fazendo aqui?

— Como assim?

— Você entendeu a pergunta. Por que está aqui?

Kate deu uma risada.

— É óbvio que você não está feliz em me ver.

— Não estou mesmo.

— Isso não é muito legal.

— Kate...

Kate mostrou a língua para ele e mergulhou, respingando água. Foi embora, nadando submersa, encerrando aquele papo.

Jason deu meia-volta e voltou para a casa.

Nikos hesitou por um instante, refletindo sobre o que acabara de presenciar. Fez que ia embora — e então teve uma sensação estranha e súbita. Ele congelou.

Não estava sozinho. Havia mais alguém ali, no escuro, observando Kate.

Nikos olhou ao redor, apertando os olhos para tentar enxergar alguma coisa na escuridão. Não conseguiu ver ninguém. Apurou os ouvidos — mas só havia silêncio. Embora pudesse jurar que tinha alguém escondido ali.

Hesitou por um segundo. E então, sentindo-se nervoso, deu meia--volta e retornou, apressado, para seu chalé.

10

Depois do banho, levei um par de taças de champanhe para Lana, em seu quarto. Ela estava sozinha, sentada à penteadeira, de roupão atoalhado. Lana ficava ainda mais linda sem maquiagem, pensei.

Conversamos por um tempo, até a porta ser escancarada. Jason entrou com tudo no quarto. Ele me viu e parou.

— Ah — disse Jason. — Você aqui. Sobre quem vocês dois estão fofocando?

Lana sorriu.

— Ninguém que você conheça.

— Contanto que não seja sobre mim.

— Por quê? — perguntei. — Culpa no cartório?

Ele me fuzilou com o olhar.

— Que porra você quer dizer com isso?

Lana riu, mas dava para ver que estava irritada.

— Jason. Ele está brincando.

— Não tem graça nenhuma. — E, fazendo um esforço hercúleo para parecer inteligente, acrescentou: — Ele nunca teve.

Eu sorri.

— Por sorte, milhares de frequentadores de teatro no mundo inteiro discordam.

— Ãham. — Ele não sorriu de volta.

Ultimamente, a boa vontade de Jason comigo era inexistente — o máximo que eu poderia esperar era que ele conseguisse manter a civilidade e não se tornar violento.

Ele tinha ciúmes de mim, é claro — porque eu dava a Lana algo que ele não conseguia entender e era incapaz de oferecer. O que era? Bem, na falta de uma palavra melhor, vamos chamar de amizade. Jason não conseguia compreender um mundo em que um homem e uma mulher eram capazes de uma amizade tão íntima.

Apesar de que Lana e eu não éramos apenas amigos — éramos almas gêmeas.

Mas Jason também não conseguia entender isso.

— Elliot teve uma ótima ideia — disse Lana. — Vamos a Mykonos amanhã para jantar. O que me diz?

Jason reagiu com uma careta.

— Não, obrigado.

— Por que não? Vai ser divertido.

— Onde? Só não me diga que é no Yialos.

— Por que não?

— Ai, pelo amor de Deus. — Jason suspirou. — O Yialos exige toda uma produção. Achei que a gente tinha vindo para cá para relaxar.

Não consegui não me meter.

— Ai, qual é, Jason. Pensa só no quanto a comida do Yialos é boa. Hmm, hmm.

Jason me ignorou. Mas não reclamou mais, sabendo que não tinha muita escolha.

— Que seja. Vou tomar banho.

— Essa é a minha deixa. Estou saindo. Vejo vocês dois lá embaixo.

Saí pela porta. Fechei-a ao passar.

Foi então — e eu normalmente não admitiria uma coisa dessas, mas, já que estou conversando com você, serei honesto — que eu encostei a orelha na porta. Você não faria o mesmo? Não era possível que eles não estivessem conversando sobre mim. Fiquei curioso para ouvir o que Jason diria quando eu desse as costas.

O diálogo soava abafado por causa da porta, mas era audível. Lana parecia irritada.

— Não entendo por que você não consegue tratá-lo com educação.

— Porque ele está sempre na porra do seu quarto, por isso.

— Ele é um dos meus melhores amigos.

— Ele é apaixonado por você.

— Não é, não.

— Claro que é. Por que outro motivo você acha que ele nunca teve uma namorada desde que matou aquela velha?

Uma pausa.

— Não tem graça, Jason.

— Quem disse que eu estou fazendo graça?

— Querido, você queria alguma coisa? Ou só está procurando briga?

Houve mais uma pausa enquanto Jason se acalmava. Ele continuou com um tom mais suave.

— Preciso conversar com você.

— Tá. Mas larga do pé do Elliot. Estou falando sério.

— Tudo bem. — Jason passou a falar em um tom de voz baixo. Tive que pressionar a orelha com força na porta para conseguir ouvir suas palavras. — Não é nada sério... Preciso que você assine uma coisa.

— Agora? Não dá para esperar?

— Preciso enviar hoje. Só vai levar um segundo.

Lana fez uma pausa.

— Achei que não fosse sério.

— Não é.

— Então qual é a pressa?

— Pressa nenhuma.

— Então eu leio amanhã.

— Não precisa nem ler — disse Jason. — Só estou movimentando umas coisas. Eu explico o contexto.

— Ainda assim preciso ler. Vamos mandar para o Rupert, por e-mail, e aí ele pode dar uma olhada... e eu assino depois. Que tal?

— Esquece. — Ele parecia furioso.

Jason não se explicou — mas eu não precisava de explicação. Mesmo a alguns metros de distância, do outro lado de uma porta de carvalho maciço, eu sabia que ele estava aprontando alguma coisa. Deu para ver por causa de sua hesitação e pela mudança em seu tom de voz que a mera menção do nome do advogado dela já o desanimou. Jason percebeu que seu pequeno esquema, qualquer que fosse, não daria certo.

— Tudo bem. Não tem problema. Dá para esperar.

— Certeza?

— Sim. Sem estresse. Vou tomar um banho.

Com isso, eu me afastei da porta. Dava para imaginar o que aconteceria depois.

Imaginei Jason entrando no banheiro — e, no momento em que se viu sozinho, a máscara sorridente caiu de seu rosto. Ele ficou se encarando no espelho. Havia desespero em seus olhos. Será que foi um erro, ele se perguntava, ter falado com Lana desse jeito? Teria ele despertado alguma desconfiança nela?

Deveria ter esperado até que ela tomasse umas doses — e só aí mostrado os papéis para assinatura. *Sim, talvez isso ainda funcione.*

Mais tarde, depois do jantar, ele tentaria de novo — quando ela estivesse mais relaxada. Era só não parar de encher o seu copo. Ser muito solícito com ela. E, conhecendo Lana, era capaz de que mudasse de ideia e ela mesma sugerisse assinar os papéis — só para agradar. Era bem o tipo de coisa que ela faria.

Sim — talvez ainda dê certo. *Respire,* Jason disse a si mesmo, *respire e mantenha a calma.*

Jason abriu o chuveiro. A água estava quente demais e agrediu seu rosto e sua pele, queimando-o.

Que alívio sentir aquela dor, uma distração bem-vinda dos seus pensamentos... de tudo que ele precisava fazer... de tudo o que estava por vir.

Ele fechou os olhos e se deixou queimar.

11

Algum tempo depois, Kate foi vagando até a cozinha. Estava esbaforida e um pouco chapada. Esperava que os outros não reparassem.

Empoleirada numa banqueta, ela ficou observando enquanto Lana e Agathi preparavam o jantar. Lana fazia uma salada com aquelas folhas de rúcula picante que eram abundantes em toda a ilha. Agathi mostrou a Lana o prato de dourada que ela havia limpado.

— Acho que três bastam, não?

Lana fez que sim.

— Três são o suficiente.

Kate pegou uma garrafa de vinho e serviu uma taça para si mesma e para Lana.

Logo estavam na companhia de Leo, recém-saído do banho. Estava corado e com os cabelos molhados pingando na camiseta.

Leo já tinha dezessete anos, quase dezoito. Parecia uma versão masculina e mais nova de Lana — como um jovem deus grego. O filho adolescente de Afrodite — como era seu nome mesmo? Eros. Tinha a aparência que Eros devia ter. Cabelos loiros, olhos azuis, atlético e esbelto. E tinha um espírito gentil também, assim como a mãe.

Lana olhou para ele de relance.

— Querido, seque o cabelo. Você vai acabar pegando um resfriado.

— Vai secar logo. O tempo está zero úmido. Precisam de ajuda?

— Você pode botar a mesa?

— Onde vamos comer? Dentro ou fora?

— Que tal lá fora? Obrigada.

Kate observava Leo com ares de aprovação.

— E não é que você está *lindo*, Leo? Quando foi que ficou tão bonitão? Quer um pouco de vinho?

Leo fez que não com a cabeça enquanto catava os *sousplats* e guardanapos.

— Eu não bebo.

— Beleza, então senta aqui, desembucha. — Kate bateu no banquinho ao lado dela, convidando o rapaz. — Quem é a felizarda? Qual o nome dela?

— Quem?

— Sua namorada.

— Não tenho namorada.

— Mas não tem *como* você não estar saindo com alguém. Anda... conta pra gente. Qual o nome dela?

Leo parecia constrangido, murmurou algo ininteligível e saiu às pressas da cozinha.

— O que foi? — Kate se voltou para Lana, perplexa. — Não me diga que ele está solteiro? Não é possível. Ele é *lindo*.

— Se você diz.

— Ele é, sim. Deveria estar trepando que nem doido nessa idade. Qual o problema? Você se preocupa que ele seja meio...? — Kate hesitou e lançou um olhar expressivo para Lana. — Você *sabe*.

— Não — respondeu Lana com um sorriso intrigado. — O quê?

— Sei lá... *apegado*...

— Apegado? A quem?

— A *quem*? — Kate riu. — A você, meu bem.

— A mim? — Lana pareceu genuinamente surpresa. — Não acho que Leo tenha qualquer apego particular por mim.

Kate revirou os olhos.

— Lana. Leo é obcecado por você. Sempre foi.

Lana fez pouco-caso.

— Se é isso, uma hora passa. Vou ficar triste quando passar.

— Acha que ele pode ser gay?

Lana deu de ombros.

— Não faço ideia, Kate. E se for?

— Talvez eu devesse perguntar a ele. — Kate sorriu e serviu-se de mais uma taça, começando a gostar da ideia. — De um jeito meio "irmã mais velha", sabe? Vou falar com ele por você.

Lana balançou a cabeça.

— Por favor, não faça isso.

— Por que não?

— Não acho que você faça o tipo "irmã mais velha".

Kate considerou isso.

— É, também acho que não.

As duas deram risada.

— Qual é a graça? — perguntei enquanto entrava na cozinha.

— Nada não — disse Kate, ainda rindo. Ela ergueu a taça para Lana. — Saúde.

Houve muita risada naquela noite. Éramos um bando alegre — você jamais imaginaria que seria a última vez que estaríamos juntos assim.

O que poderia acontecer num espaço de poucas horas?, você talvez se pergunte. O que poderia ter dado tão errado a ponto de acabar em morte?

Difícil dizer. Será que alguém é capaz de apontar o momento exato em que o amor se transforma em ódio? Tudo tem fim, eu sei. Principalmente a felicidade. Especialmente o amor.

Perdoe-me por ter me tornado tão cínico. Eu era tão idealista quando novo — romântico até. Costumava acreditar que o amor durava para sempre. Não acredito mais. Agora, o que sei com certeza é que a primeira metade da vida é puro egoísmo, e a segunda, só tristeza.

Faça-me este favor por um instante, se puder — permita que eu me demore aqui e aproveite essa última lembrança feliz.

Jantamos ao ar livre, sob as estrelas. Nós nos sentamos sob a pérgula, à luz de velas e cercados pelo aroma doce das trepadeiras de jasmins.

Começamos com ouriços-do-mar frescos e salgados, preparados por Agathi. É um prato que se come cru, com um toque de limão. Nunca foram a minha praia — mas, se você fechar os olhos e engolir rápido, dá para fingir que são ostras. E aí veio a dourada grelhada e o filé fatiado, várias saladas e legumes fritos no alho — e a *pièce de résistance*: as batatas fritas de Agathi.

Kate não estava com muito apetite — por isso comi por dois, enchendo meu prato. Teci elogios aos dotes culinários de Agathi, tendo o cuidado de elogiar o empenho de Lana também. Mas não havia como comparar suas saladas saudáveis com aquelas batatas luxuriosas, cultivadas na terra vermelha de Aura, douradas e exsudando azeite. Foi uma refeição perfeita, aquela última ceia.

Depois, ficamos sentados em volta da lareira. Eu papeava com Lana enquanto Leo jogava gamão com Jason.

Então, de repente, Kate exigiu ver o cristal de Agathi. Ela foi até a casa para buscá-lo.

Devo lhe contar sobre o cristal. Era um objeto quase mítico na família. Um dispositivo rústico para ler a sorte, que pertencera à avó de Agathi e supostamente possuía propriedades mágicas.

Era um pingente — um cristal branco opaco, no formato de um pequeno cone, como uma pinha em miniatura, preso a uma correntinha de prata. Para usá-lo, era preciso segurar a correntinha na mão direita, pendurando o cristal acima da palma aberta da mão esquerda. Aí você fazia uma pergunta — formulada de modo que pudesse ser respondida com um sim ou um não.

O cristal se movia em resposta. Se ele se mexesse feito um pêndulo, numa linha reta, a resposta era não. Mas, se balançasse em círculos, a resposta era sim. Absurdo em sua simplicidade — mas tinha a perturbadora tendência a dar resultados precisos. As pessoas o consultavam a respeito de seus planos e intenções — *Devo aceitar este emprego? Devo me mudar para Nova York? Devo me casar com este homem?* A maioria relatava — meses, às vezes anos depois — que o cristal acertara a previsão.

Kate acreditava piamente na magia do cristal, daquele jeito ingênuo dela, às vezes, com uma fé infantil. Estava convencida de que era genuíno — um oráculo grego.

Todos nos revezamos naquela noite — cada um fazendo suas perguntas secretas —, menos Jason, que não estava interessado. Ele não ficou muito tempo. Perdeu a cabeça depois que Leo ganhou dele no gamão e voltou para casa feito um furacão, emburrado.

Depois que sobramos nós quatro ali, a atmosfera ficou mais animada. Eu enrolei um baseado. Lana nunca tinha puxado fumo na vida antes, mas naquela noite ela infringiu essa sua regra cardeal e deu uma tragada. Kate idem.

Leo pegou o violão e tocou algo que ele mesmo compôs. Um dueto, para ele e Lana. Era uma música linda; mãe e filho tinham vozes bonitas que se harmonizavam. Mas Lana estava chapada e não parava de esquecer a letra. E aí ela começou a rir, o que Kate e eu achamos hilário — embora Leo tenha ficado irritado.

Deve ter sido muito chato para ele, esse garoto certinho de dezessete anos, lidar com um bando de adultos bobos e chapados, agindo que nem adolescentes. Não conseguíamos parar de rir, nós três, nos abraçando e balançando de tanto gargalhar.

Fico feliz por guardar essa lembrança. Nós três, rindo. Fico feliz que continue imaculada.

É difícil acreditar que, em vinte e quatro horas, um de nós estaria morto.

12

Antes de lhe contar sobre o assassinato, tenho uma pergunta a lhe fazer.

O que vem primeiro — caráter ou destino?

Essa é a questão central de qualquer tragédia. O que tem precedência — livre-arbítrio ou fado? Será que os terríveis eventos do dia seguinte eram inevitáveis, determinados por algum deus maligno? Estávamos fadados — ou havia alguma esperança de conseguirmos nos safar?

Essa pergunta vem me assombrando ao longo dos anos. Caráter ou destino? O que você acha? Vou lhe dizer o que penso. Após refletir longa e profundamente, passei a achar que as duas coisas são uma só.

Mas não acredite apenas na minha palavra. Foi o filósofo grego Heráclito quem disse:

"Caráter é destino."

E, se Heráclito estiver certo, então a tragédia que nos aguardava dentro de algumas horas foi uma consequência direta de nosso caráter — de quem éramos. Correto? Por isso, se *quem você é* determina o que lhe acontece, logo a verdadeira pergunta passa a ser:

O que determina *quem você é*?

O que determina o seu *caráter*?

A resposta, parece-me, é que minha personalidade, meus valores e opiniões a respeito de como existir no mundo, de como ser bem-sucedido ou feliz, podem ser rastreados até chegarmos àquele universo sombrio e esquecido da infância, onde meu caráter foi forjado e, em última análise, definido, por todas as coisas com as quais aprendi a me conformar ou até por aquelas que me induziram a me rebelar.

Demorei um tempão para me dar conta disso. Quando era jovem, evitava pensar na minha infância ou no meu caráter, para ser sincero. Talvez isso não seja nenhuma surpresa. Minha terapeuta uma vez me disse que todas as crianças traumatizadas, e os adultos que elas se tornam, tendem a se concentrar exclusivamente no mundo exterior. Um tipo de hipervigilância, imagino. Olhamos para *fora*, não para dentro — vasculhando o mundo atrás de sinais de perigo: será que estamos seguros ou não? Crescemos com tanto medo de provocar raiva, por exemplo, ou desprezo nos outros que, depois, já adultos, se vislumbramos um bocejo disfarçado enquanto conversamos com alguém, um olhar de tédio ou irritação em seus olhos, nos vem um sentimento assustador de desintegração interior — como se um pedaço de tecido esgarçado se rasgasse — e rapidamente redobramos nossos esforços para entreter e agradar.

A verdadeira tragédia é que, é claro, ao ficarmos o tempo todo olhando para fora, concentrando-nos tão intensamente na experiência alheia, perdemos o contato com nossa própria experiência. É como se vivêssemos nossa vida inteira fingindo ser nós mesmos, como *impostores de nós mesmos*, em vez de sentir que *este aqui sou eu de verdade, é quem eu sou*.

É por isso que, hoje em dia, eu me obrigo a retornar à minha experiência: não é um *será que está todo mundo se divertindo?*, mas, sim, *será que eu estou?* Não um *será que eles gostam de mim?* Mas *será que eu gosto deles?*

É nesse espírito que eu faço a pergunta:
Será que eu gosto de você?
É claro que gosto. Você é uma pessoa meio caladinha — mas ótima ouvinte. E todos gostamos de bons ouvintes, não é mesmo? Só Deus sabe como passamos a vida inteira sem que ninguém nos dê ouvidos.

Comecei a fazer terapia com uns trinta e poucos anos. Àquela altura, sentia que já havia distanciamento suficiente em relação ao meu passado para poder olhar para trás com segurança, espiando tudo por entre os dedos, apertando os olhos. Optei pela terapia em grupo não só porque era mais barata, mas, para falar a verdade, porque gosto de observar os outros. Sofri a vida inteira com uma puta solidão, então gosto de ficar perto dos outros e vê-los interagirem — num espaço seguro, devo acrescentar.

Minha terapeuta se chamava Mariana. Tinha olhos escuros e inquisitivos, um cabelo longo e ondulado — acho que talvez fosse grega, ou descendente de gregos. Era uma mulher sábia e muito bondosa, no geral. Mas também era capaz de ser brutal.

Lembro-me de ela ter dito algo assombroso certa vez — que mexeu com a minha cabeça por muito tempo. Pensando bem, acho que foi algo que mudou a minha vida inteira.

— Quando somos pequenos — disse Mariana —, e estamos com medo... quando somos constrangidos e humilhados... algo acontece. O tempo *para*. Fica congelado naquele instante. Uma versão de nós fica presa naquela idade... para sempre.

— Presa onde? — perguntou Liz, que era parte do grupo.

— Presa *aqui*. — Mariana deu uma batidinha com o dedo na lateral da cabeça. — Uma criança amedrontada se esconde em sua mente... ainda sentindo-se insegura, ignorada e privada de amor. E quanto antes você entrar em contato com essa criança e aprender a se comunicar com ela, mais harmoniosa será a sua vida.

Eu devo ter parecido cético, porque Mariana mirou o golpe de misericórdia em mim.

— Afinal de contas, foi para isso que a criança criou você, não foi, Elliot? Um corpo adulto forte, para cuidar dela e dos seus interesses? Para protegê-la? Era para você libertá-la... mas acabou se tornando o carcereiro dela.

Que estranho isso. Ouvir uma verdade da qual você sempre teve consciência, mas jamais conseguiu colocar em palavras. E aí, um dia, chega alguém e diz tudo para você, tintim por tintim: *Esta é a sua vida: aqui, olha bem*. Se vai dar ouvidos a isso ou não, aí depende de você.

Mas eu dei ouvidos. Ouvi tudo em alto e bom som.

Uma criança aterrorizada presa em minha mente. Uma criança que não quer ir embora.

De repente, tudo fez sentido. Todos os sentimentos desconfortáveis que eu tinha na rua ou em situações sociais, ou quando precisava discordar de alguém ou agir de modo assertivo — o enjoo, o medo do contato visual —, isso não tinha nada a ver comigo, nada a ver com o aqui e agora. Eram sentimentos antigos, deslocados no tempo. Pertenciam a um menininho de muito tempo atrás que, certa vez, sentiu todo esse medo, que estava sob ataque e foi incapaz de se defender.

Pensei tê-lo deixado para trás há muitos anos. Pensei que fosse *eu* quem estivesse conduzindo a minha vida. Mas estava enganado. Ainda vinha sendo conduzido por uma criança assustada. Uma criança incapaz de ver a diferença entre o presente e o passado — e que, feito um viajante do tempo involuntário, tropeçava entre as duas coisas eternamente.

Mariana tinha razão: era melhor eu tirar a criança da cabeça e botá-la no meu colo.

Seria muito mais seguro para nós dois.

Caráter *é* destino. Lembre-se disso, guarde isso para depois.

Lembre-se da criança também.

E eu não me refiro somente à criança em mim, mas à criança em *você*.

— Sei que falar para vocês se amarem é pedir demais — Mariana costumava dizer. — Mas aprender a amar essa criança que vocês já foram ou, pelo menos, ter compaixão por ela é um grande passo no caminho certo.

Talvez isso faça você rir. Talvez revire os olhos. Talvez pense que parece coisa dessa gente da Califórnia, tudo é autoindulgência e autopiedade. É capaz que diga que não, que você tem uma constituição mais sólida. É possível que tenha mesmo. Mas me deixe dizer uma coisa, amizade: rir de si mesmo é um mero mecanismo de defesa para não sentir dor. Se você ri de si mesmo, como vai se levar a sério um dia? Como vai sentir todas as coisas pelas quais passou?

Depois que vi a criança em mim, comecei a ver as crianças nos outros — todas vestidas de adultos, fingindo estar crescidas. Eu passei a enxergar o que estava por trás daquela performance, vendo a criança assustada embaixo daquilo. E, quando você pensa em alguém como uma criança, é impossível sentir ódio. A compaixão vem à tona e...

Que hipócrita você, Elliot. Mentiroso do cacete.

É o que Lana diria neste momento se estivesse espiando por cima do meu ombro, lendo isto aqui. Ela daria uma risada e deduraria a minha mentirada.

E quanto a Jason?, Lana diria. *Cadê a sua compaixão por ele?*

É um bom argumento. Cadê a minha compaixão por Jason?

Será que andei sendo injusto? Fiz uma representação equivocada dele? Distorci a verdade e o pintei, de propósito, como uma pessoa insuportável?

É possível. Suspeito que minha empatia por Jason será sempre limitada. Não consigo enxergar o que há além de seus atos terríveis. Não consigo ver o que há no coração do homem — todas as coisas que ele aguentou quando era criança, as coisas ruins, as indignidades, as crueldades que o fizeram acreditar que o único modo de obter sucesso na vida era sendo egoísta, implacável, mentiroso e traíra.

Era isso o que Jason achava que significava ser homem. Mas Jason não era um homem.

Era só uma criança, brincando de faz de conta.

E crianças não deveriam brincar com armas.

13

Pou, pou, pou.

Eu acordei assustado. O que diabos foi aquele barulho?

Pareciam tiros. Que horas seriam? Olhei meu relógio. Dez da manhã.

Outro tiro.

Sentei na cama, alarmado. Então ouvi Jason do lado de fora, xingando de raiva, enquanto tentava acertar mais um pássaro e errava a pontaria.

Era Jason caçando, só isso.

Afundei de novo na cama e resmunguei.

Minha nossa, pensei. *Que jeito de acordar.*

E assim chegamos ao dia do assassinato.

O que posso dizer a respeito desse dia terrível? É verdade que, se eu soubesse como terminaria e os horrores que viriam, jamais teria levantado da cama. Mas devo confessar que dormi bem e nenhum pesadelo, nenhuma premonição do que nos aguardava me atormentou.

Sempre dormi bem em Aura. A ilha era tão silenciosa. Tão pacífica. Não tinha bêbados, nem caminhões de lixo para atrapalhar o sono. Não, para isso era preciso Jason, com uma arma na mão.

Levantei da cama, e as lajotas de pedra fria despertaram os meus pés. Segui até a janela e abri as cortinas de uma vez só. A luz do sol inundou o quarto. Olhei para fora, para o céu azul e límpido, as fileiras ordenadas de pinheiros altos e verdejantes, e o azul prateado das oliveiras, as flores rosadas da primavera e as nuvens de borboletas amarelas. Fiquei escutando por um instante o coral das cigarras e o canto dos pássaros, inspirando os cheiros fortes de terra, areia e mar. Era uma cena gloriosa. Não pude conter um sorriso.

Decidi trabalhar um pouco antes de descer. Sempre me sentia inspirado quando estava na ilha. Por isso eu me sentei à mesinha e abri o caderno. Rascunhei algumas ideias para uma peça na qual vinha trabalhando.

Depois tomei uma ducha rápida e desci a escada. O forte cheiro de café me convidou até a cozinha, onde havia um bule com café fresquinho sobre o fogão. Servi-me de uma xícara.

Nem sinal dos outros. Fiquei me perguntando onde estariam.

Então, olhando pela janela, reparei que Leo e Lana estavam lá fora. Trabalhavam com afinco no jardim.

Com a ajuda de Nikos, Leo cavava um buraco na terra de um velho canteiro de flores. Nikos fazia a maior parte do trabalho, exaurindo-se, o colete encharcado de suor. Lana estava agachada ali perto, colhendo tomates-cereja, que ela juntava num cesto de vime.

Eu me servi de mais uma xícara de café. Depois fui me juntar a eles.

Saí da casa e avancei pelos degraus de pedra irregulares até o patamar inferior. Enquanto passava pelos muros do pomar, olhei para dentro de relance, para as fileiras de pessegueiros e macieiras. Havia flores rosadas e brancas em seus galhos, e florezinhas amarelas minúsculas em meio às raízes.

A primavera, pelo visto, que ainda não havia chegado à Inglaterra, estava em plena floração em Aura.

— Bom dia — falei, quando me aproximei de Leo e Lana.

— Elliot, querido. Aqui. — Lana botou um tomate-cereja na minha boca. — Algo doce para começar o dia.

— Já não sou doce o suficiente? — eu ri, com a boca cheia.

— Quase. Mas ainda não o suficiente.

— Mmm. — O tomate era, de fato, doce e delicioso. Peguei mais um do cesto de Lana. — O que está acontecendo?

— Estamos plantando mais uma hortinha. Nosso novo projeto.

— E qual é o problema da antiga?

— É para o Leo. Ele precisa de um canteiro só para ele. — Lana sorriu para mim, achando um pouco de graça. — Ele é vegano agora, sabe?

— Ah. — Eu retribuí o sorriso. — Você mencionou isso, sim.

— Vamos plantar de *tudo*. — Leo gesticulava enfaticamente na direção da terra revirada.

— Quase tudo. — Lana sorriu.

— Couve e couve-flor, brócolis, espinafre, cenoura e rabanete... Que mais?

— Batata — disse Lana. — Para a gente parar de roubar as do Nikos. Aliás, estavam deliciosas ontem à noite. Obrigada.

Esse agradecimento foi voltado para Nikos, com um sorriso. Ele fez pouco-caso do elogio, constrangido.

— Cabe um pezinho de maconha? — perguntei.

— Não. — Leo recusou com a cabeça. — Acho que não.

Lana me deu uma piscadinha.

— Veremos.

Olhei de relance para a casa de hóspedes.

— E onde está a madame?

— Dormindo ainda.

— E Jason?

Antes que Lana pudesse responder, veio a resposta — um disparo bem alto. E depois outro tiro, logo atrás da casa.

Dei um pulo.

— *Minha nossa.*

— Desculpa — disse Lana. — É Jason.

— Atirando em gente?

— Só em pombos, por enquanto.

— Isso é assassinato. — Leo fez uma careta. — É um ato de violência. É nojento e ofensivo. É *asqueroso*.

A voz de Lana assumiu um tom paciente, porém forçado, o que me levou a pensar que os dois já tinham tido essa conversa antes.

— Sim, querido, eu sei disso... mas ele gosta... e nós de fato comemos tudo o que ele mata, para não desperdiçar.

— *Eu* não como. Prefiro morrer de fome.

Lana foi sábia e mudou de assunto. Ela tocou o braço de Leo e lançou a ele um olhar suplicante.

— Leo, dá para você fazer um milagre para mim e ir lá ressuscitar os mortos? Lembra à Kate que o piquenique foi ideia dela, pode ser? Agathi teve tanto trabalho. Passou a manhã toda nos preparativos.

Leo suspirou. Cravou sua pá na terra. Não parecia muito entusiasmado com a tarefa de que fora encarregado.

— Nikos, a gente termina isso depois, tudo bem?

Nikos assentiu.

Enquanto Lana me mostrava onde iriam plantar os tubérculos, dei uma olhada de relance em Nikos, por cima do ombro dela. Ele estava fazendo uma pausa no trabalho de cavar a terra. Estava recobrando o fôlego e limpando o suor da testa.

Quantos anos tinha Nikos?, fico me perguntando. Devia ter uns quarenta e tantos, e notei que seu cabelo, que um dia fora todo preto, se via raiado de branco, o rosto queimado de sol e com vincos profundos.

Era um homem esquisito. Falava apenas com Agathi e Lana ou, de vez em quando, com Leo. Jamais conversou comigo, mesmo eu tendo visitado a ilha várias vezes. De algum modo, parecia ficar cabreiro comigo, como se eu fosse um animal selvagem.

Ao olhar para ele, reparei em algo estranho. Estava encarando Lana com uma expressão das mais esquisitas. Era bastante intensa e completamente inconsciente.

Olhava para ela com adoração, com fascínio — um meio sorriso tênue nos lábios. De algum modo parecia mais jovem, quase um menino.

Nossa, pensei, observando-o olhar para ela. *Ele está apaixonado por Lana.*

Não sei por que isso me surpreendeu. Fazia todo o sentido do mundo, pensando bem. Ponha-se no lugar dele — imagine ficar o ano inteiro preso numa ilha minúscula, sem qualquer companhia, masculina ou feminina, só para uma deusa dar as caras na sua praia a cada poucos meses. Claro que ele era apaixonado por ela.

Todos éramos. Todos nós — Otto, Agathi, eu, Jason. Metade do mundo. Mesmo Kate já tinha sido inteiramente obcecada um dia. E agora Nikos também. Ele não tinha a menor chance contra os encantos de Lana, pobre coitado. Estava enfeitiçado, como o restante de nós.

Mas os feitiços não duram para sempre, sabe? E um dia a magia é desfeita, o encantamento termina, a ilusão acaba.

E não resta nada além do ar.

14

Kate acordou com alguém batendo à porta.

Ela esfregou os olhos, desorientada. Levou um segundo para se dar conta de onde estava — na ilha, na casa de hóspedes. A cabeça latejava. Outra batida na porta arrancou um resmungo dela.

— Para com isso, pelo amor de Deus — clamou. — Quem é?

— É o Leo. Acorda.

— Vai embora.

— Já passou das onze. Levanta... você vai se atrasar para o piquenique.

— Que piquenique?

Leo deu uma risada.

— Não lembra? Foi ideia sua. Minha mãe mandou você se apressar.

Kate não fazia ideia do que ele estava falando. E então, vaga e confusamente, tudo começou a voltar — uma lembrança de planos feitos sob o efeito de um excesso de entusiasmo, enquanto estavam bêbados, planos traçados na noite passada, de fazer um piquenique na praia. Pensar em comida nesse momento lhe deu enjoo.

Leo bateu de novo. E Kate perdeu a paciência.

— Me dá um minuto, porra!

— De quantos minutos você precisa?

— Quinhentos mil.

— Dou cinco. Depois disso, a gente vai sem você.

— Vai *agora. Sai daqui, por favor.*

Leo suspirou fundo. Seus passos foram se afastando.

Xingando baixinho, Kate sentou-se ereta, os pés pendurados para fora da cama de um jeito exausto. Sua cabeça pesava e girava. *Meu Deus*, ela estava passando mal. A parte final da noite era um borrão completo. Será que disse algo que não deveria? Fez alguma burrada? Era bem típico dela trair-se com algum deslize bêbado. Não podia deixar isso acontecer. Precisava manter o foco.

Idiota, ela pensou, *vê se toma mais cuidado.*

Tomou uma ducha rápida e acordou. A cabeça doía — mas ela não tinha paracetamol. Em vez disso, tomou meio Xanax. Não havia nada para ajudar a descer, exceto a sobra de uma garrafa de champanhe da noite passada. Sentindo-se um tanto sórdida, meteu um cigarro na boca. Depois, pegou os óculos escuros e, de súbito, lembrou de pegar o roteiro de *Agamenon*.

Assim munida, Kate saiu da casa de hóspedes.

No trajeto a pé em direção à praia, Kate passou pelo chalé de Nikos.

O chalé harmonizava-se bastante com o entorno. Construído de madeira e pedra, havia um cacto verde enorme plantado em frente à porta, que cobria parcialmente uma das paredes. Folhas de cacto imensas e espinhosas se espalhavam pelo caminho. Trepadeiras subiam por uma das outras paredes, num emaranhado de folhas e caules. Uma velha rede ficava suspensa entre duas oliveiras curvadas e corcundas.

Kate diminuiu o ritmo ao passar por ali e espiou o interior do chalé. Algo havia atraído a sua atenção. O que foi?

O cheiro ou o som? *O que era aquele ruído?*

Um zumbido alto, feito uma colmeia — mas não era cheiro de mel. Era um odor nojento e arrepiante — tão repulsivo que a mão de Kate voou para tapar o nariz. Era um fedor de carne estragada, uma carne putrefata, apodrecendo ao sol.

E então ela viu a fonte — tanto do fedor quanto do ruído.

Uma nuvem negra de vespas, zumbindo ao redor de um toco de madeira. Sobre o toco, os restos mortais da carcaça ensanguentada de um pequeno animal. Um coelho, talvez. Ele fervilhava de formigas e vespas, que brigavam pela sua carne e a devoravam.

Kate ficou enjoada só de olhar. Estava prestes a sair correndo quando reparou na figura à janela, encarando-a.

Nikos estava lá, em pé, sem camisa. Olhava diretamente para Kate. Inexpressivo, os olhos azuis fixos nela.

Kate sentiu um calafrio. Continuou andando e não olhou para trás.

15

Leo nos aconselhou a desistir de esperar Kate, por isso seguimos até a praia sem ela. Lana andava um pouco à frente, carregada de toalhas. Leo e eu íamos atrás, levando o pesado cesto de piquenique, cada um segurando uma das alças.

Das várias praias em Aura, essa era a minha favorita. Era a menor. Agathi a chamava de *to diamandi* — "o diamante" — e era realmente uma joia, uma perfeita praia em miniatura.

A areia era macia, densa e branca, feito açúcar. Pinheiros brotavam quase ao longo de todo o caminho até a orla, cobrindo a areia com um tapete tênue de agulhinhas verdes que faziam barulho sob nossos pés. O mar era cristalino nos pontos mais rasos. A uma certa distância ficava verde, com tons de turquesa e água-marinha. E, por fim, assumia um azul escuro e profundo.

Anos atrás Otto havia construído um deque com troncos de árvores, num ponto um pouco afastado da costa — uma plataforma elevada, balançando ao sabor das ondas, acessível por uma escada de corda. Volta e meia, eu nadava até o deque, mantendo a cabeça fora da água, com um livro entre os dentes, e então subia nele, deitava ao sol e ficava lendo.

Esta manhã, pousamos o cesto de piquenique à sombra de uma árvore e em seguida Lana e eu fomos nadar. A temperatura da água estava revigorante, mas não muito fria para a época do ano. Lana nadou até o deque e eu a segui.

Sozinho na praia, Leo abriu a tampa do cesto e investigou seu conteúdo.

Era, de fato, um banquete preparado por Agathi — legumes assados, recheados com arroz e carne moída, charutinhos de folha de uva, diferentes tipos de queijos locais, sanduíches de salmão defumado, melões e cerejas.

Fora as frutas, não havia muitas opções veganas para Leo. Ele procurou, desanimado, dentro do cesto, até encontrar algo no fundo. Embrulhados em plástico-filme, com um L escrito, estavam alguns sanduíches de tomate e pepino em pão integral, sem manteiga.

Não dá muita água na boca, pensou. Obviamente, era um ataque passivo-agressivo da parte de Agathi contra as suas restrições alimentares. Mas era melhor que nada, por isso ele pegou um dos sanduíches.

Depois Leo se sentou à sombra de um pinheiro. Comeu seu almoço enquanto lia um livro: *A preparação do ator*. No fundo estava achando chato. Stanislavski era muito mais difícil do que Leo imaginava, mas estava determinado a perseverar.

Lana não sabia disso ainda, mas Leo havia acabado de enviar suas inscrições para escolas de teatro no Reino Unido e nos Estados Unidos. Esperava que ela não fosse se importar — mas, na verdade, considerando a conversa que tiveram outro dia em Londres, já não tinha muita certeza. Planejava falar mais sobre isso com ela neste fim de semana.

Isso se eu tiver uma chance, pensou, *com Kate e Elliot aqui, monopolizando cada segundo dela*.

Um disparo distante de repente o distraiu. Depois outro.

Leo fez uma careta. Coitados dos pássaros, abatidos para diversão daquele psicopata. Leo ficava tão irritado que tinha medo de acabar fazendo algo drástico.

Talvez devesse.

Talvez fosse hora de bater o pé — de deixar claro seu posicionamento. Nada excessivo — algo sutil, porém eficaz. Mas o quê?

A resposta lhe veio na hora.

As armas.

E se Jason descobrisse que suas armas sumiram — e ninguém soubesse onde estavam? Ele ia surtar. Perder a cabeça.

Sim, Leo pensou, com um sorriso, *é isso. Quando voltarmos para casa, vou esconder as armas em algum lugar onde ele jamais vai conseguir encontrar. Vai ser bem feito para ele.*

Contente com essa decisão, Leo terminou seu sanduíche. Depois foi, pisando na areia, de volta ao cesto, atrás das cerejas.

16

Jason estava sozinho nas ruínas. Tinha ido até lá com um rifle para praticar pontaria.

Seu alvo era uma latinha. Estava equilibrada em cima de uma das colunas quebradas e, até então, continuava intacta.

Sentia-se aliviado por estar sozinho. A tagarelice desmiolada dos amigos de Lana, na melhor das hipóteses, o irritava. E agora, com tanta coisa na cabeça, era quase insuportável.

Foi então que um pássaro, um pombo-torcaz, se aninhou em uma das colunas partidas. Parecia ignorar a presença de Jason. Ele apertou a arma nas mãos. *Beleza*, disse para si mesmo. *Concentre-se.*

Ele mirou com cuidado e...

— Jason.

Distraído, ele disparou — mas errou o alvo. O pássaro saiu voando, ileso. Ele deu meia-volta, furioso.

— Pelo amor de Deus, eu estou com uma arma na mão! Não chegue atrás de mim desse jeito.

— Você não vai atirar em mim, meu bem. — Kate sorriu.

— Não confie nisso. — Jason olhou por cima do ombro dela. — Cadê os outros?

— Acabamos de sair da praia. Voltaram para a casa, estão tomando banho. Ninguém me viu... se é o que você quer saber.

— Qual é a sua? Por que está aqui?
— Lana me convidou. — Kate deu de ombros.
— Devia ter recusado.
— Não queria recusar. Queria ver a Lana.
— Por quê?
— Ela é minha amiga.
— É mesmo?
— É. Você parece esquecer disso às vezes. — Kate sentou-se numa laje baixinha de mármore e acendeu um cigarro. — Precisamos conversar.
— Sobre o quê?
— Lana.
— Não quero falar sobre Lana.
— Ela sabe, Jason.
— O quê? — Ele encarou Kate por um segundo. — Você contou? Kate fez que não com a cabeça.
— Não. Mas ela sabe. Dá para sentir.
Jason analisou o rosto de Kate por um segundo. Para seu alívio, ele decidiu que não acreditava nela. Estava sendo dramática, como sempre.
— Isso é coisa da sua cabeça.
— Não é.
Fez-se silêncio por um segundo. Jason desviou o olhar, brincando com a arma nas mãos. Quando falou de novo, sua voz tinha um tom diferente, um tom de suspeita.
— É melhor você não falar nada, Kate. É sério.
— Está me ameaçando? — Kate jogou o cigarro na terra e o amassou com o pé. — Querido, que romântico.
Jason olhou para seus olhos reluzentes e magoados — havia neles um leve brilho, indicando que ela andara bebendo. Mas não estava bêbada — pelo menos, não do jeito que estivera na noite anterior.

Ele também conseguia ver o próprio rosto refletido nos olhos de Kate. Seu rosto infeliz. E, por um segundo, será que Jason considerou baixar suas defesas? Será que quase caiu de joelhos, enterrando o rosto no colo de Kate — para desabafar e contar para ela a verdade a respeito da encrenca terrível em que estava metido? Como seu show de malabarismo com o dinheiro dos outros havia desmoronado, as bolas todas escorregando por entre os dedos — como precisava de uma injeção financeira maciça, de um dinheiro que ele não tinha, mas que Lana sim, e que, sem isso, era quase certo que ele iria para a cadeia?

Só pensar nisso, na cadeia, ficar engaiolado que nem um passarinho, fez o coração de Jason bater forte no peito. Faria qualquer coisa para evitar isso. Estava com medo, feito um menininho — queria se acabar de chorar. Mas não chorou.

Em vez disso, o que fez foi apoiar a arma em uma das colunas. Abaixou-se, pegou Kate pela cintura e a puxou para que ficasse em pé.

Ele se inclinou para ela e lhe deu um beijo na boca.

— Não — sussurrou Kate. — Não.

Ela tentou se afastar, mas ele não deixou. Jason a beijou outra vez. Desta vez, Kate se entregou.

Enquanto se beijavam, Jason ficou com uma sensação esquisita — um tipo de sexto sentido, talvez? — de estarem sendo observados.

Será o Nikos?, ele pensou. *Será que ele está vigiando a gente?*

Jason se afastou dela por um segundo e olhou em volta. Mas não havia ninguém lá. Apenas as árvores e a terra. E o sol, é claro — branco, ofuscante, queimando no céu.

Olhar para ele o cegou.

17

Quase imediatamente, o tempo começou a virar.

O sol desapareceu por trás de uma nuvem, nos lançando a todos em uma penumbra. E o vento, que passou o dia inteiro pegando força, primeiro como um sussurro e agora como um lamento, começou a soprar em nossa direção, furioso, vindo do mar, raspando o solo, sacudindo árvores e arbustos, chacoalhando as folhas espinhosas dos cactos e fazendo os ramos das árvores se curvarem e rangerem.

Como era tradição quando estávamos na ilha, tínhamos planos de ir a Mykonos para jantar no restaurante Yialos. Agathi avisou que não era uma boa ideia, por causa do vento, mas decidimos ir assim mesmo. Jason insistia em que já havia pilotado a lancha em condições piores que essa. Mesmo assim, eu me sentia incomodado e, antes de partirmos rumo àquela noite escura e tempestuosa, pensei em beber algo forte — uma dose de coragem holandesa, por assim dizer.

Fui até a sala de estar. Examinei o armário de bebidas, apesar de que chamá-lo de *armário* não faz jus a ele.

Que belíssimo bar, com um estoque perfeito. Tinha tudo de que uma pessoa poderia precisar — coqueteleiras, colheres, fouets e todo tipo de parafernália, bebidas caras e bebidas não alcoólicas para misturar, limões e limas, azeitonas, uma adega climatizada para vinhos e um pequeno freezer para gelo. Com esses ingredientes perfeitos, como eu poderia resistir a fazer um martíni?

Tenho umas ideias meio fixas a respeito de como se deve fazer um martíni. A parte polêmica é que prefiro com vodca, e não gim. Precisa estar bem gelado e *extremamente* seco. O vermute tem suas origens em Milão, e tem uma sacada famosa de Noël Coward de que o mais perto que um martíni deve chegar do vermute é por um aceno da taça na direção da Itália. Eu concordo, e tomei o cuidado de acrescentar apenas uma ou duas gotas, para dar uma mera *sugestão* de vermute. Por sorte, era um vermute excelente — francês, e não italiano —, mantido a baixas temperaturas na adega, como deve ser.

Então, abri a garrafa de vodca. Joguei uns cubos de gelo na coqueteleira e comecei os trabalhos. Momentos depois, servi o líquido branco, espesso e gelado numa pequena taça triangular. Cravei um palitinho de coquetel prateado numa azeitona e o depositei, com cuidado, em meu drinque, depois o ergui contra a luz e fiquei admirando.

Era, de fato, o *martíni perfeito*. Parabenizei a mim mesmo. Estava prestes a levá-lo aos lábios — quando parei, distraído pela mais insólita das cenas.

Atrás de mim, no reflexo da superfície espelhada do armário de bebidas, pude ver Leo — passando, sorrateiro, pela porta da sala de estar — carregando um punhado de armas.

Deixei meu drinque de lado e fui até a porta. Dei uma espiada.

Leo estava levando as armas até o fim do corredor. Foi até o grande baú de madeira no chão perto da porta da cozinha. Abriu o baú com uma das mãos. Depois, cuidadosamente, colocou as armas dentro. Ele as manejava com repulsa, como se cheirassem mal. Fechou o tampo.

Leo ficou ali parado um instante, contemplando o que havia feito. Parecia contente. Depois saiu andando, assoviando para si mesmo.

Eu hesitei. Saí da sala de estar. Fui andando pelo corredor, a fim de verificar o espaço que Jason chamava de sua "sala de armas". Era uma salinha bem inútil, perto da porta dos fundos. Anteriormente fora um hall de entrada, onde eram colocados guarda-chuvas e sapatos enlameados — que, neste clima seco, raramente tinha uso. Jason mandou depenar tudo, instalando suportes para as armas, e passou a guardar sua parafernália de caça lá. Tinha três ou quatro armas — incluindo um rifle, uma espingarda semiautomática e um par de pistolas.

Todos os suportes estavam vazios.

Deixei escapar uma risadinha. Jason não ia gostar *nada* daquilo. Ia surtar. Por mais que me agradasse a ideia, eu sabia que não podia deixar isso assim. Fiquei me perguntando se devia contar para Lana. Decidi refletir a respeito enquanto tomava meu coquetel.

De volta à sala de estar, retornei ao meu martíni perfeito. Mas ele havia perdido o frescor e estava frustrantemente morno.

Uma decepção, na verdade.

18

A caminho do restaurante, o clima na lancha estava pesado.

Jason franzia o rosto de um modo fixo e determinado enquanto tentava manobrar a lancha em meio às grandes ondas escuras. Lana estava em silêncio e não parecia feliz. Fiquei me perguntando se haviam brigado. Kate estava sentada ao lado dela, igualmente emburrada, fumando um cigarro atrás do outro e fitando as ondas.

Eu era o único de alto-astral. Já havia tomado alguns martínis a essa altura e estava imensamente ansioso pelo jantar. Em vez de seguir viagem num silêncio tristonho, eu me virei para Leo, que estava sentado ao meu lado. Precisei gritar para que ele me escutasse no meio de toda aquela ventania.

— Então, Leo. Qual é a desse boato que escutei de você querer ser ator?

Leo me olhou sobressaltado.

— Quem te contou?

— Sua mãe, claro. Não posso dizer que estou surpreso.

— Não? — Leo parecia desconfiado. — Como assim?

— É aquele ditado — falei, piscando para ele. — O fruto nunca apodrece longe do pé.

Eu ri, mas Leo franziu a testa.

— É uma piada? Não entendi.

Ele me olhou com suspeita e depois se virou para admirar a ilha que cintilava ao longe.

— Quase lá — falei. — É linda, não é?

Linda é a palavra. Chegar a Mykonos à noite é uma experiência encantadora, quase alucinógena. Ao se aproximar, a ilha refulge com luzes brancas cintilantes, iluminando as casas de cúpulas brancas que sobem e descem nas curvas das colinas.

Yialos significa "orla". Fazendo jus ao nome, o restaurante ficava ao longo da murada do porto. Desembarcamos no píer privado. Fiquei aliviado por sair daquela lancha balançante e pisar em terra firme. Avançamos pelos degraus de pedra até o restaurante.

Era um local pitoresco: as mesas ficavam à beira da água, com toalhas de linho branco e iluminadas por lampiões pendurados nos ramos das oliveiras. Dava para ouvir o barulho da maré batendo no paredão de pedra.

Assim que Babis nos viu, veio correndo. Estalou os dedos para a revoada de atendentes, todos de luvas, gravatas-borboleta e paletós brancos impecáveis. As pessoas nas outras mesas viraram o rosto e ficaram olhando. Senti Leo se encolher ao meu lado; mesmo após uma vida inteira assim, ele ainda não gostava de receber esse tipo de atenção — quem poderia culpá-lo? —, e hoje a atenção era total.

O Yialos era um restaurante caro e pretensioso, que atendia a uma clientela extremamente rica e sofisticada. Mesmo assim, o surgimento inesperado de Lana do meio das águas, feito uma Afrodite moderna, deixou todo mundo boquiaberto. Todos pararam para olhar.

Lana estava radiante — com diamantes reluzindo no cabelo, nas orelhas e ao redor do pescoço. Usava um vestido branco, simples porém caríssimo, que se ajustava perfeitamente à sua silhueta e refletia a luz, fazendo-a cintilar como algum tipo belíssimo de aparição. Era de admirar esse espetáculo, sério mesmo. Depois, para arrematar, uma criancinha de uns sete ou oito anos andou com passos vacilantes até ela. Foram os pais que mandaram. O menino levantou timidamente seu guardanapo e pediu que Lana desse um autógrafo.

Lana sorriu e realizou o desejo dele — assinando seu nome no guardanapo com a caneta de Babis. Depois ela se abaixou e deu um beijo na bochecha do menino. Ele ficou todo vermelho. O restaurante inteiro irrompeu numa salva contente e espontânea de palmas.

O tempo todo, Kate estava ao meu lado. Dava para sentir sua irritação crescente. Irradiava a raiva como se fosse calor corporal.

Isso é algo que você precisa saber sobre Kate — ela tinha um gênio fortíssimo. Já era algo bem conhecido entre os colegas de teatro — todos os quais, em algum momento, foram vítimas de um de seus ataques de raiva. Uma vez provocada, sua fúria era medonha, incandescente e incendiária — até se consumir. Depois disso, ela ficava morta de remorso e se desesperava para consertar o estrago causado — o que, infelizmente, nem sempre era possível.

E, agora, eu tinha a impressão de que Kate estava ficando mais furiosa a cada segundo. Seu gênio a estava dominando, dava para ver. Quando ela fisgou meu olhar, parecia estar de fato num humor assassino.

Então ela disse, num sussurro de palco que quase todo o restaurante conseguiu ouvir:

— E ninguém quer o *meu* autógrafo? Tudo bem, então. *Que se fodam.*

Babis ficou horrorizado e logo decidiu que ela estava brincando. Deu uma longa e forte risada, depois nos levou à nossa mesa, o tempo todo babando em Lana — curvava-se tanto que corria o risco de capotar.

Na mesa, Kate fez todo um showzinho ao puxar sua própria cadeira e se sentar — antes que um dos garçons pudesse ajudá-la.

— Não, obrigada, colega — disse Kate ao garçom. — Não preciso de ajuda. Não preciso de atendimento especial. Não sou uma *estrela de cinema*. Só uma pessoa normal.

Lana também recusou ajuda ao se sentar. Ela sorriu.

— Também sou uma pessoa, Kate — disse ela.

— Não é, não. — Kate acendeu um cigarro e soltou um suspiro longo e dramático. — *Minha nossa*. Você *nunca* enjoa disso, não?

— Enjoo do quê?

— *Disso*. — Kate fez um gesto apontando para as outras mesas. — Será que você não consegue sair para jantar sem ter quinhentas pessoas aplaudindo?

Lana abriu o cardápio e o analisou.

— Nem perto de quinhentas. Só uma meia dúzia de mesas. O pessoal ficou feliz. Não me custou nada.

— Bem, a mim custou.

— Ah, foi? — Lana desviou o olhar do cardápio. Seu sorriso estava vacilante. — Custou muito, muito caro, Kate?

Kate a ignorou e se virou para Babis.

— Preciso de uma bebida. Champanhe?

— Mas é claro. — Babis fez uma reverência e olhou para Lana. — E para a madame?

Lana não respondeu; pareceu não ter escutado. Continuou olhando fixamente para Kate com uma expressão estranha e perplexa no rosto.

Leo a cutucou.

— Mãe? Podemos pedir, por favor?

— Podemos — disse Jason. — Pelo amor de Deus, vamos terminar logo com essa palhaçada.

— Só um segundo — falei, lendo o cardápio inteiro. — Não sei o que quero ainda. Adoro escolher comida em restaurantes gregos, vocês não? Eu quero *tudo*... todos os setenta e cinco pratos.

Aquilo arrancou um sorriso de Lana, e ela saiu do transe. Fez o pedido para toda a mesa.

É preciso registrar que uma das habilidades mais encantadoras de Lana era saber fazer pedidos em restaurantes — extremamente generosa, no geral mais do que devia, e sempre insistia em pagar a conta, o que fazia dela a anfitriã perfeita, a meu ver. Ela escolheu uma seleção de pastinhas e saladas, lagostas e lulas frescas, almôndegas e purê de batata, e a especialidade da casa, um grande robalo assado sob uma crosta incandescente de sal, aberto ao meio por Babis à mesa: era teatral e delicioso.

Feito o pedido, Babis se retirou com uma reverência na qual ele se abaixou bastante, despachando os garçons para buscarem nossa comida e bebida. Champanhe foi servido, uma taça para cada um, menos Leo.

— Quero fazer um brinde. — Ergui minha taça. — A Lana! Em agradecimento à sua incrível generosidade e ao...

Kate bufou e revirou os olhos.

— Não vou participar dessa ceninha.

— Oi? — Eu franzi a testa. — Não entendi.

— Raciocina. — Kate bebeu o champanhe de um só gole. — Está se divertindo, está? Se curtindo?

Para minha surpresa, eu me dei conta de que Kate estava direcionando essas palavras a mim. Havia um tom sarcástico em sua voz. Quando olhei em seus olhos, o que vi foram labaredas de raiva.

Aparentemente, eu havia tropeçado e caído por acidente na linha de tiro. Um olhar de relance para Lana me disse que ela também reparou. Abri um sorriso para tranquilizá-la — para mostrar que eu sabia me virar. Depois me voltei de novo para Kate.

— Estou sim, obrigado, Kate. Estou me divertindo bastante.

— Ah, que bom. — Kate acendeu um cigarro. — Gostando do show?

— Muito. Começou meio devagar, mas está ganhando fôlego. Mal posso esperar pelo final. Aposto que você tem algo realmente espetacular planejado.

— Vou dar o meu melhor. Você é a melhor plateia. — Kate abriu um sorriso perigoso. — Sempre de olho... não é, Elliot? Sempre metido em algum esquema. O que se passa aí nessa sua cabecinha? Hein? Que tramas você anda bolando?

Eu não sabia por que Kate estava me atacando daquele jeito. Duvido que ela mesma soubesse. Não tinha motivo para estar com raiva de mim; imaginei que devesse estar se comportando assim por ter presumido que eu não fosse retrucar. Ledo engano. Se tem uma coisa que aprendi é que a pessoa precisa se defender.

Ninguém ama um capacho, Barbara West costumava dizer. *Só usam para limpar os pés.* Deus é testemunha que Barbara bem que pisou em mim inteirinho durante anos. Aprendi essa lição do jeito mais difícil.

— Você está de péssimo humor hoje, Kate. — Beberiquei meu champanhe. — O que está acontecendo? Por que está determinada a estragar esta experiência?

— Quer que eu responda mesmo? Posso responder, se quiser.

— Kate — disse Lana, com a voz baixa. — Pare com isso. Agora.

As duas se encararam por um instante. Os olhos de Lana diziam que, para ela, já bastava. Para minha surpresa, a intervenção foi bem-sucedida. Kate baixou a bola, a contragosto.

Então Kate fez um movimento repentino — e, por um segundo, pensei que estivesse prestes a se lançar sobre mim ou Lana, por cima da mesa, ou alguma outra loucura dessas, mas não foi o que fez.

Ela se levantou, aos trancos e barrancos, com as pernas bambas.

— Eu... eu preciso ir ao banheiro.

— Vai passar pó no nariz? — perguntei.

Kate não respondeu. Só se retirou. Olhei para Lana de relance.
— Que diabos tem de errado com ela?
— Sei lá. — Lana deu de ombros. — Está bêbada.
— Não deve estar só bêbada. Não se preocupe, tenho a sensação de que ela vai voltar do banheiro com o humor muito melhor.

Mas me enganei. Kate voltou à mesa num estado ainda pior. Estava claramente chapada, agitada, caçando briga — e não só comigo, qualquer um de nós serviria.

Leo e Jason tomaram a sábia decisão de ficar de cabeça baixa e comer depressa. Queriam ir embora o quanto antes. Mas a comida não parava de chegar, um número aparentemente interminável de pratos, por isso me concentrei nela.

Suspeito que eu tenha sido o único que aproveitou a refeição. Lana só cutucava o prato. Kate não encostou em nada — fumava e bebia, fuzilando todo mundo na mesa com o olhar, malevolamente. Após um longo silêncio desconfortável, Lana tentou desarmar Kate com um elogio.

— Amei essa echarpe que você está usando. Um vermelho tão intenso.

— É um *xale*. — Kate o atirou sobre o ombro, desdenhosa, depois contou uma história longa e grandiloquente sobre como o xale fora feito por uma órfã que ela patrocinou em Bangladesh, como um gesto de agradecimento por ter bancado seus estudos. — Não é *da moda*, por isso sei que você nunca nem encostaria em algo assim... mas eu adoro.

— Na verdade, eu achei muito bonito. — Lana esticou a mão e passou os dedos na ponta do xale. — Que trabalho delicado. Ela é muito talentosa.

— Ela é *inteligente*, o que é mais importante. Vai ser médica.

— Graças a *você*. Você é maravilhosa, Kate.

Essa tentativa de pacificá-la foi como passar a mão na cabeça de uma criança emburrada — *Ai, como você é esperta, muito bem* — e pura falta de tato de Lana. Mas dava para ver que ela estava incomodada com essa mudança súbita no humor de Kate. Todos estávamos.

Se eu tivesse que apontar o momento, naquele fim de semana, em que tudo deu errado, foi ali, no restaurante. Uma linha indefinível foi cruzada, de algum modo — e nós zarpamos de um ponto de normalidade rumo a um território desconhecido: uma terra de ninguém, obscura e hostil, da qual não havia como retornar com segurança.

O tempo todo que passamos sentados ali eu conseguia ouvir o vento uivando no mar. Estava ganhando velocidade, as toalhas de mesa tremulavam, velas se apagavam. Abaixo de nós, grandes ondas escuras batiam com força contra o quebra-mar.

Melhor partirmos logo, pensei. *Ou vamos ter problemas para voltar.*

Peguei meu guardanapo de linho branco com a mão direita e o segurei sobre a amurada, acima das águas. Abri os dedos e deixei que fosse embora.

O guardanapo foi arrancado da minha mão pelo vento. Ele dançou pelo céu noturno por um instante.

E então foi engolido pela escuridão.

19

Como Agathi previra, o vento piorou no caminho de volta.

A lancha saltava sobre imensas ondas escuras enquanto o vento cuspia borrifos de água salgada em nós. O trajeto pareceu demorar uma eternidade. Quando enfim chegamos à casa, estávamos ensopados e muito abalados.

Leo, sempre um cavalheiro, foi buscar toalhas para todo mundo. Enquanto nos secávamos, Jason fez uma tentativa patética de dar a noite por encerrada. Um golpe preventivo, poderíamos dizer. Francamente, ele deveria ter sido mais inteligente que isso. Quaisquer tentativas de "controlar" Kate, de mandá-la para a cama como uma criança malcriada, estavam destinadas ao fracasso. Kate não era o tipo de pessoa que se deixava controlar.

— Que tal encerrarmos por hoje? — disse Jason. — Estou acabado.

— Ainda não — disse Kate. — Vou tomar a saideira antes.

— Você já não bebeu o suficiente?

— Não. A viagem de lancha acabou com o meu porre. Preciso de mais uma bebida.

— Boa ideia — falei. — Eu também. Qualquer coisa. Duplo. Por favor.

Fui até a varanda, passando pelas portas francesas. O muro de pedra ao redor a protegia dos golpes mais fortes do vento.

Usávamos bastante a varanda: nela havia vários sofás, mesinhas de centro, uma lareira externa e uma churrasqueira. Acendi a lareira e usei a chama para acender a ponta do meu baseado — que eu havia enrolado com a esperança de repetir a felicidade da noite anterior. Ai, como tudo aquilo parecia distante agora. Como uma vida passada.

Leo me acompanhou. Acenou com a cabeça na direção do baseado.

— Posso dar um tapa?

Fiquei um pouco surpreso com o pedido. Ele não bebia, e imaginei que não aprovasse que fumássemos maconha. Considerei a ideia.

— Hmm. Acho que você já tem idade suficiente.

— Tenho quase dezoito. *Todos* os meus amigos fumam. Não é nada de mais.

— Não conta pra sua mãe. — Eu lhe entreguei o baseado. Indiquei Kate, sentada na sala de estar, com um movimento de cabeça. — Eu não ficaria de bobeira se fosse você. A não ser que esteja a fim de um lugar no camarote para ver a cena que vai se desenrolar.

Leo assentiu. Levou o baseado à boca e o tragou. Prendeu a fumaça nos pulmões por um segundo. Depois exalou devagar e conseguiu não tossir, o que me impressionou, e me devolveu.

Então, sem dizer uma palavra, Leo deu meia-volta e desceu os degraus de pedra, afastando-se da casa.

Rapaz sensato, pensei. Enfrentar o vendaval era infinitamente mais seguro que aguentar o estado de espírito atual de Kate. Mesmo assim, ele tinha que tomar cuidado com onde pisava.

— Cuidado — gritei para ele. — O vento está ficando mais forte.

Leo não respondeu. Só continuou andando.

20

Leo seguiu em direção ao mar para observar as ondas enquanto o vento açoitava a costa. Ele seguiu pela trilha sinuosa, descendo até a praia.

O baseado começou a fazer efeito. Ele conseguia perceber os sentidos se aguçando. Um frisson gostoso. Embora Leo torcesse o nariz para o álcool — afinal, passara a infância inteira testemunhando seus piores efeitos nos amigos da mãe —, a maconha, por outro lado, despertava sua curiosidade. Seu professor de teatro na escola, Jeff, por quem Leo tinha profunda admiração, disse que ficar chapado era bom para os atores.

— Destranca aposentos na mente — dizia Jeff. — Ela abre portas para cômodos que deveriam ser explorados.

Isso lhe pareceu intrigante — criativo e inspirador. Leo só não tinha experimentado ainda por falta de oportunidade. Mentiu quando disse que todos os seus amigos fumavam. Leo não tinha muitos amigos, e os que tinha eram tão responsáveis e certinhos quanto ele. Eu era o único degenerado em sua vida.

O Terrível Tio Elliot. Muito que bem, fico feliz em cumprir meu papel.

Infelizmente, o que Leo estava sentindo naquele momento, após dar um trago, ele não descreveria como uma revelação. Estava curtindo uma brisa boa, a sensação do vento que corria entre os dedos e cabelos. Mas nada além disso, nada de profundo ou espiritual.

Leo tirou os sapatos e os deixou na areia. Andou descalço em meio ao ir e vir das ondas enquanto o vento assobiava em seus ouvidos.

Perdeu a noção do tempo enquanto caminhava — o tempo pareceu desaparecer, como se tivesse sido levado embora pelo vendaval. Era uma estranha sensação de paz, de comunhão com o vento e com as ondas que reviravam as águas.

Então, de repente, uma nuvem escura se pôs em frente à lua e lá se demorou. Tudo foi coberto de sombras. Como se alguém tivesse apagado as luzes.

Leo teve a sensação de que havia alguma coisa atrás dele. Um par de olhos atrás da cabeça — uma sensação rasteira e rastejante em sua nuca que o fez estremecer.

Ele deu meia-volta — mas não conseguiu ver ninguém. Apenas a praia deserta — e as árvores escuras, trêmulas contra o vento. Não tinha ninguém ali. Ele estava prestes a desviar o olhar — quando viu.

Estava bem à sua frente, nos fundos da praia, à sombra das árvores. O que era? Não parecia inteiramente humano. Leo encarou aquilo, tentando compreender o que estava vendo. Seria algum tipo de animal? As pernas eram de bode ou algo do tipo — mas estava em pé. E em sua cabeça... seriam chifres?

Leo se lembrou do lendário fantasma da ilha. Será que era isso o que ele estava vendo? Ou algo mais sinistro? Algo maligno... um tipo de *diabo*?

Naquele instante, Leo teve uma premonição aterradora — ele soube, com plena e total certeza, que algo terrível estava prestes a acontecer, muito, muito em breve, algo horrendo e letal, e ele não poderia fazer nada para impedir que acontecesse.

Para com isso. Você está chapado e paranoico, ele disse a si mesmo. *Só isso.*

Leo fechou e esfregou os olhos, tentando desfazer aquela visão. Então, misericordiosamente, o vento veio em seu socorro, soprando para longe as nuvens que encobriam a lua. O luar iluminou a cena como um holofote, dissolvendo num instante a fantasia de Leo.

O monstro revelou ser nada além de um conjunto de vários ramos e folhagens interconectados. A imaginação hiperativa de Leo ligara os pontos, e ele acabou montando um diabo a partir disso. Não era real, apenas um truque de luz. Mesmo assim, Leo ficou completamente apavorado.

E, então, levou a mão à barriga. Soltou um gemido.

Viu-se repentinamente nauseado.

21

Durante a nossa permanência no restaurante, Agathi aproveitou a oportunidade e preparou os dois pombos-torcazes que Jason conseguira matar naquela tarde.

Ela se sentou à mesa da cozinha e começou o trabalho lento e paciente de depenar as aves. Fazia isso desde pequena, quando sua avó lhe ensinou. Ficou relutante em aprender aquilo, a princípio — parecia algo desagradável. Carniceiro até.

Não seja boba, menina, sua avó lhe disse, guiando as mãos de Agathi e posicionando-as firmemente sobre a ave. *Não é gostosa e macia a sensação sob os dedos?*

Ela tinha razão, era sim — e, ao arrancar as penas, desfrutando da sensação, o movimento rítmico, confortada pela lembrança de sua *yiayia*, Agathi entrou num transe meditativo, ouvindo o vento.

O vento era como a cólera de Deus. Surgia do nada — um relâmpago num céu azul sem nuvens. Nenhum aviso. *A fúria* — era assim que a sua avó o chamava. E ela tinha razão.

Agathi se lembrava de como a velha senhora observava os vendavais da janela da cozinha. Batia palmas de prazer, aplaudindo enquanto os ramos eram arrancados das árvores e arremessados pelos ares. Quando criança, Agathi costumava acreditar que sua avó, de algum modo, era responsável pelos vendavais violentos, que ela mesma os teria conjurado com um de seus feitiços ou poções mágicas que fervilhavam no fogão.

Os olhos de Agathi de repente ficaram marejados de lágrimas. Sentia uma saudade absurda dela — daria qualquer coisa para ter a bruxa velha de volta e se afundar naquele abraço ossudo.

Para com isso, ela pensou. *Para de pensar tanto no passado.*

Qual era o seu problema? Ela se recompôs e esfregou os olhos, o que deixou penugens e vestígios de penas em suas bochechas. Estava cansada, pensou, só isso.

Depois de depenar as aves, ela se serviu de um chá de hortelã e foi para a cama, no andar de cima.

Queria já estar dormindo antes que a família voltasse do restaurante. Os anos de experiência emprestaram a Agathi um faro para encrenca — ela sentia que havia alguma coisa no ar. Se tinha drama vindo aí, ela não queria ter nada a ver com isso.

No fim, Agathi pegou no sono assim que a cabeça encostou no travesseiro. Seu chá de hortelã ficou ali na mesa de cabeceira, intocado.

Ela não tinha certeza do que a havia acordado.

A princípio, ainda adormecida, Agathi ouviu vozes no andar de baixo — vozes abafadas, que subiam de tom como em uma discussão. Então ela sonhou que Jason estava procurando Lana, chamando seu nome.

De repente, Agathi percebeu que não era um sonho. Era real.

— Lana! — gritou Jason.

Agathi abriu os olhos. Acordou num instante. Ficou ouvindo. Não houve mais nenhum grito. Apenas silêncio.

Ela saiu da cama. Foi na ponta dos pés até a porta e abriu uma frestinha. Espiou o lado de fora.

Como esperado, no fim do corredor, avistou Jason. Estava saindo do quarto de Lana.

Então Kate subiu a escada. Ela e Jason conversaram aos sussurros, quase inaudíveis. Agathi se esforçou para escutar.

— Não consigo achar Lana — disse Jason. — Estou preocupado com ela.

— E quanto a *mim*?

— Você já não teve atenção suficiente por uma noite? — Jason olhou para Kate com desprezo. — Vai dormir...

Ele tentou passar por ela, e os dois tiveram uma breve briga. Ele a jogou para o lado, possivelmente com mais força do que pretendia. Kate perdeu o equilíbrio e precisou se agarrar ao balaústre para se segurar.

— Você é patética — disse Jason.

Agathi fechou a porta em silêncio. Ficou ali parada por um instante, com uma sensação ruim. Seus instintos lhe diziam para botar o roupão e sair atrás de Lana. Porém, alguma coisa a impedia. Melhor não se intrometer. *Volte a dormir*, Agathi disse a si mesma.

Já houve noites parecidas com esta ao longo dos anos, muitas cenas dramáticas, com frequência envolvendo Kate, e eles sempre chegavam a uma resolução amistosa na noite seguinte. Sem dúvida, assim que ficasse sóbria, Kate pediria desculpas pelo que fez, fosse lá o que fosse. E Lana a perdoaria.

Tudo continuaria como antes.

Sim, Agathi pensou, bocejando. *Só deite logo.*

Ela se deitou e tentou dormir. Mas o vento não parava de fazer as venezianas baterem na parede do lado de fora. Isso a impedia de entrar em sono profundo.

Por fim, ela levantou da cama e fechou as janelas. Depois disso, conseguiu dormir bem durante cerca de uma hora, mais ou menos — talvez mais —, até seu sono ser mais uma vez interrompido.

As venezianas bateram na parede.

Pou, pou, pou.

Ao abrir os olhos, Agathi teve a súbita percepção de que não podiam ser as venezianas batendo. Ela tinha acabado de fechá-las. Demorou um segundo para se dar conta do que ouvira.

Eram tiros.

O coração de Agathi quase saiu pela boca enquanto ela deixava o quarto, às pressas, e descia a escada. Saiu correndo pela porta dos fundos.

O vento estava feroz, mas ela sequer reparou nele. Ouviu passos ali por perto, o baque de pés descalços na terra, mas não olhou ao redor. Estava concentrada em correr em disparada em direção ao som.

Ela precisava chegar lá, precisava provar para si mesma que estava só imaginando coisas, que estava errada, que nada de terrível havia acontecido.

Enfim, chegou à clareira depois do olival. Estava nas ruínas.

E, no chão, havia um corpo.

O corpo de uma mulher — numa poça de sangue. Seu rosto estava oculto pelas sombras. Três ferimentos à bala na parte frontal do vestido. Um xale vermelho-escuro envolvendo os ombros, o vermelho se transformando em preto enquanto absorvia o sangue.

Leo chegou lá pouco antes de Agathi. Fitava o corpo, como se precisasse ter certeza de quem era. Então soltou um grito horrendo e estrangulado.

Foi então que eu cheguei — ao mesmo tempo que Jason. Fui correndo e me ajoelhei ao lado do corpo, segurando o pulso, tentando desesperadamente sentir seus batimentos. Era difícil — Leo estava atrapalhando, abraçado nela, não queria soltar. Estava coberto de sangue, com o rosto enfiado em seus cabelos, agarrado nela aos soluços. Tentei, mas não consegui desvencilhá-lo dela.

Jason tentou assumir o controle. Mas parecia perdido e apavorado.
— O que aconteceu? *Que merda aconteceu aqui...?* Elliot?
— Ela se foi. — Balancei a cabeça. — Ela... se foi...
— *O quê?*
— Ela está morta. — Deixei descer o pulso, lutando contra as lágrimas. — Lana está morta.

ATO II

*Todo assassino é, provavelmente,
o velho amigo de alguém.*

— Agatha Christie,
O misterioso caso de Styles

1

Ainda não consigo acreditar que ela se foi.

Mesmo agora, depois de todo esse tempo, não parece verdade. Às vezes, acho que, se eu fechar os olhos, posso estender a mão e tocá-la — como se estivesse sentada bem ao meu lado. Mas Lana não está aqui. Ela está em uma galáxia diferente, a anos-luz de distância, se afastando a cada segundo.

Li em algum lugar que o inferno sempre foi representado de forma equivocada. Não é um fosso em chamas, repleto de tormentos. Na verdade, o inferno é apenas uma *ausência*, o banimento da presença de Deus. Estar distante Dele é o próprio inferno. E por isso eu estou no inferno. Condenado a vagar eternamente por algum lugar vazio — longe do brilho de Lana, longe de sua luz.

Eu sei, eu sei — preciso parar com esse dramalhão sentimentalista. Não faz bem para ninguém, muito menos para Lana. Estou com pena de *mim*, para ser sincero, desse pobre coitado que precisa viver sem ela.

Em certo sentido, é claro, eu ainda a possuo. Lana segue vivendo para sempre, imortalizada em seus filmes, eternamente jovem, eternamente bela — enquanto nós, mortais, envelhecemos, enfeamos e nos entristecemos mais a cada dia que passa. Mas essa é a diferença entre duas e três dimensões, não é?

Do modo como Lana existe agora, preservada em filme, é só para ser admirada. Não tocada. Nem abraçada, nem beijada.

Então, no fim das contas, parece que Barbara West tinha razão (embora num sentido completamente diferente do que ela pretendeu dar às suas palavras) quando me disse, com rancor, certo dia: "Querido, espero mesmo que você não esteja se apaixonando por Lana Farrar. Atores e atrizes são simplesmente incapazes de amar. É melhor você pendurar uma foto dela na parede e bater uma olhando."

O mais engraçado é que eu tenho uma foto de Lana aqui comigo, na minha mesa, enquanto escrevo. É uma foto de divulgação antiga, a cena de um filme — um pouco envelhecida, com as bordas dobradas, as cores esmaecidas e amareladas. Foi tirada alguns anos antes que eu a conhecesse. Antes que eu arruinasse a vida dela e a minha também.

Mas não — não é justo colocar nesses termos.

Minha vida já estava arruinada.

2

Certo, há algo que preciso lhe contar.

Antes de prosseguirmos, antes que eu possa revelar quem cometeu o assassinato — e, o mais importante, o *motivo* —, tenho minha própria confissão a fazer.

Tem a ver com Lana.

Há tantas coisas que eu poderia dizer sobre ela. Poderia lhe falar do quanto eu a amava. Poderia ficar relembrando nossa amizade e contar um monte de histórias e historietas. Poderia romantizá-la, mitificá-la, pintá-la à luz favorável das impressões de um artista, idealizada até se tornar irreconhecível.

Mas isso seria um desserviço para você — e para Lana. O certo aqui, se eu tiver estômago para isso, é fazer um retrato "com verrugas e tudo", como aquele famoso que Oliver Cromwell teria exigido que fizessem. O que precisamos aqui é da verdade.

E a verdade é que, por mais que eu a amasse, Lana não era exatamente a pessoa que eu acreditava que fosse. Ela escondia muitos segredos, ao que parece, até daqueles que lhe eram próximos. Até de mim.

Mas não vamos julgá-la tão drasticamente por isso. Todos ocultamos segredos dos nossos amigos, não é mesmo? Sei que eu, sim.

O que me leva à minha confissão.

Acredite, não é fácil. Odeio puxar o seu tapete assim. Só peço que me escute. Aqui, neste bar imaginário em minha mente, onde estou conversando com você, vou lhe pagar mais uma bebida e falar para você se preparar psicologicamente. Vou pegar uma para mim também — não um martíni perfeito como nos velhos tempos, só uma dose rápida de vodca, daquelas bem baratas, que ardem na garganta. Vou precisar, sabe?, para acalmar os nervos.

Por que estou tão nervoso? Parece ridículo, eu sei — mas, depois de contar minha história e passar esse tempo com você, me sinto apegado. Não quero perder sua atenção, nem sua boa vontade.

Ainda não — não enquanto tenho tanto a dizer.

A questão é que, quando comecei a escrever este relato, eu lhe prometi que contaria apenas a verdade. Mas o fato é que, ao repassar o que escrevi, me ocorreu que posso ter induzido você ao erro em alguns pontos, aqui e ali.

Não contei nenhuma mentira em si, isso eu garanto — trata-se de um pecado por *omissão*, só isso.

Não contei nada a não ser a verdade.

Só não a verdade por inteiro.

E fiz isso por um motivo nobre: o desejo de proteger a minha amiga, de não trair sua confiança. Mas, se eu não contar toda a verdade, você jamais vai entender o que aconteceu na ilha.

Por isso, devo retificar esse erro. Preciso lhe contar coisas que você tem que saber, preencher certas lacunas. Revelar todos os segredos de Lana.

E os meus também, aproveitando o ensejo.

Essa é a questão complicada quando se trata de honestidade. Tem dois gumes essa faca, e é por isso que tenho tanto receio de manejá-la.

Lá vai.

Para começar, preciso voltar no tempo.

Você se lembra de quando conheceu Lana, na rua, em Londres?

Vamos voltar lá, por um instante. Vamos retornar àquele dia horrível no Soho e à chuva que levou Lana a tomar a decisão espontânea de fugir do clima inglês por uns dias na ensolarada Grécia.

Suponho que minha primeira e mais grave omissão, quando comecei a contar esta história, tenha sido permitir que você presumisse que, depois de tomada essa decisão, Lana tivesse imediatamente ligado para Kate no Old Vic a fim de convidá-la para a ilha.

Mas, na verdade, passaram-se vinte e quatro horas antes que Lana desse esse telefonema.

Vinte e quatro horas, durante as quais, como você verá, muita coisa aconteceu.

3

Lana caminhava pela rua grega, a Greek Street, o que combina muito, quando teve a ideia de visitar a ilha. Mas quando ela sacou do celular para ligar para Kate e convidá-la, uma chuva pesada começou a cair. Um dilúvio repentino.

Lana logo devolveu o celular ao bolso e correu para casa.

Não havia ninguém lá quando ela entrou. Secou-se como pôde. Decidiu que iria tomar banho depois de beber uma xícara de chá.

Lana só adquiriu o hábito de tomar chá depois que se mudou para Londres. Infinitas xícaras reconfortantes de chá naquele clima chuvoso e deprimente faziam todo o sentido do mundo. Ela preparou um bule de Earl Grey e se empoleirou na poltrona ao lado da janela, observando a chuva cair lá fora.

Sentada ali, a mente de Lana voltou ao mesmo ponto onde estivera mais cedo. De volta ao que a incomodava. Estava determinada a desvendar esse mistério. Tinha certeza de que a resposta viria à tona se continuasse remoendo a questão.

Mais uma vez, Leo surgiu em sua mente. Por quê? Será que essa ansiedade tinha a ver com ele? Com aquela conversa constrangedora que tiveram poucos dias antes, aqui, nesta cozinha?

— Mãe, tenho algo para te contar — disse Leo.

Lana se preparou psicologicamente.

— Pode falar.

Ela não sabia o que esperar — alguma típica confissão adolescente relacionada a sexualidade, vício ou religião? Nenhuma dessas possibilidades a incomodava. Resolveriam tudo juntos, como sempre fizeram. Lana nunca deu ao filho menos do que 100% de apoio em qualquer coisa que ele fizesse.

— Quero ser ator — disse Leo.

Lana ficou perplexa. Aquilo foi um choque. Não apenas as palavras que saíram da boca de Leo — que ela não havia previsto —, mas também sua própria reação, violenta e instantaneamente hostil. Ela sentiu uma raiva repentina.

— Do que diabos você está falando?

Leo a encarou, inexpressivo. Ele não soube o que dizer. Pareceu prestes a cair no choro. Dali em diante a conversa seguiu ladeira abaixo. A reação de Lana o deixou surpreso e magoado. Leo não perdeu tempo em chamar a atenção dela para isto: estava sendo "tóxica" — e ele não entendia o porquê.

Lana tentou explicar que era seu dever como mãe tentar dissuadi-lo. Seguir a carreira de ator seria jogar no lixo todas as vantagens e oportunidades que lhe foram dadas. Uma educação extraordinária, uma inteligência e aptidão naturais para os estudos, além dos contatos de sua mãe — muitos dos números de telefone das pessoas mais influentes do mundo estavam no seu celular, a uma ligação de distância. Será que não seria melhor para Leo fazer faculdade — aqui na Inglaterra ou nos Estados Unidos — e se formar em algo mais relevante? No ano passado, ele havia demonstrado interesse em direitos humanos — com certeza algo nessa linha seria mais adequado para ele? Ou medicina? Ou psicologia, ou filosofia? Qualquer coisa... menos *ser ator*.

Lana estava se agarrando a qualquer esperança, e ela sabia disso. E Leo também sabia. Ele lançou para ela um olhar frio de desprezo.

— Como assim? Você é tão *hipócrita*. Você é atriz. E papai era do ramo também.

— Leo, seu pai era produtor. Empresário. Se você dissesse que queria se mudar para L.A. e trabalhar com produção, seriam outros quinhentos...

— Ah, sério? Você ficaria saltitante de felicidade?

— Não ficaria saltitante, mas um pouco mais feliz, sim.

— Não acredito no que estou ouvindo.

Leo revirou os olhos. Sua respiração soava pesada. Estava ficando com raiva, e Lana sabia. Não queria que a situação saísse de controle. Ela baixou o tom de voz e tentou acalmá-lo.

— Querido, escute. O que aconteceu comigo não é algo que acontece normalmente. Eu dei uma sorte incrível. Sabe quantos atores desempregados existem em L.A.? Você tem uma chance em um milhão. Uma em *dez* milhões.

— Ah, entendi. Não tenho talento suficiente? É o que você pensa?

Lana quase perdeu a paciência.

— Leo. Se você tem talento ou não, eu não faço absolutamente a menor ideia. Até o momento, você nunca expressou o menor interesse em ser ator. Você nunca nem fez nenhuma *peça*...

— Uma peça? — Leo piscou os olhos, confuso. — O que isso tem a ver?

Lana quase deu uma risada.

— Muita coisa, imagino...

— Não tenho interesse por teatro! Quem falou de teatro aqui? Eu quero ser *astro do cinema*... que nem você.

Ai, meu Deus, Lana pensou. *Que desastre.*

Ao se dar conta de que a situação era muito mais séria do que havia imaginado inicialmente, Lana resolveu se aconselhar comigo. Ligou para mim assim que teve um momento sozinha.

Lembro-me do quanto sua voz soava tensa e ansiosa ao telefone.

Pensando bem, eu poderia ter sido muito mais solidário. Dava para entender o motivo de Lana estar desapontada — como Barbara West costumava dizer: "Uma atriz é um pouquinho mais que uma mulher. Um ator, um pouquinho menos que um homem."

Imaginei, com razão, que Lana não acharia graça nessa sacada naquele momento.

— Leo encontrou sua vocação — falei. — Que bom. Você deveria ficar feliz.

— Não seja sarcástico.

— Não estou sendo sarcástico. Não é disso que o mundo precisa... outro ator?

— *Astro do cinema* — Lana me corrigiu tristemente.

— Perdão, astro do cinema. — Dei uma risadinha. — Lana, meu bem... se Leo quer ser um astro do cinema, deixa o menino. Ele vai ficar bem.

— Como você sabe?

— Ele é seu filho, não é?

— O que isso tem a ver?

Procurei a analogia correta.

— Não se compra um cavalo sem olhar os dentes da égua.

— Como assim? Isso é uma piada? — Lana parecia irritada. — Não entendi.

— O que eu quero dizer é que todos os agentes em Londres e L.A. vão se atropelar para contratá-lo assim que souberem quem é a mãe dele. Enfim — continuei, antes que ela pudesse reclamar —, ele tem *dezessete* anos. Vai mudar de ideia dentro de, aproximadamente, vinte e cinco minutos.

— Não. Não o Leo. Ele não é assim.

— Bem, pelo menos ele não vai morrer de fome. Não com os bilhões de Otto no banco.

Eu não deveria ter dito isso. A voz de Lana ficou tensa.

— Bilhões não. Que coisa besta de se dizer, Elliot. E qualquer que seja o dinheiro que o pai dele deixou reservado, não tem nada a ver com essa história.

Lana encerrou a ligação pouco depois. Ela me deu um gelo nos dias seguintes. Deu para ver que eu havia pisado num calo.

Ela não queria que Leo dependesse de herança. Justo. Ele deveria trabalhar.

Por vários motivos, Lana acreditava que era importante trabalhar. Durante anos, ela se definiu exclusivamente pelo trabalho, obtendo imensa satisfação disso: um sentimento de valor próprio, um senso de propósito — sem mencionar a fortuna que acumulou para si e para os outros.

Um dia, Leo vai herdar tudo isso, juntamente com o dinheiro do pai. Ele vai ficar extremamente rico. Mas não antes de ela morrer.

Lana ficou ruminando a última coisa que Leo lhe disse — o golpe final, ao sair da cozinha. Foi como uma facada entre as costelas.

Leo parou à porta e disparou um olhar de soslaio.

— Por que você fez o que fez?

— Fiz o quê?

— Desistiu do cinema. Por que largou tudo?

— Já te expliquei. — Lana sorriu. — Eu queria ter uma vida de verdade, e não uma de mentira.

— Isso não faz sentido.

— Faz sim. Eu estou mais feliz agora.

— Você sente falta — disse Leo.

Não era uma pergunta, mas uma declaração.

— Não sinto, não. — Lana continuou sorrindo. — Nem um pouco.
— Mentirosa.
Leo tinha razão. Lana era mentirosa. Estava mentindo para Leo — e para si mesma.
Por fim, ela entendeu por que essa conversa a havia incomodado tanto. Esse era o segredo que a vinha perseguindo pelo Soho. Finalmente, ele a alcançara.
Sinto saudade, sim, ela pensou. *É claro que sinto saudade. Sinto saudade todos os dias.*
A ironia era que Leo não fazia ideia de que ele mesmo tinha sido o motivo por trás da aposentadoria de Lana. Ela nunca contou para ele. Lana revelou para poucas pessoas a razão de ter se aposentado. Eu fui uma delas.
Quando Otto morreu, Leo tinha seis anos de idade. E o mundo inteiro de Lana desabou. Mas ela precisava seguir em frente, pelo bem de Leo. Por isso, ela se recompôs do único jeito que sabia: trabalhando. Ela mergulhou no trabalho. E, embora sua carreira fosse caminhando de sucesso em sucesso — e ela tenha feito um de seus filmes mais bem-sucedidos, *A bem-amada*, que enfim lhe rendeu um Oscar —, Lana não estava feliz. Tinha a sensação horrível de estar pisando na bola como mãe. Assim como sua própria mãe havia pisado na bola com ela.
Lana sabia que estava na posição privilegiada de não precisar trabalhar, então por que não se aposentar e se dedicar à criação do filho? Por que não o colocar em primeiro lugar — do jeito que ela nunca fora colocada?
Então, foi o que ela fez. Pôs um fim à carreira.
Isso soa meio impulsivo? Como se Lana tivesse tomado decisões que mudariam sua vida no cara ou coroa? Garanto que não foi o caso. Suspeito que ela tenha passado anos maturando a ideia. A

morte súbita e inesperada de Otto a forçou a agir. Era só dar uma olhadinha em Leo agora para ver que essa aposta rendeu. Sim, Leo era um adolescente que, de vez em quando, tinha lá seus momentos temperamentais, mas tinha bom coração, era inteligente e gentil, além de responsável. Ele se importava com os outros e com o planeta onde vivia.

Lana tinha orgulho do que Leo havia se tornado. Tinha certeza de que foi por ela ter priorizado as coisas certas. Diferentemente de Kate, que era solteira, sem filho, indo de um relacionamento desastroso e autodestrutivo para o próximo.

Lana pensou em Kate por um instante. Ela estava ensaiando o *Agamenon* no Old Vic. Kate estava no auge da carreira, criativamente satisfeita e ainda sendo escalada para papéis principais. Será que Lana tinha inveja? Talvez.

Mas não havia como voltar atrás. E se ela retornasse ao trabalho agora? Com a aparência mais envelhecida, sentindo-se mais velha, inevitavelmente dando margem a comparações desfavoráveis com seu eu mais jovem? Qualquer tipo de retorno envolveria concessões — e provavelmente acabaria em decepção. Imagina só uma montagem desastrosa ou até medíocre? Seria terrível para ela.

Não, Lana havia tomado sua decisão — e fora recompensada com um filho bem-ajustado, um marido que ela amava, um casamento que deu certo. Tudo isso tinha imensa importância.

Sim. Ela concordou consigo mesma. *É esse o fim da história, bem aí.*

Parecia poético, de algum modo, depois de uma vida tão agitada e turbulenta, que Lana tivesse vindo parar aqui, tomando chá em silêncio enquanto via a chuva cair. Lana Farrar era uma mulher casada — mãe e talvez, com sorte, um dia, avó.

Sentia-se calma. Aquela ansiedade horrível a havia abandonado. *É isso que significa estar contente. Tudo está perfeito assim.*

Foi particularmente cruel da parte do destino selecionar aquele momento exato — bem quando Lana teve essa epifania a respeito da própria vida — para ser a hora em que Agathi entrou na sala...

E o mundo de Lana caiu.

4

O dia de Agathi havia começado sem maiores emoções.

A terça-feira era sempre agitada para ela, o dia de resolver pepinos. Ela gostava de andar pela rua, por Mayfair, com uma lista nas mãos.

Assim que saiu de casa naquela manhã, parecia ser um lindo dia para estar ao ar livre. O sol brilhava e o céu estava azul. Mais tarde, assim como Lana, Agathi foi pega pela tempestade. Mas, diferentemente de sua patroa, ela teve a sabedoria de levar consigo um guarda-chuva.

Agathi foi à farmácia para deixar lá uma receita de remédios prescritos para Lana. Depois seguiu até a lavanderia.

O dono era um homem notoriamente mal-humorado, na casa dos sessenta anos, chamado Sid. Ele tratava Agathi com educação, ao contrário do restante de sua clientela, por causa de sua associação com Lana, por quem ele tinha verdadeira adoração.

Sid abriu um sorriso para Agathi quando ela entrou e a convidou para o começo da fila.

— Com licença, querida — disse ele para a cliente à frente na fila. — Só vou atender esta senhora aqui primeiro. Ela está com pressa... trabalha para *Lana Farrar*, sabe?

Agathi fez cara de quem estava sem graça, constrangida, ao furar a fila de clientes, nenhum dos quais ousou reclamar. Sid apontou para as roupas penduradas no gancho. Já tinham sido embaladas em plástico, estavam prontas para a retirada.

— Prontinho, as roupas de Sua Majestade. Todas protegidas, direitinho, caso o tempo vire. Parece que vem chuva aí.

— Você acha mesmo? O dia está lindo.

Sid franziu a testa. Não gostava de ser contrariado.

— Não. Vai por mim. Daqui a meia hora vai cair um toró.

Agathi fez que sim com a cabeça. Pagou pelas roupas e estava prestes a sair quando Sid de repente a impediu.

— Espera um segundo. Quase esqueci. Só não esqueço a cabeça... Aguenta aí...

Sid abriu uma gavetinha. Com todo cuidado, tirou de dentro uma joia pequena e reluzente. Um brinco.

Ele o deslizou pelo balcão.

— Estava preso no terno do sr. Farrar. Por baixo da lapela.

É sr. Miller, e *não* Farrar, Agathi pensou. Mas não o corrigiu.

Ela olhou para o brinco. Uma coisinha delicada de prata, no formato de uma meia-lua crescente, com uma corrente de três brilhantes pendurada.

Agathi agradeceu a ele. Pegou o brinco e foi embora.

Ao andar de volta para casa, Agathi ficou em dúvida se devia ou não contar do brinco para Lana. Que dilema bobo, tão pequeno, tão banal. E, no entanto...

O que aconteceria se ela jogasse o brinco numa lata de lixo, ali na rua? Ou se o deixasse na gaveta da mesa de cabeceira, ao lado do cristal de sua avó, e o esquecesse lá? E se nunca mencionasse nada para Lana? E se ficasse de boca fechada?

Bem, nesse caso eu não estaria sentado aqui agora falando com você, não é mesmo? Tudo teria sido diferente. O que me faz pensar que a verdadeira heroína da nossa história — ou seria *vilã*? — é Agathi. Pois foram suas ações e a decisão que ela estava prestes a tomar que determinaram o destino de todos nós. Ela não fazia ideia de que detinha a vida e a morte na palma da mão.

Foi então que o céu desabou.

Agathi abriu o guarda-chuva e se apressou em voltar para casa. Assim que chegou, abriu a porta e seguiu pelo corredor. Estava sacudindo as gotas de chuva das roupas embrulhadas no plástico, resmungando para si mesma em grego, irritada, quando entrou na cozinha.

Lana sorriu.

— Também pegou chuva, foi? Eu peguei... fiquei encharcada.

Agathi não respondeu. Apoiou as roupas da lavanderia no encosto da cadeira. Estava com uma expressão horrível no rosto.

Lana a olhou de relance.

— Querida, você está bem?

— Hein? Ah, sim... estou bem.

— O que foi? Tem algo errado?

— Não. — Agathi deu de ombros. — Não é nada. Nada. Só... isto aqui. — E ela tirou o brinco do bolso.

— O que é isso?

Agathi foi até Lana. Abriu a mão. Revelou o brinco.

— Encontraram na lavanderia. Estava preso no terno do Jason, por baixo da lapela. O dono acha que é seu.

Agathi não olhou para Lana ao dizer isso. Tampouco Lana olhava para ela.

— Deixe-me ver. — Lana estendeu a palma.

Agathi deixou o brinco cair na mão da outra. Lana fez de conta que o examinava.

— Não sei dizer. — Lana abriu um bocejo dos mais tênues, como se a conversa a estivesse entediando. — Vou verificar mais tarde.

— Posso verificar para você — disse Agathi rapidamente. — Pode me devolver.

Ela estendeu a mão.

Lana, devolva para ela. Entregue o brinco para Agathi — deixe que ela acoberte tudo, que o leve embora e o tire de sua vida. Tire isso da cabeça, Lana. Esqueça isso, distraia-se, pegue o celular, me ligue — vamos sair para jantar, para dar uma caminhada, assistir a um filme —, e então evitaremos esta tragédia terrível...

Mas Lana não devolveu o brinco para Agathi. Ela simplesmente o fechou na mão.

E o destino de Lana estava selado.

Mas não só o destino dela. O que eu estava fazendo, me pergunto, naquele exato instante? Almoçando com um amigo? Ou visitando uma galeria de arte, ou lendo um livro? Não tinha a menor ideia de que a minha vida inteira estava saindo dos eixos. Nem Jason, suando no escritório — nem Leo, atuando em sua aula de teatro —, nem Kate, esquecendo as falas no ensaio.

Nenhum de nós tinha a menor ideia de que algo tão monstruoso havia ocorrido, reescrevendo o destino de todos nós e desencadeando uma série de eventos que culminaria, quatro dias depois, num assassinato.

Foi aqui que começou.

Foi aqui que a contagem regressiva começou.

5

A reação de Lana foi extrema, admito.

E isso só faz sentido para quem a conhecia. E você já a conhece a esta altura, não é mesmo? Um pouquinho, pelo menos. Por isso, o que vem a seguir talvez não surpreenda.

Lana permaneceu calma num primeiro momento — foi até seu quarto e se sentou à penteadeira. Ficou encarando o brinco na mão. Não era dela, soube de cara. Mesmo assim, pensou já tê-lo visto antes. Mas onde?

Não é nada, pensou. *Aconteceu na lavanderia. O dono fez alguma confusão. Deixe isso para lá.*

Mas ela não conseguiu deixar para lá. Sabia que estava sendo irracional e paranoica — e mesmo assim não conseguiu deixar isso de lado. O brinco significava algo muito maior em sua psique, entende? Um mau presságio que ela vinha temendo.

Sua vida já havia desmoronado uma vez — quando Otto morreu. Lana achou que nunca iria se recuperar ou reencontrar o amor. Por isso, quando conheceu Jason, foi como se estivesse ganhando uma segunda chance. Mal conseguiu acreditar. Sentia-se segura, feliz — e amada.

Lana era extremamente romântica. Sempre foi, desde pequena, desde aquela infância fria e vazia, amaldiçoada por uma mãe que não se importava se Lana estava viva ou morta. A pequena Lana preencheu aquele espaço com sonhos românticos — visões de contos de fadas, de fuga, do estrelato e, mais importante, de amor.

— Tudo que eu sempre quis foi o amor — ela me confessou certa vez, dando de ombros. — O restante era apenas... *um detalhe.*

Lana amou Otto, mas nunca foi *apaixonada* por ele. Quando ele morreu, a sensação foi de ter perdido um pai, e não um marido. O que ela vivenciou com Jason foi uma experiência selvagemente física, intensa e emocionante. Lana se permitiu ser menina de novo, adolescente, obcecada, embriagada de tesão.

E tudo aconteceu tão rápido. Uma hora, ela foi apresentada a ele por Kate — e na outra, estava a caminho do altar.

Como eu queria ter segurado Lana pelos ombros naquela primeira noite — na noite em que ela conheceu Jason — para chacoalhá-la toda. *Pare com isso,* eu teria dito. *Viva na realidade. Não transforme esse desconhecido qualquer num príncipe de conto de fadas. Olhe bem de perto — não consegue ver que ele não é real? Não se deixe enganar pelos olhos brilhantes, pelo sorriso entusiasmado, pela risada forçada. Não vê que é só atuação? Não consegue ver a mente desesperada e mercenária dele?*

Mas eu não disse nada disso a Lana. Mesmo que tivesse dito, duvido que ela teria dado ouvidos a uma palavra sequer. O amor, pelo visto, é tanto surdo quanto cego.

Agora, sentada diante do espelho da penteadeira, encarando o brinco, Lana começava a sentir uma vertigem estranha — como se estivesse à beira de um precipício, observando o chão desmoronar diante dos seus pés, caindo, caindo, despencando sobre as rochas e sobre o mar a rugir lá embaixo. Tudo estava despencando — tudo, sua vida inteira, se precipitava sobre as ondas.

Será que Jason estava dormindo com outra mulher? Seria possível? Será que ele não a desejava mais? Seu casamento era uma farsa? Seria ela indesejada?

Mal-amada?

Foi nesse exato instante, então, que Lana perdeu a cabeça. Ela surtou, tremeu e se sacudiu inteira — assim como o quarto, enquanto ela o destruía. Revirou freneticamente todas as coisas de Jason — gavetas, armários, ternos, bolsos, cuecas, meias, procurando qualquer coisa escondida, qualquer tipo de pista. Quase vacilou quando mexeu no nécessaire dele no banheiro, convencida de que encontraria camisinhas. Mas não — nada. Tampouco havia algo de suspeito ou sinistro no escritório dele — nenhum recibo de cartão de crédito nas gavetas, nenhuma conta incriminadora. Nada do par do brinco. Nada. Ela sabia que estava enlouquecendo. Pelo bem de sua sanidade, deveria tirar aquilo da cabeça.

Jason ama você, Lana disse a si mesma, *você o ama — e confia nele. Acalme-se.*

Mas ela não conseguia se acalmar. Mais uma vez, ela se viu andando em círculos — mais uma vez perseguida por algo insondável.

Olhou pela janela. A chuva tinha parado.

Ela pegou o casaco e saiu.

6

Lana andou por cerca de uma hora. Seguiu com determinação por todo o caminho até o Tâmisa. Concentrou-se na sensação física de estar andando, tentando não pensar em nada, tentando não deixar sua mente enlouquecer de vez.

Conforme foi se aproximando do rio, Lana passou em frente a uma parada de ônibus — e viu um cartaz num outdoor. Parou ali. Ficou encarando. O rosto de Kate a encarava também, em preto e branco — atravessada por uma mancha de sangue vermelho —, com o título da peça: *AGAMENON*.

Kate, pensou. Kate poderia aconselhá-la. Kate saberia o que fazer.

Quase como num reflexo, Lana chamou um táxi preto que estava passando.

Ele parou com um barulho de freada. Ela falou com o taxista pela janela aberta.

— Para o Old Vic, por favor.

Lana conseguia sentir que estava se acalmando conforme o táxi corria para atravessar a ponte até o teatro na margem sul. Em sua mente, já conseguia imaginar as duas dando risada — Kate dizendo que ela parasse de bobagem, que estava imaginando coisas, que era absurdo, que Jason era devotado a ela. Enquanto imaginava essa conversa, Lana sentiu uma pontada súbita de afeto por Kate — sua amiga mais querida, de mais longa data. Graças a Deus por Kate.

Ou será que era tudo mentira?

Será que, no fundo, Lana desconfiava dela? Por que outro motivo ela correria até o teatro desse jeito? Vou dizer mais uma coisa: após décadas sendo arrumada e fotografada, fazendo um ou outro ensaio como modelo, Lana havia desenvolvido memória fotográfica para peças de roupa e joias. É difícil acreditar que ela acharia o brinco familiar e que, ao mesmo tempo, fosse estranhamente incapaz de lembrar onde o tinha visto — ou em quem. Talvez eu esteja enganado. Mas acho que jamais saberemos com certeza.

Quando Lana chegou ao Old Vic, já havia se acalmado, convencida de que era tudo coisa da sua cabeça, que ela estava apenas sendo paranoica.

Lana bateu na janela da porta dos fundos, apresentando ao velho na cabine o seu famoso sorriso. O rosto dele se iluminou assim que ele a reconheceu.

— Tarde. Procurando a srta. Crosby, não é?

— Isso mesmo.

— Ela está num ensaio agora. Vou abrir para você — disse ele, baixando a voz confidencialmente. — Embora seu nome não esteja na lista.

Lana sorriu de novo.

— Obrigada. Vou esperar no camarim, se não tiver problema.

— Nenhum, moça. — Ele apertou um botão.

Com um zumbido barulhento, a porta dos fundos se destrancou. Lana hesitou por um segundo. Então abriu a porta e entrou.

7

Lana seguiu pelo corredor estreito e abafado até chegar ao camarim da estrela principal.

Bateu à porta. Ninguém respondeu. Assim, ela abriu com cautela. O camarim estava vazio. Ela entrou e fechou a porta.

Não era um camarim grande. Tinha um sofá velho encostado em uma das paredes, um banheiro — um vaso apenas, na verdade — e uma penteadeira grande e bem-iluminada. Como era de esperar de Kate, estava tudo uma bagunça, com malas parcialmente desfeitas e roupas por toda parte.

Lana respirou fundo. Então começou — por fim — a ser honesta consigo mesma. Começou a revirar os pertences de Kate rápida e metodicamente. Enquanto fazia isso, Lana permaneceu mentalmente dissociada de seus atos. Continuava calma e desapegada, como se suas mãos estivessem fora de controle, e seus dedos mexessem nas bolsas e caixas por vontade própria. Não tinham nada a ver com ela.

Em todo caso, a busca não deu em nada.

Que alívio, pensou. *Graças a Deus por isso.*

Claro que ela não encontrou nada: *não havia nada para encontrar.* Estava tudo bem. Era tudo coisa da sua cabeça.

E aí ela reparou no nécessaire preto de maquiagem, acomodado na penteadeira. Ela congelou. Como não viu antes? Estava bem ali.

Lana estendeu a mão, os dedos trêmulos. Puxou o zíper, abrindo o nécessaire...

E, bem lá dentro... estava o brinco de meia-lua crescente, reluzindo para ela.

Lana sacou o outro brinco do bolso. Comparou os dois, mas não havia necessidade de comparar. Eram obviamente idênticos.

De repente, a porta do camarim se abriu atrás dela.

— Lana?

Lana deixou o brinco cair de volta no nécessaire. Sua mão se fechou sobre o outro.

Ela deu meia-volta depressa.

Kate entrou, com um sorriso no rosto.

— Oi, meu bem. Ai, *merda*... a gente não fez planos, né? Vai demorar algumas horas ainda até me liberarem. Hoje o dia está um puta desastre. Eu seria capaz de matar Gordon com um sorriso no rosto.

— Não, Kate, nenhum plano. Eu só estava passando pelo teatro. Pensei em fazer uma visitinha.

— Você está bem? — Kate a examinou, preocupada. — Lana... você não me parece bem. Quer uma água? Aqui, senta...

— Não, obrigada. Sabe, eu não estou me sentindo muito bem. Andei demais, eu... é melhor eu ir embora.

— Tem certeza? Quer que eu chame um táxi?

— Eu me viro.

— Você vai ficar bem?

— Estou bem. Ligo pra você mais tarde.

Antes que Kate pudesse impedi-la, Lana saiu às pressas do camarim.

Ela deixou o teatro. Não parou até estar na rua. Seu coração batia forte no peito. Parecia que a cabeça ia explodir. Estava difícil respirar. Ela se sentia em pânico, precisava chegar em casa.

Lana viu um táxi passando e o chamou. Ao acenar para o táxi, ela percebeu que ainda estava com o brinco na mão.

Ela descerrou o punho e olhou. O brinco estava cravado tão fundo em sua palma que chegou até a sangrar.

8

No caminho de volta para Mayfair, Lana estava em estado de choque.

A dor física na palma, onde o brinco havia perfurado, era a única coisa que sentia. Ela se concentrava na dor, sentindo-a pulsar e latejar.

Quando chegasse em casa, sabia que precisaria encarar o marido. Não fazia ideia do que dizer nem como. Por isso, por ora, decidiu que não diria nada. Não tinha como Jason não reparar que ela estava chateada, mas ia se esforçar ao máximo para não deixar transparecer.

Mas Jason sendo Jason, quando enfim voltou para casa à noite, nem reparou que havia algo errado. Estava preocupado com os próprios problemas — ao telefone, numa ligação tensa de negócios ao entrar na cozinha, depois mandando e-mails pelo celular enquanto Lana preparava dois bifes para o jantar.

Era interessante perceber, refletiu Lana, como seus sentidos estavam aguçados. Tudo parecia tão vívido — o cheiro de bife, o barulho da fritura, a sensação da faca na mão enquanto picava a salada. Era como se seu cérebro tivesse desacelerado tudo até a fração de segundo presente. Ela só conseguia lidar com o *agora*. Não ousava pensar no futuro. Se pensasse, desabaria no chão da cozinha.

Lana manteve a linha, e a noite transcorreu como qualquer outra. Algumas horas após o jantar, os dois subiram para o quarto. Lana observou Jason se despir e ir para a cama. Logo pegou no sono.

Lana, porém, estava bem desperta. Saiu da cama. Ficou parada em pé, diante de Jason, observando-o de cima.

Não sabia o que fazer. Precisava confrontá-lo. Mas como? O que poderia dizer? Que suspeitava que ele andava tendo um caso com sua melhor amiga? Com base em quê? Num *brinco*? Era ridículo. Jason provavelmente daria uma risada — e uma explicação perfeitamente inofensiva.

Se fosse um filme, ela pensou — como naquelas comédias românticas água com açúcar que ela costumava fazer —, haveria a revelação de que Kate teria se encontrado com Jason em segredo para ajudá-lo a escolher um presente de aniversário para Lana — ou talvez para o aniversário de casamento? — e, de algum modo, num momento de comédia pastelão, o brinco de Kate acabou preso à lapela de seu paletó.

Pronto, totalmente inofensivo.

Mas Lana não conseguiu engolir aquela versão dos fatos. Enquanto observava o sono de Jason, começou a admitir a verdade para si mesma. A verdade era que ela sabia, fazia algum tempo, que havia alguma coisa — algum tipo de sentimento — entre Kate e Jason. Talvez fosse algo que sempre esteve ali. Desde o comecinho?

Kate conheceu Jason primeiro, sabe? Os dois chegaram a sair algumas vezes. Na noite em que Lana conheceu Jason, os dois estavam saindo juntos.

Dá para imaginar o que aconteceu — no instante em que Jason viu Lana, como tantos que vieram antes, ele se apaixonou e, dali em diante, passou a ter olhos só para ela. Kate saiu benevolentemente de cena. Tudo se resolveu de um modo bem amigável. Kate deu suas bênçãos a Lana e lhe garantiu que não havia nenhum ressentimento, que nunca houve nada sério entre os dois.

Mesmo assim, Lana ficou se sentindo culpada. Talvez tenha sido essa culpa que a cegou. Talvez fosse esse o motivo pelo qual ela continuou ignorando sua suspeita incômoda de que, apesar de negar, Kate ficava olhando o tempo todo para Jason sempre que ele estava presente e fazia elogios esquisitos e inesperados, ou flertava com ele depois de beber um pouco e tentava fazê-lo dar risada. Estava tudo lá, tudo que Lana precisava saber, bem na sua frente.

Ela havia fechado os olhos para isso.

Mas, agora, estava de olhos bem abertos.

Lana se vestiu rapidamente e saiu depressa do quarto. Tateou pelo corredor escuro e subiu os degraus até o terraço, onde mantinha um maço secreto de cigarros e um isqueiro, protegidos das intempéries por uma latinha. Raramente recorria ao cigarro. Mas agora estava precisando muito de um.

Lana ficou em pé no terraço e abriu a lata. Tirou dela o maço de cigarros. Suas mãos tremiam enquanto acendia um deles. Tragou fundo, tentando se acalmar.

Enquanto fumava, Lana olhava por cima dos telhados de Londres, para as luzes da cidade e para as estrelas cintilando no céu.

Então, espiando pela beirada, ela fitou o asfalto lá embaixo. Arremessou, com um peteleco, a bituca lá de cima. A brasa vermelha desapareceu na escuridão.

Lana sentiu um desejo súbito de ir atrás dela.

Seria tão fácil, pensou, só alguns passos e passaria por cima da beirada, seu corpo caindo e se espatifando no asfalto. E aí tudo acabaria.

Que alívio seria. Não teria de lidar com os horrores que espreitavam logo adiante — a dor, a traição, a humilhação. Não queria sentir nada disso.

Lana deu um pequeno passo em direção à beirada. Depois mais um...

Estava bem na pontinha do terraço. *Só mais um passo — e tudo termina — sim, sim, vai em frente...* Ela levantou o pé...

E o celular vibrou no bolso.

Uma pequena distração, mas suficiente para despertá-la de seu transe. Lana recuou e recobrou o fôlego.

Pegou o celular e deu uma olhada nele. Era uma mensagem de texto. Adivinha de quem?

Deste que vos fala, naturalmente.

"Vamos beber?"

Lana hesitou. E então — enfim — fez aquilo que deveria ter feito, antes de qualquer coisa.

Ela foi me ver.

9

É aqui que a minha história começa.

Se eu fosse o herói desta narrativa, em vez de Lana, começaria o relato bem aqui — no momento em que Lana bateu à minha porta às onze e meia da noite.

Este foi meu *incidente incitante*, como chamam no jargão das técnicas dramáticas. Todo personagem tem o seu — pode ser algo tão incomum ou violento quanto um tornado, que faz você entrar rodopiando num mundo diferente, ou tão corriqueiro quanto uma amiga que aparece, numa bela noite, de forma inesperada.

Eu costumo aplicar a estrutura teatral à minha própria vida, sabe? Acho extremamente útil. Você ficaria surpreso com a frequência com que as mesmas regras se aplicam.

Foi explosivo o meu processo de aprendizado, e por meio dele aprendi a estruturar as histórias: anos escrevendo uma peça de merda atrás da outra, produzindo tudo em sequência, uma linha de montagem de peças impossíveis de encenar, uma pior que a outra — construções truncadas, diálogos infindáveis e insossos, folha atrás de folha de personagens passivos e inúteis que ficam sentados sem fazer nada —, até eu aprender o meu ofício, lenta e dolorosamente.

Considerando que eu convivia com uma autora de fama mundial, era de imaginar que Barbara West teria sido a opção óbvia para me servir de mentora. Você acha que ela deu alguma dica útil ou qualquer migalha de encorajamento? Não, jamais. Sua postura-padrão, importante dizer, era ser impiedosa. Aliás, ela só fez um único comentário, uma vez, após ler algo que escrevi — após ler uma breve peça de minha autoria: "Credo, os diálogos estão um horror." Ela me devolveu o texto. "Pessoas de verdade não falam desse jeito."

Nunca mais mostrei nada para ela.

Ironicamente, o melhor professor que já tive foi um livro que encontrei na estante de Barbara West. Um volume antigo, de aspecto obscuro, publicado no começo da década de 1940. *As técnicas da dramaturgia*, do sr. Valentine Levy.

Eu o li numa manhã de primavera, sentado à mesa da cozinha. Enquanto lia, tive um momento eureca — enfim, as coisas fizeram sentido. Finalmente alguém me explicou a arte narrativa em palavras que eu era capaz de entender.

Tanto no teatro quanto na realidade, disse o sr. Levy, o importante eram três palavrinhas apenas — *motivação, intenção* e *objetivo*.

Todo personagem tem um *objetivo* — o desejo de enriquecer, por exemplo. O que satisfaz esse objetivo é uma *intenção* designada para isso — como trabalhar muito, casar-se com a filha do chefe ou roubar um banco. Tudo bem simples até aí. O componente final é o mais importante e, sem ele, os personagens ficam presos às duas dimensões.

Precisamos perguntar o *porquê*.

Por que não é uma pergunta que fazemos com frequência. Não é uma pergunta fácil de responder — ela exige autoconhecimento e honestidade. Mas, se quisermos chegar a compreender de verdade quem somos ou quem são as outras pessoas — reais ou ficcionais —, devemos explorar nossa *motivação* com toda a diligência de um Valentine Levy.

Por que desejamos alguma coisa? Qual é a nossa motivação?

Segundo o sr. Levy, existe apenas uma resposta.

"Nossa motivação é acabar com a *dor*."

Aí está. Tão simples, porém tão profundo.

Nossa motivação é sempre a dor.

É óbvio, na verdade. Todos estamos tentando fugir da dor e alcançar a felicidade. E todas as ações que realizamos para conquistar esse objetivo — nossas *intenções* — são o material da história.

Isso é narrativa. É assim que funciona.

Portanto, se considerarmos o momento em que Lana apareceu no meu apartamento, dá para você ver como minha motivação era a dor. Lana estava muito aflita naquela noite — doía em mim só de ver. A minha tentativa equivocada de aliviar o sofrimento dela — e o meu também — foi a minha intenção. E meu objetivo? Ajudá-la, é claro. Fui bem-sucedido nisso? Bem, é aí que o teatro diverge da realidade, infelizmente.

Na vida real, as coisas não saem tão bem quanto você planeja.

Lana estava um caos quando chegou à minha casa. Mal se aguentava em pé e não precisou de muita coisa — só algumas doses — para abrir as porteiras, e aí desabou completamente.

Eu nunca tinha visto nada assim antes. Nunca testemunhara Lana perdendo o controle. Não vou dizer que não deu medo, mas, também, é sempre apavorante estar na presença de emoções descontroladas, não é? Ainda mais quando é com alguém que você ama.

Fomos para a minha sala de estar — uma salinha pequena, apinhada principalmente de livros, uma estante grande cobrindo uma parede inteira. Sentamo-nos nas duas poltronas perto da janela. Começamos com martínis, mas logo Lana já estava bebendo vodca pura.

Sua história era confusa e incoerente — contada aos pedaços, com partes desconjuntadas, e de vez em quando ela chorava tanto que ficava ininteligível. Quando tirou tudo do peito, quis saber minha opinião, se eu acreditava que era possível ou não que Kate e Jason estivessem tendo um caso.

Hesitei, relutante em responder. Minha hesitação foi mais eloquente do que quaisquer palavras.

— Não sei. — Evitei os olhos de Lana.

Ela me lançou um olhar consternado.

— Minha nossa, Elliot. Você é um péssimo ator. Você *já sabia*? — Ela afundou na poltrona, exaurida por essa confirmação de seus piores medos. — Há quanto tempo você sabe? *Por que não me contou?*

— Porque eu não tinha certeza. Era só um pressentimento... E, Lana... isso não é da minha conta.

— Por que não? Você é meu amigo, não é? Meu único amigo. — Ela secou as lágrimas dos olhos. — Você não acha que Kate plantou aquilo lá, né? O brinco? Para eu achar?

— O quê? Está de brincadeira? Claro que não.

— Por que não? É o tipo de coisa que ela faria.

— Não acho que ela tenha inteligência para isso, sendo franco. Não acho que nenhum dos dois seja particularmente inteligente. Ou legal.

Lana deu de ombros.

— Sei lá.

— Eu sei. — Conforme ela ia ficando mais receptiva, abri mais uma garrafa de vodca e enchi os copos de novo. — "Amor não é amor se quando encontra obstáculos se altera." O amor não é feito de casinhos e mentiras e ficar agindo pelas costas do outro.

Lana não falou nada. Tentei de novo, porque era importante.

— Ouça. O amor é respeito mútuo e constância... e *amizade*. Que nem você e eu. — Eu peguei a mão dela e a segurei. — Esses dois otários são superficiais e egoístas demais para saberem o que é o amor. Seja lá o que eles têm, ou acham que têm, *não vai durar*. Não é amor. Vai quebrar sob a menor pressão. Vai desmoronar.

Lana permaneceu em silêncio. Ficou olhando para o nada, desolada. Senti que não estava conseguindo alcançá-la. Vê-la daquele jeito era insuportável. Fiquei com raiva, de repente.

— E se eu pegar um taco de beisebol e encher ele de porrada por você? — Era brincadeira, só que não.

Lana conseguiu abrir o espectro de um sorriso.

— Sim, por favor.

— Me diga o que você quer, *qualquer coisa que seja*, que eu faço.

Lana ergueu o olhar e me fitou com os olhos vermelhos.

— Quero a minha vida de volta.

— Certo. Então precisa confrontar os dois. Eu ajudo. Mas você precisa fazer isso. Pelo bem da sua sanidade. Sem falar na sua autoestima.

— Confrontar? Como eu faço isso?

— Convida os dois para irem até a ilha.

— O quê? — Lana pareceu surpresa. — Até a Grécia? Por quê?

— Lá em Aura, eles não vão ter como fugir. Estarão presos. Qual lugar poderia ser melhor para uma conversa? Para um confronto?

Lana pensou a respeito por um segundo. Assentiu.

— Tá. Vou fazer isso.

— Vai confrontá-los?

— Sim.

— Na ilha?

Lana assentiu.

— Sim. — Ela me lançou um olhar repentino e assustado. — Mas, Elliot... depois que eu confrontar os dois... o que acontece?

— Bem — falei, com um sorrisinho —, aí é com você, não é?

10

No dia seguinte, eu estava na cozinha de Lana, bebendo champanhe. Lana estava ao telefone com Kate. Eu observava atentamente.

— Você vem? — disse ela. — Para a ilha... Passar a Páscoa?

Fiquei impressionado. A atuação de Lana foi impecável, com um mínimo de ensaio. Não havia o menor indício do transtorno da noite anterior. Sua expressão facial e o tom de voz eram de uma pessoa bem-disposta, tranquila e despreocupada.

— Vai ser só a gente. Você, eu, Jason e Leo. E Agathi, claro... Não tenho certeza se vou convidar Elliot... ele anda me irritando ultimamente.

Ela piscou para mim ao dizer isso. Botei a língua para fora.

Lana sorriu e então voltou a atenção para Kate.

— Bem, o que me diz?

Ambos prendemos a respiração.

Lana exalou e sorriu.

— Ótimo. Ótimo. Beleza. Tchau. — Ela encerrou a ligação. — Ela vai.

— Muito bem. — Aplaudi.

Lana fez uma breve reverência.

— Obrigada.

Levantei minha taça.

— A cortina se abre. E assim começa.

11

Ao longo dos dias seguintes, a vida continuou tendo esse sabor teatral para Lana.

Parecia que ela estava participando de uma improvisação estendida — permanecia "no personagem" de manhã até de noite, fingindo ser outra pessoa. Exceto, é claro, que a pessoa que ela estava fingindo ser era *ela mesma*.

— Respire fundo, baixe o ombro, sorrisão. — Esse era o mantra que Otto lhe havia ensinado a entoar antes de um teste. Servia muito bem a Lana agora.

Ela estava agindo como se ainda fosse a mesma pessoa de alguns dias antes. Agindo como se não estivesse magoada — como se não estivesse desesperada e ferida.

Com frequência eu penso que a vida é só uma atuação. Nada disso é real. É uma pretensa realidade, só isso. Apenas quando alguém ou alguma coisa que amamos morre é que despertamos da peça e enxergamos o quanto tudo é artificial — esta realidade construída que habitamos.

De repente, percebemos que a vida não é, de modo algum, duradoura ou permanente, não existe futuro — e nada do que fazemos importa. E, em nossa desolação, uivamos, gritamos e nos revoltamos até que, em algum momento, fazemos o inevitável: comemos, nos vestimos e escovamos os dentes. Continuamos com os movimentos marionéticos da vida, por mais desconexo que possa parecer fazê-los. E então, gradativamente, a ilusão toma conta de novo — até esquecermos, mais uma vez, que somos atores numa peça. Até o golpe da próxima tragédia para nos despertar.

E, tendo sido recém-despertada, Lana sentia-se hiperconsciente do quanto todas as suas relações eram performáticas — o quanto o sorriso dela era frágil e falso, o quanto era péssima a sua atuação. Por sorte, ninguém pareceu reparar.

O que mais doía era a facilidade com que Jason se deixava enganar. Lana tinha certeza de que ele perceberia a dor dela — como coisas tão simples quanto passar por ele e conversar com ele eram incrivelmente difíceis para ela. Era aterrador olhar nos olhos dele. Com certeza, todos os sentimentos dela estavam bem ali, expostos, para que ele os visse, não?

Só que ele não viu. *Será que ele sempre foi assim?*, Lana se perguntou. *Tão apático? Deve me achar uma idiota. Não deve ter a menor noção...*

Mas — e era certo que Lana precisava reconhecer essa possibilidade — talvez não houvesse nenhum peso na consciência de Jason por ele ser *inocente*?

Eu não tinha certeza quanto a isso — mas suspeitava de que, enquanto fazia as malas para a viagem à ilha, Lana teria começado a pensar naquelas horas passadas no meu apartamento como um pesadelo. A histeria, as lágrimas, os votos de vingança — nada disso era real, apenas uma psicose induzida pelo álcool.

Isso era real, o agora, as roupas na mão, as roupas que ela havia escolhido e comprado para o homem que amava. Será que Lana conseguia sentir que estava escorregando, deslizando de volta — de volta para a ignorância?

Negação é a palavra que eu usaria.

Lana devia saber disso, pensei, e foi esse o motivo de ela ter me evitado nos dias que se seguiram. Ignorava minhas ligações e mandava mensagens de texto monossilábicas. Eu entendia. Não esqueça que éramos tão próximos, Lana e eu, que eu praticamente conseguia ler seus pensamentos.

Claro que ela se ressentia por ter me contado do caso, contá-lo o tornava real. E agora, tendo descarregado toda a sua suspeita e aflição em cima de mim, Lana pretendia deixar tudo lá, no meu apartamento.

Ela queria esquecer tudo aquilo.

Que bom, então, que eu estava lá para refrescar a memória dela.

12

Desde o momento em que pisei em Aura, fiquei com a sensação de que Lana estava me evitando.

Ainda agia comigo de uma maneira amigável, é claro, mas havia um certo distanciamento em sua conduta. Uma frieza. Invisível aos outros, mas eu conseguia sentir.

Fui até meu quarto e desfiz as malas. Eu gostava bastante daquele quarto. Tinha um papel de parede verde desbotado, mobília de pinho, uma cama com dossel. Recendia a madeira velha, pedra e roupa de cama recém-lavada. Ao longo dos anos, fiz daquele o meu lugarzinho, deixando, deliberadamente, um pouco de mim lá — livros favoritos nas prateleiras, minha loção pós-barba, óleo de bronzear, óculos de natação e sunga, tudo me aguardava ali, fielmente.

Enquanto desfazia as malas, fiquei me perguntando qual deveria ser meu próximo lance. Decidi que o melhor modo de lidar com a situação seria confrontar Lana e lembrar a ela do motivo de estarmos aqui. Ensaiei um pequeno discurso, elaborado para tirá-la do seu estado de negação e trazê-la de volta à realidade.

Tentei falar com Lana a noite toda, mas não consegui ficar a sós com ela. Eu estava convencido de que ela tentava me evitar.

Fiquei observando Lana com atenção ao longo do jantar naquela primeira noite em Aura. Eu a estudava, tentando ler seus pensamentos.

Admirava-me que fosse a mesma mulher que — apenas três dias antes — teve um ataque histérico no meu sofá. Agora manejava a faca com habilidade, não para cravá-la no peito do inútil do marido, mas para servir-lhe mais um bife. E com um sorriso tão convincente no rosto, tão sincero, uma expressão tão relaxada e feliz que até eu quase fui enganado.

O poder de negação de Lana era simplesmente de tirar o fôlego, pensei. O mais provável, a não ser que eu interviesse, era que ela passasse o fim de semana inteiro como se nada tivesse acontecido.

Kate, por outro lado, parecia estar fazendo de tudo para provocar. Estava sendo ainda menos discreta que de costume.

A história do cristal, por exemplo.

Depois do jantar, estávamos sentados do lado de fora, perto da lareira externa, quando Kate se levantou de repente, com um pedido súbito:

— O cristal de Agathi. Cadê?

Lana hesitou.

— Agathi já deve estar dormindo. Não dá para esperar?

— Não. É muito urgente. Vou entrar lá escondida e pegar no quarto dela. Não vou acordá-la.

— Querida, você não vai encontrar. Provavelmente está no fundo de alguma gaveta.

Era mentira. Lana sabia perfeitamente bem que o cristal nunca ficava fora do alcance de Agathi, sempre na mesinha de cabeceira ao lado dela enquanto dormia.

— Agathi ainda está acordada. — Leo inclinou a cabeça indicando a casa. — A luz está acesa.

Kate saltou para dentro da casa com os passos um pouco errantes, mas claramente muito determinada. Voltou minutos depois, triunfante, com o cristal em mãos.

— Peguei.

Kate sentou-se perto da lareira, as chamas iluminando seu rosto. Deixou o cristal balançar acima da palma da mão esquerda. Ele reluzia à luz das chamas. Seus lábios se mexiam enquanto ela sussurrava sua pergunta.

Tentei adivinhar o que Kate estava perguntando. Sem dúvida, alguma variação de *Será que ele vai largar dela para ficar comigo?* ou *Devo terminar com ele?*

Inacreditável, não? Uma frieza dessas — ostentando seu casinho com Jason bem na cara de Lana desse jeito. Que burrice dela sentir-se tão confiante, tão acima de qualquer suspeita.

Ou será que estou sendo injusto? Será que Kate só estava tão bêbada que seus pensamentos perderam o filtro — inconsciente daquilo que estava dizendo, do quão perto estava de revelar seu segredo?

Ou será que foi um showzinho feito para Jason — uma ameaça velada? Um aviso para ele de que ela já havia chegado ao limite? Se era isso, foi desperdício de saliva. Jason não se deixou afetar nem um pouco. Parecia mais preocupado em não perder para Leo no gamão.

Kate observou o cristal começar a oscilar no ar. Ele balançou para a frente e para trás, para a frente e para trás, para a frente e para trás, — como um metrônomo, uma linha reta e cortante.

A resposta para sua pergunta foi um "não" bem firme.

Uma nuvem encobriu o rosto de Kate. Ela pareceu aflita. Depois segurou o cristal com o punho fechado e o fez parar de balançar. Entregou para Leo.

— Aqui... tenta você.

Leo desviou o olhar do jogo de gamão, fazendo que não com a cabeça.

— Não. Já superei isso. Entendi como funciona.

— Entendeu, foi? Como é que funciona?

— É *você*. Você nem percebe. Sua mão é o que faz com que ele se mexa do jeito que você quer.

— Não, meu bem. — Kate suspirou. — Você se engana. Senão eu teria recebido uma resposta diferente.

Qual foi a pergunta que Kate fez ao cristal?

Já me perguntei isso muitas vezes ao longo dos anos. Me perguntei em que grau aquilo afetou as vinte e quatro horas seguintes. E todas as coisas perversas que Kate fez.

Será que tudo que aconteceu estava sob o comando do cristal? Será que Kate simplesmente se entregou à decisão dele — não importando para onde pudesse levá-la?

Mesmo que tenha sido isso, eu não acredito que Kate tivesse qualquer ideia de onde tudo iria parar. Como poderia?

Tudo foi muito além do que qualquer um de nós poderia imaginar.

13

Não tive oportunidade de conversar a sós com Lana até a manhã seguinte.

Havíamos acabado de chegar à prainha com o cesto de piquenique. Espalhamos as toalhas e mantas no chão. Esperei até Leo estar mais longe e então tomei uma atitude.

— Lana — falei com a voz baixa. — Podemos conversar?

— Depois — respondeu ela, me dispensando. — Vou nadar.

Eu a observei seguir até a água. Franzi a testa. Não tive opção a não ser segui-la.

A superfície da água estava lisa, que nem vidro. Lana nadou até o deque flutuante. Fui atrás dela.

Quando alcancei o deque, subi pela escada até a plataforma — e me joguei de costas, ofegante.

Lana estava mais em forma que eu, seu fôlego quase não se alterou. Ficou ali sentada, abraçando os joelhos, encarando o horizonte ao longe.

— Você está me evitando — falei quando finalmente recobrei o fôlego.

— Estou?

— Está. Por quê?

Lana levou um segundo para responder. Deu de ombros.

— Não consegue deduzir?

— A não ser que você me conte, não. Não sou vidente.

Eu havia decidido que o melhor modo de lidar com Lana por enquanto era me fingir de sonso. Por isso, fiz uma expressão inocente e esperei.

Ela se pronunciou, finalmente.

— Aquela noite, no seu apartamento...

— Sim.

— Falamos muitas coisas.

— Eu bem sei. — Dei de ombros. — E agora você está me evitando. O que devo concluir?

— Tem uma coisa que eu preciso saber. — Lana me examinou por um segundo. — Por que você está fazendo isso?

— Fazendo o quê? Tentando te ajudar? — Meu olhar cruzou com o dela diretamente. — Sou seu amigo, Lana. Eu te amo.

Lana me olhou por um segundo, como se não acreditasse em mim. Senti uma fisgada de irritação. Não é uma loucura? Ao longo de todos esses anos, nem uma única discórdia ou palavra atravessada — uma amizade baseada em adoração mútua, livre de qualquer conflito, —, até eu me envolver nos problemas conjugais dela.

Nenhuma boa ação fica sem punição, pensei. Quem disse isso? Essa pessoa tinha razão.

Eu estava numa posição delicada, sabia disso. Não podia pressioná-la demais. Arriscava perdê-la. Mas não consegui me segurar.

— Sinto muito. Não posso ficar parado e ver você sofrendo esse tipo de abuso. Não dá para deixar que te tratem desse jeito.

Nenhuma reação.

— Lana. — Eu fechei a cara. — Diga alguma coisa, pelo amor de Deus.

Mas Lana não disse nada. Ela só se levantou e pulou do deque, num mergulho. Desapareceu na água.

Depois do piquenique, voltamos para a casa. Mas Lana não entrou.

Ficou enrolando na varanda, fingindo que estava cansada depois de subir os degraus e que precisava recobrar o fôlego. Não me enganava. Ela estava de olho em Kate, no patamar inferior.

Kate se afastava da casa de hóspedes, rumo ao olival — rumo às ruínas.

Eu sabia o que estava passando pela cabeça de Lana. Fingi um bocejo.

— Vou tomar um banho — falei. — A gente se vê daqui a pouco.

Lana não respondeu. Entrei na sala de estar e parei logo à frente da porta. Fiquei ali por um instante. Depois voltei para fora.

Lana não estava mais lá. Como esperado, ela ia descendo os degraus até o patamar inferior.

Eu a segui — mantendo distância, para que ela não me visse. Não precisei me preocupar muito. Lana não olhou para trás nem uma vez sequer. Nem Kate, enquanto avançava em meio às árvores, completamente alheia ao fato de estar sendo seguida não por uma, mas por duas pessoas.

Na clareira, Lana se escondeu atrás de uma árvore. Eu fiquei um pouco mais recuado, a uma distância segura. Ambos observamos a cena se desenrolar ali nas ruínas.

Jason e Kate conversaram por um tempo. Então Jason abaixou a arma e se aproximou de Kate. Eles começaram a se beijar. Como deve ter sido estranho para Lana ver os dois se beijando. Imaginei que todas as suas defesas deveriam estar desmoronando naquele momento — sua negação, sua ilusão, a projeção de sua raiva em mim, tudo virou pó. Como negar aquilo que está bem na sua frente?

As pernas de Lana cederam de repente. Ela desabou no chão. Caiu de joelhos na terra. Parecia estar ajoelhada em oração, mas estava chorando. Era uma cena de dar dó. Fiquei comovido. Mas seria desonesto se não admitisse que parte de mim ficou aliviada. Pois, se Lana precisava de mais provas além do brinco, então o destino acabara de fornecê-las.

Jason sentiu os olhos de Lana sobre ele. Olhou para cima, mas foi ofuscado pela luz do sol e não a avistou.

Lana deu meia-volta e se afastou, trôpega, das ruínas. Voltou pelo olival até a casa. Andava com pressa. Eu a segui.

Tive um mau pressentimento do que ela poderia fazer em seguida.

14

Lana contornou a casa por trás. Entrou pela porta dos fundos.

Passou depressa pelo corredor e entrou na sala de armas de Jason. Ele havia levado consigo algumas das armas, mas outras ainda tinham ficado lá, no suporte.

Lana esticou a mão e pegou uma pistola.

Ela saiu da sala e foi marchando pelo corredor até a sala de estar. Passou pelas portas francesas, indo até a varanda. Ficou ali em pé ao lado da mureta, observando o patamar inferior.

Abaixo dela, Jason voltava para a casa, segurando um punhado de pombos-torcazes mortos. Lana levantou a mira devagar e apontou direto para ele.

Será que ela tinha a intenção de matá-lo? Ou só dar um susto?

Para ser sincero, não sei o quanto Lana tinha consciência do que estava fazendo. Estava tão abalada mentalmente, tão desestabilizada. Talvez um instinto antigo e primitivo de sobrevivência tivesse tomado conta — uma necessidade de sentir uma arma nas mãos? Se houvesse um machado à vista, poderia tê-lo apanhado como Clitemnestra. Do jeito que as coisas transcorreram, acabou sendo uma pistola.

Vamos lá, pensei. *Vá em frente. Aperte o gatilho. Atire...*

Mas foi bem nessa hora que Leo apareceu no patamar inferior, indo até a piscina. Lana baixou a arma de imediato, escondendo-a às costas.

Leo olhou para cima e viu a mãe. Ele acenou. Lana abriu um sorriso forçado e acenou de volta.

Despertada do transe, Lana deu meia-volta e retornou correndo para dentro de casa. Passou pelo corredor. Mas não pôs a arma de novo no lugar. Continuou andando, passou pela sala de armas e levou a pistola para o andar de cima.

Em seu quarto, Lana se sentou à penteadeira. Ficou se encarando no espelho com a arma nas mãos. Sentia-se bastante abalada com o que viu.

Então, ao ouvir a porta se abrir, ela enfiou a arma na gaveta. Olhou para o espelho, de relance, e avistou Agathi, que chegava sorridente.

— Oi — disse Agathi. — Precisa de alguma coisa?

— Não. — Lana balançou a cabeça.

— Alguma ideia para o jantar?

— Não. Talvez a gente vá jantar fora. Não consigo pensar agora... Vou tomar um banho.

— Posso esquentar a água para você.

— Eu me viro.

Agathi assentiu. Ficou observando Lana por um instante. Não era do feitio de Agathi dar opinião sem que a pedissem. Mas ela estava prestes a abrir uma exceção.

— Lana — disse Agathi. — Você... está bem? Não, não está, não é?

Lana não respondeu. Agathi continuou.

— Podemos ir embora agora mesmo... se quiser. — Agathi abriu um sorriso encorajador para Lana. — Deixe-me levá-la para casa.

— Casa? — Lana pareceu confusa. — Onde fica isso?

— Londres, claro.

Lana fez que não com a cabeça.

— Londres não é a minha casa.

— Então onde é?

— Não sei. Não sei aonde ir. Não sei o que fazer.

Ela se levantou. Andou até o banheiro. Ligou as torneiras e encheu a banheira. Quando voltou ao quarto, alguns minutos depois, Agathi não estava mais. Mas havia deixado algo lá.

O pingente de cristal estava em cima da penteadeira, reluzindo sob a luz do sol.

Lana o pegou. Olhou para ele. Não acreditava nisso de magia, mas não sabia mais no que acreditar. Ela deixou o cristal balançar sobre a palma da mão.

Ficou fitando o cristal, mexendo os lábios enquanto murmurava uma pergunta.

Quase imediatamente, o cristal começou a oscilar, saltar, dançar no ar.

Um pequeno movimento em círculos, que foi crescendo e crescendo, sobre a palma da sua mão aberta, ficando mais amplo, mais alto... um círculo, rodopiando no ar.

Do lado de fora da casa, no chão, uma folha solitária se movia.

A folha havia sido alçada no ar por uma força invisível, fazendo-a rodopiar em círculos. O círculo foi ficando maior e mais largo, subindo mais e mais alto... conforme os ventos surgiam...

E *a fúria* começou.

15

A *fúria* era um nome apropriado, pensei, dado o humor de Kate.

Ela passou o jantar inteiro no Yialos a fim de arrumar briga. E, agora que estávamos de volta à casa, parecia bem determinada a isso.

Achei que o melhor seria sair da frente. Por isso, continuei do lado de fora, perto das portas francesas, fumando meu baseado. Dali, dava para assistir, com segurança, ao drama que se desenrolava na sala de estar.

Kate serviu-se de mais uma dose generosa de uísque. Jason foi para perto dela. Ficou em pé, desconfortável, falando em voz baixa.

— Você já bebeu o bastante.

— Este é para você. — Kate estendeu o copo cheio de uísque na direção dele. — Pega aí.

Ele fez que não com a cabeça.

— Não, não quero.

— Por que não? Vai, bebe.

— Não.

— Acho que deveríamos todos ir dormir — disse Lana com a voz firme.

Ela encarou Kate por um instante; um olhar de aviso, pelo que pareceu. E, por um segundo, deu a impressão de que Kate poderia recuar.

Mas não. Kate aceitou o desafio. Arrancou o xale vermelho do corpo e o rodopiou no ar, feito uma bandeira vermelha numa tourada, para depois atirá-lo atrás do sofá.

Então levou o copo de uísque aos lábios e o virou inteiro de uma vez.

Lana manteve o rosto inexpressivo, mas dava para ver que estava furiosa.

— Jason, podemos subir? Estou cansada.

Kate estendeu a mão e segurou o braço de Jason.

— Não, Jason. Fique bem aqui.

— Kate...

— Estou falando sério — disse Kate. — Não vá. Você vai se arrepender se for.

— Eu assumo esse risco.

Ele retirou a mão de Kate de seu braço — uma péssima decisão, pensei. Sabia que isso iria enfurecê-la. E eu tinha razão.

— *Vai se foder* — disse ela, sibilante.

Jason pareceu surpreso. Não esperava esse grau de raiva. Quase tive pena dele.

Foi então que entendi. A raiva de Kate a havia denunciado: essa palhaçada toda era por causa de *Jason*, não por culpa minha ou de Lana. Era com Jason que Kate estava furiosa.

Lana também compreendeu isso. Ela tinha o instinto sinistro de uma grande atriz. Sabia que era sua deixa. Como sempre, sua atuação foi contida.

— Jason — disse ela. — Tome uma decisão, por favor.

— O quê?

— Você precisa escolher. — Lana acenou com a cabeça para Kate, sem tirar os olhos de Jason. — Eu ou ela.

— Do que você está falando?

— Você sabe muito bem do que eu estou falando.

Houve uma breve pausa. A expressão no rosto de Jason era uma visão e tanto — como testemunhar um acidente de carro em câmera lenta. Preso entre as duas mulheres, a situação estava prestes a acabar mal para ele. A não ser que, de algum jeito, ele conseguisse contorná-la.

O que Jason fez logo em seguida foi muitíssimo revelador. Barbara West uma vez me detalhou um antigo truque de escrita, no qual você dá peso a uma pessoa ou coisa específica ao incluí-la numa escolha entre duas alternativas. O que a pessoa está disposta a abrir mão em prol de algo nos diz tudo a respeito do quanto ela valoriza esse algo.

Jason se encontrava diante de um dilema óbvio: escolher entre Kate e Lana. Estávamos prestes a descobrir — caso tivéssemos alguma dúvida — quem ele mais valorizava.

Barbara teria adorado essa cena, pensei. Bem o tipo de situação da qual ela se apropriaria para colocar num livro.

Pensar em Barbara me fez sorrir, para meu azar, pois me dei conta de que Jason me olhava, uma expressão de fúria no rosto.

— Mas que merda é essa? — disse Jason. — Você acha *graça*, seu babaca perverso?

— Eu? — Sorri. — Acho que eu sou o menor dos seus problemas, colega.

Nessa hora, Jason perdeu a cabeça. Ele partiu para cima, investindo contra mim e me agarrando pelo pescoço. Ele me imprensou contra a parede e ergueu o punho, como se estivesse pronto para me dar um soco na cara.

— Para com isso! Para com isso. — Kate golpeava suas costas. — Deixa ele em paz! Jason...

Por fim, Jason me soltou. Eu recobrei o fôlego e ajeitei o colarinho, com toda a dignidade que consegui manter.

— Está se sentindo melhor agora?
Jason não respondeu. Ficou me fuzilando com o olhar. E então, lembrando-se das suas prioridades, ele deu meia-volta para fazer um apelo a Lana.
— Lana — disse ele. — Escuta...
Mas Lana não estava mais lá. Ela tinha se retirado.

16

Nikos estava em seu chalé, sentado na poltrona diante da lareira. Bebia *ouzo* e escutava o vento que soprava lá fora.

Gostava de ouvir o vento, reparar em todos os seus diferentes estados de espírito. Naquela noite, o vento estava colérico. Em outras noites, resmungava como um velho com dor ou uivava feito uma criança pequena perdida na tempestade. Às vezes, Nikos podia jurar que havia uma menina lá fora, perdida no vendaval, aos prantos. Ele dava um passo para fora e olhava noite adentro, para a escuridão — só por garantia. Mas era sempre o vento armando seus truques.

Ele se serviu de mais uma dose de *ouzo*. Estava um pouco bêbado, sua mente tão opaca quanto o *ouzo* no copo. Recostou-se na poltrona e pensou em Lana. Imaginava como seria se ela morasse aqui em Aura com ele. Era uma de suas fantasias favoritas.

Tinha certeza de que Lana seria feliz aqui. Ela sempre ganhava vida na ilha, como se uma luz se acendesse dentro dela no momento em que desembarcava. E, se Lana ficasse aqui, poderia salvá-lo de sua solidão. Ela seria como a chuva que cai na terra árida, um gole de água gelada para refrescar seus lábios salgados e secos.

Nikos fechou os olhos, entrando num devaneio erótico. Ele se imaginou acordando de manhã na cama com Lana, ela de frente para ele, o cabelo dourado esparramado sobre o travesseiro... Como era macio, como era doce o seu cheiro, feito flor de laranjeira. Ele tomaria seu corpo macio nos braços, acariciaria seu pescoço com o nariz, beijaria sua pele. Pressionaria os lábios em sua boca...

Nikos estava em parte excitado, em parte bêbado, em parte com sono, e pensou estar sonhando quando abriu os olhos... e lá estava ela.

Lana.

Nikos piscou. Sentou-se ereto, subitamente desperto.

Lana estava ali, à sua porta. Estava ali, de verdade, não em sua imaginação. Estava linda, toda de branco. Parecia uma deusa. Mas uma deusa triste. Uma deusa assustada.

— Nikos — disse Lana, sussurrando. — Preciso da sua ajuda.

17

Jason, Kate e eu ficamos sozinhos na sala de estar. Fiquei esperando para ver quem ia se pronunciar primeiro. Foi Kate, que parecia ter levado uma bronca.

— Jason — disse ela. — Podemos conversar?

Havia um vazio em sua voz. A raiva havia abrandado, se apagado. Restavam apenas cinzas.

— Jason?

Jason olhou para Kate — e seu olhar a atravessou inteira. Um olhar frio, pensei. Como se ela não existisse. Ele deu meia-volta e saiu da sala.

Kate parecia uma menininha de repente, prestes a cair no choro. Senti pena dela, foi mais forte que eu.

— Quer uma bebida?

Kate fez que não com a cabeça.

— Não.

— Vou servir uma para você mesmo assim.

Fui até o armário de bebidas e fiz dois coquetéis para nós. Puxei assunto sobre o clima, dando a Kate uma chance de se recompor. Mas dava para ver que ela não estava escutando.

Passei uns bons vinte segundos com o copo na mão diante de Kate antes que ela o visse.

— Obrigada. — Kate pegou o copo e o pôs, sem pensar, na mesa à sua frente. Esticou a mão para pegar seus cigarros.

Fiquei esfregando o pescoço. Estava dolorido na parte onde Jason o havia agarrado. Franzi a testa.

— Sabe, Kate, você deveria ter vindo falar comigo. Eu podia ter te dado a real. Podia ter te alertado.

— Me alertado? Sobre o quê?

— Ele não vai deixar a Lana por você — falei. — Não se iluda.

— Não estou me iludindo. — Kate bateu o cigarro ainda apagado, com violência, contra a mesa. Ela o plantou na boca e o acendeu.

— Acho que está, sim.

— Você não sabe porra nenhuma de nada.

Kate fumou por um instante — reparei que sua mão tremia. De repente, ela apagou o cigarro no cinzeiro.

— A questão é — disse ela, virando-se para mim com uma faísca da raiva de antes —, o que *você* tem com isso? Por que está tão investido no casamento da Lana? Mesmo que eles terminem, ela não vai se casar com *você*.

Kate estava brincando. Mas então ela viu o lampejo de mágoa em meus olhos. Teve um sobressalto.

— Ai, meu Deus. É *isso* que você acha que vai acontecer? Você acha mesmo... que *você* e *Lana*...?

Kate nem conseguiu terminar a frase — começou a gargalhar. Uma gargalhada cruel e zombeteira.

Esperei até ela parar de rir. Então falei, friamente:

— Estou tentando ajudar. Só isso.

— Não, não está, não. — Kate balançou a cabeça. — Não me engana, não, ô Príncipe Maquiavel. Mas você vai receber o que merece no fim. É só esperar.

Ignorei isso. Estava determinado a fazer com que ela me ouvisse. Era importante.

— É sério, Kate. Não ponha Jason numa posição em que ele tenha que escolher entre vocês duas. Vai se arrepender.

— Vai tomar no seu cu.

Sua resposta, porém, não era de coração — estava claramente com a cabeça em Jason. Seus olhos se voltavam para a porta.

E aí ela tomou uma decisão súbita. Levantou-se e saiu depressa.

Sozinho na sala de estar, tentei imaginar o que aconteceria em seguida.

Kate, obviamente, tinha ido atrás de Jason. Mas Jason não tinha interesse nela — já havia deixado isso bem claro.

A prioridade de Jason era Lana. Tentaria reconquistá-la. Ele a consolaria, garantiria que não havia nada entre ele e Kate. Contaria mentiras, insistiria em sua inocência e juraria que nunca foi infiel.

E Lana? O que ela faria? Essa era a questão central. Tudo girava em torno disso.

Tentei imaginar a cena. Onde estavam? Na praia, talvez? Não, *perto das ruínas* — uma ambientação mais romântica —, um encontro à meia-noite entre as colunas sob o luar.

Eu fazia uma ideia de como Lana iria agir. Pensando bem, tenho certeza de já tê-la visto interpretando um papel parecido em um de seus filmes. Ela seria estoica e abnegada — que melhor maneira de apelar aos melhores instintos de seu protagonista? Ao senso de honra e dever dele?

Ela daria um gelo em Jason num primeiro momento, depois se permitiria baixar a guarda. Não o repreenderia. Não, ela se culparia — lutando contra as lágrimas enquanto falava; era boa nesse truque.

Por fim, ela lançaria seu olhar especial para Jason, aquele que guardava para os closes: alargando aqueles olhos hipnóticos, vulneráveis, cheios de dor, embora tremendamente corajosos — "fazendo carão para a câmera", como dizia Barbara West —, mas muito eficazes.

Antes que se desse conta, Jason estaria enfeitiçado, arrebatado pela atuação de Lana, de joelhos, implorando perdão, prometendo tornar-se um homem melhor — e falando sério. Kate desapareceria no pano de fundo de sua mente. *Fim.*

Durante um segundo de desespero, pensei em ir pessoalmente procurar Lana e Jason — e tentar intervir. Mas não. Precisava ter fé em Lana.

Afinal, era totalmente possível que ela fosse me surpreender.

18

— E aí? — disse Lana. — Você vai fazer isso?

Nikos a ficou encarando, estarrecido. Não conseguia acreditar no que estava ouvindo. Não conseguia acreditar nas palavras que haviam acabado de sair da boca de Lana — nem no favor que ela havia acabado de lhe pedir.

Sentiu-se incapaz de responder, por isso não o fez.

— O que você quer em troca? — perguntou ela.

De novo, nenhuma resposta.

Lana levou a mão ao fecho na nuca e abriu o colar de diamantes. Ela o enrolou na palma da mão. Estendeu o montinho brilhante de pedras.

— Pegue. Pode vender. Compre o que quiser. — Lendo os pensamentos dele daquele seu jeito típico, ela acrescentou: — Um barco. É o que você quer, não é? Dá para comprar um barco com isto aqui.

Ainda assim, Nikos não respondeu.

Lana franziu a testa.

— Você ficou ofendido? Não fique. É uma troca justa. Me diga o que você quer para fazer o que estou pedindo.

Ele não estava prestando atenção. Nikos só conseguia pensar no quanto ela era linda. Antes que se desse conta, as seguintes palavras saíram de sua boca:

— Me beija.

Lana olhou para ele como se não tivesse escutado direito.

— O quê?

Nikos não falou nada. Lana procurou os olhos dele, confusa.

— Não estou entendendo... É isso? É esse o seu preço?

Ele não respondeu. Não abriu a boca nem se mexeu. Ficou apenas parado ali.

Houve uma pausa.

Então Lana deu um pequeno passo à frente. Seus rostos estavam a poucos centímetros de distância.

Eles se entreolharam. Lana nunca havia reparado nos olhos dele. Tinham uma certa beleza, ela se deu conta; uma límpida luz azul. Um pensamento maluco passou por sua cabeça: *Eu deveria ter me casado com Nikos. Aí poderia ter morado aqui e sido feliz.*

Então ela se inclinou para a frente e levou os lábios à boca dele.

Enquanto se beijavam, Nikos, que estava seco por dentro, pegou fogo — e foi consumido. Nunca tinha sentido nada como aquilo. Jamais seria o mesmo, disso ele sabia.

— Vou fazer — sussurrou ele em meio aos beijos. — Vou fazer o que você quer.

Lana deixou o chalé de Nikos e seguiu pela trilha. Caminhou pelo olival e foi até a clareira, rumo às ruínas.

O olival ficava mais denso ao redor das ruínas, o que protegia o lugar contra o vento mais agressivo. Lana sentou por um instante em uma coluna partida. Fechou os olhos e ficou ali sentada, mergulhada em profunda reflexão.

Então, na vegetação rasteira atrás dela, ouviu um graveto quebrar sob os pés de alguém.

Lana abriu os olhos e virou a cabeça para ver quem era.

Três tiros ecoaram.

Momentos depois, Lana estava caída no chão, numa poça de sangue.

19

Leo foi o primeiro a chegar às ruínas. Agathi o seguiu, depois Jason e eu aparecemos.

Enquanto nos reuníamos ao redor do corpo de Lana, o tempo pareceu parar por um segundo. Ele nos manteve em suspensão — enquanto, à nossa volta, tudo se mexia. O vento rodopiava e bramia, as árvores balançavam enquanto permanecíamos imóveis, congelados, mantidos num estado atemporal, incapazes de pensar ou sentir.

Isso durou apenas alguns segundos, mas pareceu uma eternidade — até Kate surgir e quebrar o feitiço. Ela parecia desorientada e confusa. Sua expressão passou da confusão para a descrença, para o horror.

— O que *aconteceu*? — ela não parava de repetir. — *Meu Deus...*

De algum modo, a chegada de Kate nos compeliu a agir. Eu me ajoelhei ao lado de Leo.

— Precisamos deitá-la no chão. Leo? Você precisa soltar... — Leo se balançava para a frente e para trás, chorando. Tentei convencê-lo a soltá-la. — Vamos, Leo, por favor...

— Pode soltá-la, Leo — disse Jason. Perdendo a paciência, ele fez um gesto brusco na direção do garoto.

Leo reagiu como se tivesse sido picado por uma cobra. Gritou com Jason, e foi uma visão horrenda a do seu rosto manchado de sangue.

— *Sai de perto dela. Sai de perto!*

Jason se assustou e recuou.

— Pelo amor de Deus, é só deitá-la no chão.

Lancei um olhar exasperado para Jason.

— Deixa que eu cuido dele. Vai chamar uma ambulância!

Jason assentiu, apalpando os bolsos à procura do celular. Ele o encontrou e destravou a tela — entregando-o às mãos de Agathi.

— Liga pra estação em Mykonos. Diz que a gente precisa de uma ambulância... e da polícia. Eles precisam vir pra cá *agora*!

Agathi assentiu, atordoada.

— Tá, tá...

— Vou buscar uma arma. Espera aqui. Não se mexe.

Nisso, Jason começou a correr de volta à casa. Kate hesitou e depois foi correndo atrás dele.

Agathi e eu conseguimos fazer com que Leo soltasse o corpo de Lana. Com cuidado, nós a repousamos no chão.

Leo olhou para cima, os olhos arregalados. Sua voz parecia estrangulada.

— As *armas*.

— O quê?

Mas Leo já estava de pé — e saiu correndo atrás dos outros.

20

Kate entrou às pressas na casa. Olhou ao redor, mas não conseguiu encontrar Jason em lugar nenhum.

— Jason? — sussurrou ela. — Jason...

De repente ele apareceu, emergindo da sala de armas. Tinha um olhar fixo, com uma expressão estranha e confusa no rosto.

— Sumiram.

Kate não sabia do que ele estava falando.

— O quê?

— As armas. Não estão aqui.

— Como assim? Onde estão?

— Sei lá, porra. Alguém pegou.

Ouviram passos no fim do corredor. Ergueram o olhar.

Leo estava ali parado, encarando os dois. Era uma visão assustadora — coberto de sangue, selvagem e transtornado. Parecia enlouquecido.

— As armas — disse Leo. — Eu...

Jason ficou tenso.

— O quê?

— Eu mudei de lugar. Escondi tudo. Era para ser uma pegadinha, mas...

Jason já estava em cima dele, agarrando o garoto.

— Onde estão? *Fala!*

— Solta o garoto, Jason! — disse Kate.

— Onde estão as armas?

— Solta o garoto!

Jason o soltou, e Leo caiu no chão, batendo contra a parede, aos prantos e abraçando os joelhos.

— *Ela está morta!* — Leo gritou. — *E você não dá a mínima?*

Ele cobria o rosto com as mãos. Kate foi até ele e o puxou para um abraço.

— Querido, calma, calma. Por favor... conta pra gente. Onde estão as armas?

Leo levantou uma das mãos e apontou para o baú de madeira.

— *Ali dentro.*

Jason foi correndo até o baú. Abriu o tampo.

Fez uma careta.

— Está de brincadeira?

— O quê? — Leo se levantou e foi até lá. Olhou para dentro do baú. Estava vazio.

Leo ficou estarrecido.

— Mas... eu coloquei tudo aí...

— Quando?

— Antes do jantar. Alguém mexeu.

— Quem? Por que alguém faria uma coisa dessas?

Kate franziu a testa enquanto lhe ocorria um pensamento.

— Onde está Nikos?

— Estou aqui — disse uma voz atrás deles.

Deram meia-volta. Nikos estava parado no limiar da porta. Tinha uma arma na mão.

Fez-se um breve silêncio e então Jason disse, com cautela:

— Lana foi baleada.

Nikos fez que sim com a cabeça.

— Eu sei.

Jason olhou de relance para a arma na mão de Nikos.

— Onde você arranjou isso aí?

— Esta arma é minha.

— Tem certeza? Todas as minhas sumiram.

Nikos deu de ombros.

— É minha.

Jason estendeu a mão.

— Melhor você passar isso para cá.

Nikos fez que não com a cabeça — um não definitivo.

Jason decidiu não insistir. Em vez disso, falou lenta e enfaticamente:

— Precisamos vasculhar a ilha. Entendeu? Tem um intruso. Alguém armado e perigoso. Precisamos encontrá-lo.

E foi aí que eu entrei — o portador das más notícias. Não sabia como dizê-lo, por isso abri logo o jogo.

— Agathi falou com a polícia em Mykonos.

Jason ergueu o olhar.

— E aí? Eles estão vindo para cá?

— Não estão, não.

— O quê?

— Não vão vir. Por causa do vento. Não dá para fazer a travessia de barco.

Kate ficou me encarando. Fechou a cara.

— Mas eles têm que vir... precisam vir...

— Disseram que o vento vai se acalmar quando amanhecer... E aí eles tentam.

— Mas... isso é daqui a *cinco horas*.

— Eu sei. — Concordei com a cabeça. — Até lá, estamos por nossa conta.

21

Ficou decidido que Jason, Nikos e eu ficaríamos encarregados de vasculhar a ilha atrás de um intruso. Eu falei que era perda de tempo.

— Isso é loucura. Você acha mesmo que alguém desembarcou aqui? Com este tempo? É impossível!

— Qual é a outra opção? — Jason me fuzilou com o olhar. — Tem alguém aqui e nós vamos encontrá-lo. Agora, se mexe aí.

E assim, munidos de lanternas, nos aventuramos noite adentro.

Começamos a patrulhar o caminho que passava pelo olival, lançando a luz das lanternas no escuro. As oliveiras eram densas, revelando apenas teias de aranha e ninhos de passarinhos.

Enquanto caminhávamos, Jason não parava de olhar para a arma na mão de Nikos. Claramente não confiava nele. Eu não confiava em nenhum dos dois, para ser sincero — fiquei de olho em ambos, enquanto um ficava de olho no outro.

Avançamos até o litoral e começamos a vasculhar as praias. Era uma tarefa árdua, com o vento nos atacando enquanto caminhávamos. A fúria era implacável, cortando nosso rosto, atirando areia em nós, gritando em nossos ouvidos, fazendo com que perdêssemos o equilíbrio a cada oportunidade. Mas perseveramos e levamos pouco mais de uma hora seguindo o caminho de terra batida que serpenteava pelo perímetro da ilha, subindo e descendo ao longo da costa.

Por fim, chegamos à parte norte da ilha: a face implacável de um penhasco que descia até o mar lá embaixo, onde seria impossível qualquer um atracar um barco, e onde não havia como se esconder em meio às rochas nuas.

E, então, o que eu tinha dito antes se tornava aparente para os outros agora. Não havia barco algum, intruso algum. Ninguém mais estava nesta ilha.

Ninguém, além de nós seis.

22

Talvez aqui seja um bom momento para fazermos uma pausa — e um balanço geral antes de prosseguirmos.

Estou ciente das convenções deste gênero. Sei o que deve acontecer em seguida. Sei o que você está esperando. A investigação de um assassinato, um desfecho, uma reviravolta.

É assim que era para acontecer. Mas, como avisei logo no começo, não é esse o caminho que vamos seguir.

Por isso, antes que nossa história se desvie inteiramente dessa sequência bem conhecida de eventos — antes de darmos uma série de guinadas obscuras —, vamos considerar como uma narrativa alternativa poderia ter se desdobrado.

Por um momento, vamos imaginar um detetive — uma versão grega para o belga de Agatha Christie, talvez? Ele aparece na ilha algumas horas depois, assim que o vento se acalma.

Sendo um homem mais velho, ele desce cautelosamente do barco policial, auxiliado por um subalterno. É um homem alto e esbelto, com cabelo grisalho e um bigodinho preto e fino, muito bem aparado. Tem os olhos escuros e penetrantes.

"Sou o inspetor Mavropoulos, da polícia de Mykonos", diz ele com um sotaque grego carregado.

Seu nome, Agathi nos informa, significa "melro" — a ave mensageira da morte.

Com um aspecto de ave de rapina, o inspetor se empoleira na cabeceira da mesa da cozinha. Depois que ele e seus oficiais bebem suas canequinhas de café grego e devoram os biscoitinhos doces oferecidos por Agathi, o inspetor começa sua investigação.

Limpando algumas migalhas do bigode, ele exige conversar com todos nós — um por um — para nos interrogar.

Durante essas conversas, Mavropoulos rapidamente mapeia os fatos.

As ruínas onde o corpo de Lana foi encontrado ficam a mais ou menos doze minutos a pé da casa principal, ao longo da trilha que passa pelas oliveiras. O assassinato em si aconteceu à meia-noite, quando os tiros foram ouvidos. O corpo foi encontrado logo depois.

Sendo Leo o primeiro a chegar às ruínas, ele é o primeiro a ser interrogado por Mavropoulos.

— Meu rapaz — diz ele gentilmente. — Sinto muitíssimo pela sua perda. Receio que eu precise que você deixe seu luto de lado por um instante e responda às minhas perguntas do modo mais claro possível. Onde você estava quando ouviu os tiros?

Leo explica que estava vomitando — na horta recém-escavada na qual ele e Nikos vinham trabalhando fazia um tempinho. O inspetor presume que Leo estivesse nauseado por causa do álcool — e Leo decide não desmentir nada, com a suspeita de que maconha ainda seja uma substância ilícita na Grécia.

O inspetor, com pena do estado emocional sensibilizado de Leo, decide não pressionar mais e o libera após algumas perguntas.

O próximo a ser interrogado é Jason. Suas respostas soam evasivas para Mavropoulos, estranhas até. Jason insiste em que, à meia-noite, estava do outro lado da ilha, perto do penhasco.

Quando ele lhe pergunta o que fazia lá, Jason alega que estava à procura de Lana, pois não conseguia encontrá-la em lugar nenhum da casa. O penhasco parece um lugar estranho para se procurar alguém, mas o inspetor não comenta nada — por enquanto.

Ele simplesmente registra que Jason não tinha álibi.

Nem Kate, que estava sozinha na casa de hóspedes. Nem Agathi, dormindo na sua cama. Nem Nikos, que cochilava no chalé.

E onde eu estava, você pergunta? Bebendo na sala de estar — mas você vai ter que confiar na minha palavra. Na verdade, nenhum de nós era capaz de provar onde estava.

Ou seja, qualquer um de nós seis poderia ter cometido o crime.

Mas qual seria a nossa motivação?

Por que qualquer um de nós quereria matar Lana? Todos a amávamos.

Eu, pelo menos, a amava. Mesmo não tendo certeza se o inspetor Mavropoulos seria capaz de compreender totalmente o conceito de almas gêmeas, eu me esforço ao máximo para explicar a ele que eu não tinha a menor motivação para matar Lana.

O que não é estritamente verdade.

Eu não informo a ele, por exemplo, que Lana me deixou uma fortuna em testamento.

Como sei disso? Ela me contou quando eu estava organizando a venda da casa que Barbara West me deixou em Holland Park. Lana perguntou por que eu estava vendendo o imóvel, e respondi que, tirando o fato de que eu desprezava a casa e todas as suas memórias, no fim das contas precisava mesmo era de dinheiro. Precisava de renda, do contrário, acabaria na miséria, morando na rua. Era brincadeira, mas Lana me olhou séria. Declarou que não ia deixar isso acontecer, que ela sempre cuidaria de mim enquanto vivesse e que ia me deixar sete milhões de libras em testamento.

Fiquei atordoado com sua generosidade e profundamente comovido. Lana, talvez lamentando sua indiscrição, pediu que eu esquecesse o que ela havia me contado — me pediu, em especial, que eu nunca mencionasse nada para Jason. O que estava implícito era que Jason ficaria furioso. Claro que ficaria — Jason era um sujeito ganancioso, mesquinho e sem a menor generosidade. O oposto de mim e Lana, na verdade.

Saber dessa herança não mudou nada nos meus sentimentos. Com certeza não tramei o assassinato de Lana, se é o que você está pensando.

Mas pode pensar o que for — essa é a graça de um mistério de assassinato, não é? Dá para apostar em quem você quiser.

Se eu fosse você, apostaria todo o meu dinheiro em Jason.

Todos sabemos como ele estava desesperado, como precisava de dinheiro — o que ele não admite para Mavropoulos. Jason, porém, tem um ar de culpa que gruda nele como fumaça de cigarro. Qualquer inspetor que se preze captaria isso e ficaria desconfiado.

E quanto a Kate? Ora, sua motivação não seria financeira — no caso de Kate, seria um crime passional, não? Mas fica a questão de se Kate realmente seria capaz de matar Lana para roubar o marido dela. Não estou convencido de que seria.

Tampouco me convenço de que seria realista suspeitarmos de Agathi. Ela também receberia uma herança, assim como eu — e, assim como eu, era uma pessoa extremamente leal. Não havia motivo para imaginar que fosse fazer mal a Lana. Ela a amava, talvez até demais.

Quem sobra?

Não penso em Leo como uma possibilidade séria. E você? Por acaso um filho seria capaz de matar a mãe que ele adorava simplesmente porque ela não queria deixá-lo ser ator? Apesar de que, para sermos justos, tenho certeza de que muita gente já cometeu assassinatos por motivos menos convincentes que esse. E, se fosse mesmo Leo, seria um choque para nós, um final extremamente dramático para a nossa história.

Mas um detetive de poltrona mais sagaz talvez preferisse apostar em Nikos — suspeito desde o começo, cada vez mais obcecado por Lana, isolado e excêntrico.

Ou será que Nikos é um suspeito óbvio demais? Uma versão ilhas gregas de "foi o mordomo"?

Mas, aí, quem é que sobra?

Há uma única outra solução possível. Um truque que a própria Agatha Christie por vezes usou. Alguém de fora: alguém cujo nome não estava na lista dos seis suspeitos. Alguém que desembarcou ilegalmente na ilha, apesar do tempo ruim, armado com uma pistola e o desejo de matar. Alguém do passado de Lana?

Seria possível? Sim. Provável? Não.

Não vamos, no entanto, descartar completamente essa ideia — não até o inspetor Mavropoulos chegar a essa conclusão sozinho, quando nos reunir para apresentar a resolução do caso.

O inspetor chama todos para a sala de estar da casa principal — ou para as ruínas, se estiver num estado de espírito mais dramático. Seis cadeiras dispostas numa fileira em frente às colunas.

Nós nos sentamos e ficamos observando enquanto Mavropoulos anda em círculos, conduzindo-nos por sua investigação, guiando-nos por todas as voltas e contornos de seu pensamento. Por fim, ele deduz que, para a imensa surpresa de todos, o assassino é...

Bem — por ora, é só até aí que posso chegar.

Tudo que acabei de descrever é o que poderia ter acontecido — se esta história estivesse sendo escrita por alguém com o pulso mais firme que o meu — pela caneta inabalável, implacável de Agatha Christie.

Meu pulso, porém, não é firme. É fraco e extremamente errático, como eu. Desorganizado e sentimental. Não dá para imaginar características menos desejáveis para um escritor de mistério. Felizmente, sou só um amador — nunca ganharia a vida com uma coisa dessas.

A verdade é que nada se desdobrou do modo como acabei de descrever.

Não teve nenhum inspetor Mavropoulos, nenhuma investigação, nada tão organizado, metódico ou seguro. Quando a polícia finalmente chegou, já era dia e a identidade do assassino era bem conhecida. A essa altura estava tudo um caos.

A essa altura estava um deus nos acuda.

Então o que foi que aconteceu? Permita-me encher seu copo mais uma vez e já conto.

A verdade, como dizem, é com frequência mais estranha que a ficção.

ATO III

Não é incomum que os melhores escritores sejam mentirosos. Uma parte significativa de seu ofício envolve mentir ou inventar coisas, e eles mentirão quando estiverem bêbados, seja para si mesmos, seja para estranhos.

— Ernest Hemingway

1

Depois de tudo que aconteceu, imagino que — assim como aquele pobre coitado abordado pelo Velho Marinheiro e obrigado a ouvir sua história bizarra — você deva estar se perguntando onde diabos foi se meter quando topou ouvir minha história.

Receio que a bizarrice só vá piorar daqui para a frente.

Quem me dera saber como você se sente em relação a mim agora. Sucumbiu ao meu charme, aos meus encantos, como aconteceu com Lana? Ou será que, assim como Kate, você me acha irritante, dramático e exagerado?

"Todas as alternativas acima" provavelmente é o mais próximo da verdade. Mas nós gostamos de manter as questões morais no nível da simplicidade, não é mesmo? Bom e mau, inocente e culpado. Na ficção, tudo bem; mas na vida real não é tudo tão preto no branco. Seres humanos são criaturas complexas, com nuances de luz e sombra operando em todos nós.

Se isso tudo faz parecer que estou tentando me justificar, garanto que não é o caso. Estou bastante ciente de que, conforme formos avançando e você ouvir o restante desta história, poderá não aprovar as minhas ações. Tudo bem. Não estou atrás da sua aprovação.

O que procuro — não, o que exijo — é sua *compreensão*. Do contrário, minha história jamais tocará seu coração. Continuará sendo um *thriller* barato, do tipo que se compra na livraria do aeroporto para ler na praia — só para acabar descartado e esquecido assim que você chega de volta em casa. Não vou permitir que minha vida seja reduzida a um livrinho barato. Nada disso.

Para que você compreenda o que se segue — para que qualquer um dos eventos inacreditáveis que estou prestes a narrar faça sentido para você —, preciso explicar algumas coisas sobre mim. Algumas coisas que fiquei com a impressão de que não poderia revelar assim que nos conhecemos. Por que não? Eu queria que você me conhecesse um pouco melhor, imagino. Tinha a esperança de que, assim, pudesse relevar algumas das minhas características menos atraentes.

Mas agora é mais forte que eu — esse desejo de desabafar. Não consigo parar mais, mesmo que quisesse. Assim como o Velho Marinheiro, preciso tirar isso do peito.

Devo lhe avisar que o que se segue é, às vezes, um pouco difícil de engolir. Com certeza é difícil de relatar. Se você achava que o assassinato de Lana era o clímax desta história sórdida, infelizmente se enganou.

O verdadeiro horror ainda está por vir.

Mais uma vez, preciso fazer voltar o relógio. Desta vez, não até aquele momento na rua do Soho em Londres — mas até muito, muito antes disso.

Vou lhe contar sobre mim e Lana — sobre nossa amizade, estranha e extraordinária como era. Mas essa é só a ponta do iceberg, para ser franco. Meu relacionamento com Lana Farrar começou muito antes de nos conhecermos.

Começou quando eu era outra pessoa.

2

É engraçado, sempre que o romancista Christopher Isherwood escrevia sobre o seu eu mais jovem, ele o fazia na terceira pessoa.

Escrevia sobre "ele", um menino chamado "Christopher".

Por quê? Acho que porque isso permitia que ele sentisse empatia por si mesmo. É muito mais fácil ter empatia pelos outros, não é? Se você vê um menininho assustado na rua, sendo importunado, constrangido e desrespeitado por um pai abusivo, você se compadece na hora.

No entanto, no caso da nossa própria infância, é difícil ver as coisas com a mesma clareza. Nossa percepção é turvada pela necessidade de concordar, justificar e perdoar. Às vezes, é preciso que venha alguém de fora, alguém imparcial, como uma terapeuta qualificada, para nos ajudar a enxergar a verdade: a de que, quando éramos crianças, estávamos sozinhos e com medo, num lugar assustador, e ninguém reparou na nossa dor.

Não podíamos admitir uma coisa dessas na época. Seria assustador demais, por isso varremos tudo para debaixo de um enorme tapete, esperando que desaparecesse. Mas não desapareceu. Ficou lá, perdurando para sempre, feito lixo nuclear.

Já passou da hora de levantarmos o tapete e darmos uma boa olhada, não acha? Só que, por uma questão de segurança, vou pegar emprestada a técnica de Christopher Isherwood.

O que se segue é a história do menino, não a minha.

A primeira infância do menino não foi feliz.

Ter tido um filho, sem dúvida, foi uma inconveniência para seus pais. Um experimento fracassado que jamais seria repetido. Eles forneciam comida e um teto, pouco além disso — tirando as aulas ocasionais de bebedeira e brutalidade.

A vida em casa era ruim. Na escola era pior. O menino não era popular. Não era esportista, nem descolado, nem inteligente. Era tímido, retraído e solitário. Os únicos colegas que conversavam com ele com alguma regularidade eram os valentões, uma gangue de quatro garotos malvados da sua turma. Ele os apelidou de os Neandertais.

Toda manhã, os Neandertais esperavam pelo menino na porta da escola para esvaziar seus bolsos — pegando o dinheiro do almoço —, dar empurrões, rasteiras e implicar com ele de outras maneiras. Gostavam principalmente de chutar bolas de futebol em sua cabeça tentando derrubá-lo enquanto gritavam xingamentos como *esquisito* e *aberração* ou coisa pior.

E, quando ele estava com a cara na terra, havia sempre um coro de gargalhadas às suas costas. Gargalhadas estridentes de criança. Zombeteiras e malévolas.

Li em algum lugar que o riso tem uma origem maligna, pois requer um objeto de troça, um alvo, um bobo. Um valentão nunca é o alvo do próprio escárnio, não é mesmo?

O líder dos Neandertais era um verdadeiro idiota chamado Paul. Era popular do jeito que os garotos malvados são. Vivia tirando onda, fazendo pegadinhas. Sentava no fundo da sala e ficava zoando professores e alunos.

Demonstrando um domínio precoce de técnicas de tortura psicológica, Paul determinou que nenhum dos colegas tinha permissão para conversar com o menino. Ele foi tratado como um leproso — asqueroso demais, nojento demais, fedido demais e esquisito demais para conversarem com ele, para reconhecerem sua existência, para sequer encostarem nele. Deveriam evitá-lo a qualquer custo.

Dali em diante, as garotas sentiam prazer em sair correndo, aos surtos de risadinhas e gritinhos, quando o menino se aproximava delas no parquinho. Os garotos faziam caretas e barulhos de quem ia vomitar quando passavam por ele na escada. Bilhetes cruéis, desejando-lhe o mal, eram deixados na sua carteira. E sempre aqueles risos estridentes e zombeteiros às suas costas.

Houve pausas ocasionais nesse tormento.

Quando ele tinha doze anos, participou de uma peça pela primeira vez. Uma produção escolar do *Nossa cidade*, de Thornton Wilder, um clássico da literatura americana. Talvez uma escolha peculiar para uma escola secundária na periferia de Londres, mas sua professora de teatro, Cassandra, era americana. Provavelmente estava com saudade de casa quando decidiu encenar essa carta de amor às cidades pequenas de seu país em plena Basildon, Essex.

O menino gostava de Cassandra. Havia um aspecto amigável em seu rosto equino, e ela usava um colar de contas de âmbar com insetos pré-históricos presos na resina. Foi ela quem lhe proporcionou alguns dos momentos mais próximos da felicidade em sua vida.

Ela o escalou para o papel (a princípio sem qualquer ironia) de Simon Stimson, um diretor de coral alcoólatra e cínico que acabava se enforcando. O menino se deliciou ao máximo com esse papel. A angústia existencial, o sarcasmo, o desespero — ele não entendia o que suas falas significavam exatamente, mas, acredite, ele captou bem o espírito da coisa.

Na primeira noite de apresentação, o menino teve contato com os aplausos pela primeira vez na vida. Nunca sentira nada igual — foi como uma onda de afeto, de amor, inundando o palco, encharcando-o. O menino fechou os olhos e absorveu aquilo tudo.

Mas aí ele abriu os olhos — e viu Paul e os outros Neandertais sentados ao fundo, rindo, fazendo caretas e gestos obscenos. As expressões de vingança deles indicavam que haveria um preço a pagar por aquele breve momento de felicidade.

Não foi preciso esperar muito. Na manhã seguinte, na hora do recreio, o menino foi arrastado para o vestiário masculino. Disseram que seria castigado por ter sido exibido daquele jeito. Por pensar que era especial.

Um dos Neandertais ficou de guarda na porta para garantir que ninguém iria atrapalhar. Os outros dois empurraram o menino até ele ficar de joelhos ao lado do mictório fedorento.

Paul foi buscar alguma coisa no armário. Ele materializou, com o floreio de um mágico de palco, uma caixa grande de leite.

Estou guardando isto aqui há semanas, disse ele, *fermentando — para uma ocasião especial.*

Ele abriu a caixa de leve, cheirando com cuidado — depois se afastou com uma expressão de nojo, como se estivesse prestes a vomitar. Os outros garotos davam risinhos na expectativa.

Prepare-se, disse Paul.

Ele rasgou a parte de cima da caixa de leite e estava para despejá-lo sobre a cabeça do menino, quando de repente lhe veio uma ideia ainda melhor.

Ele estendeu a caixa para o menino.

— Derrama você.

O menino fez que não com a cabeça, tentando não chorar.

— Não. Por favor... não, por favor...

— É o seu castigo. Vai logo.

— Não...

— *Vai logo.*

Gostaria de poder dizer que o menino revidou. Mas não. Ele pegou a caixa de leite que estava sendo empurrada em suas mãos.

E então, lenta e cerimoniosamente, sob a supervisão de Paul, o menino derramou o conteúdo sobre a própria cabeça. Um leite podre, branco, lodoso, esverdeado, uma gosma fedorenta, foi escorrendo sobre seu rosto — cobrindo seus olhos, enchendo sua boca. Ele teve ânsia de vômito.

Ele ouvia os meninos dando risada, gargalhando. Suas gargalhadas eram quase tão cruéis quanto o castigo em si.

Nada pode ser pior que isso, ele pensou. A vergonha, a humilhação, a raiva que borbulhava dentro de si — nada poderia ser pior.

Ele estava enganado, é claro. O buraco seria ainda muito mais embaixo.

Ao escrever este relato, sinto tanta raiva. Tanta revolta pelo menino. Embora seja tarde demais, embora seja só eu mesmo, fico feliz que alguém pelo menos esteja sentindo empatia por ele. Ninguém mais fez isso — que dirá ele mesmo.

Heráclito tinha razão — *caráter é destino*. Outras crianças, das que tiveram infâncias melhores e que foram criadas para se respeitar e se defender, poderiam ter revidado ou, pelo menos, alertado as autoridades. Mas, no caso do menino, infelizmente, toda vez que ele levava uma surra, sentia que era merecida.

O menino começou a matar aula depois disso. Ficava andando sozinho pela cidade, nas lojas, ou entrava escondido no cinema.

E foi lá, no escuro, que ele conheceu Lana Farrar.

Lana era poucos anos mais velha que ele; ela mesma não era muito mais que uma menina. Foi um dos primeiros filmes de Lana que ele viu, *Deslumbrada pela fama*, um fracasso de começo de carreira — uma comédia romântica sem graça sobre uma estrela de cinema que se apaixona por um paparazzo, interpretado por um ator com idade para ser pai dela.

O menino não captou todas as piadas machistas e situações cômicas forçadas. Só tinha olhos para ela. Aqueles olhos, aquele rosto — projetados na telona com nove metros de altura —, o rosto mais encantador que ele já tinha visto na vida. Como todos os cineastas que trabalharam com ela viriam a descobrir, Lana não tinha ângulos ruins, apenas planos perfeitos — o rosto de uma deusa grega.

Ela enfeitiçou o menino naquele instante. Ele jamais se recuperou. Não parou mais de frequentar o cinema. Só para vê-la, admirá-la. Viu todos os filmes que ela fez — e Deus sabe que ela fazia filmes aos baldes naquela época. A qualidade variável deles não importava. O menino viu todos, feliz, várias vezes.

O menino estava no fundo do poço quando conheceu Lana. Estava à beira do desespero. E ela lhe deu beleza. Ela lhe deu alegria. Talvez não fosse muita coisa. Mas era o bastante para alimentá-lo, para mantê-lo vivo.

Ele ficava sentado sozinho no meio da sala de cinema, na décima quinta fileira, para admirar Lana no escuro.

Ninguém conseguia ver, mas havia um sorriso em seu rosto.

3

Nada dura para sempre. Nem uma infância infeliz.

Os anos se passaram, o garoto cresceu.

Com o tempo, uma enxurrada de hormônios sinalizou o chamado "surto do crescimento" nos pontos mais peculiares. A necessidade de fazer a barba foi motivo de agoniantes debates internos durante meses. Ele ficava encarando no espelho a barba cada vez maior com tristeza, com uma vaga noção de que aprender a se barbear era um antigo rito de passagem masculino — um momento de vínculo entre pai e filho, que o iniciaria na masculinidade. A ideia de partilhar um rito desses com o próprio pai o deixava nauseado.

O menino decidiu evitar o constrangimento indo escondido à lojinha da esquina comprar lâminas e creme de barbear, que ele mantinha ocultos na gaveta da mesinha de cabeceira, como se fosse pornografia.

O menino se permitiu fazer uma pergunta ao pai. Imaginou que perguntar não ofenderia.

— Como você não se corta? — disse ele. — Quando está se barbeando, digo... você vê se a lâmina não está afiada demais antes?

Seu pai lhe lançou um olhar de desprezo.

— É a lâmina cega que faz você se cortar, idiota, não a lâmina bem amolada.

E assim terminou a conversa deles. Então, sem nenhum outro recurso numa era pré-internet, o menino levou às escondidas para o banheiro o creme e as lâminas. Por tentativa e erro — erros sangrentos, aliás —, aprendeu a ser homem no modo autodidata.

Saiu de casa pouco tempo depois disso. Fugiu alguns dias após o aniversário de dezessete anos.

Foi para Londres, assim como Dick Whittington, em busca de fama e fortuna.

O menino queria ser ator. Imaginava que só precisaria comparecer a um dos testes anunciados nas páginas da revista *The Stage* que alguém o descobriria e o catapultaria ao estrelato. Não foi o que aconteceu.

Pensando bem, é fácil entender por quê. Tirando o fato de não ser um ator lá muito bom — era envergonhado demais, faltava naturalidade —, o menino não era bonito o suficiente para se destacar na multidão. Tinha um aspecto maltrapilho e ficava cada vez mais desgrenhado a cada dia.

Não que ele conseguisse ver isso na época. Se tivesse conseguido, poderia ter engolido o orgulho e voltado para casa com o rabo entre as pernas — e sofrido muito menos. Do jeito que as coisas transcorreram, o menino manteve a certeza de que o sucesso estava próximo. Só precisaria aguentar firme mais um pouco, só isso.

Infelizmente, o pouco dinheiro que tinha se esgotou logo. Estava agora sem um centavo no bolso e acabou expulso do albergue para jovens em King's Cross onde estava hospedado.

Foi aí que as coisas ficaram muito ruins muito rapidamente.

Hoje não dá para imaginar, agora que já está tudo aburguesado e limpinho — tudo em aço reluzente e tijolos aparentes —, mas, na época, meu Deus, King's Cross era *barra-pesada*. Um lugar sombrio, repleto de perigos — um submundo dickensiano, povoado por traficantes, prostitutas e crianças morando na rua.

Sinto arrepios ao pensar nele lá, sozinho, sem os meios necessários para sobreviver. Ele estava na miséria e dormia em bancos de praças — até que sua sorte mudou, durante uma tempestade, quando buscou abrigo no cemitério Euston.

Ele pulou o muro do cemitério, à procura de um lugar para se proteger da chuva. E encontrou, na lateral da igreja, um bunker subterrâneo — um buraco de concreto escavado no chão — com espaço para duas ou três pessoas deitarem confortavelmente. Bem, tão confortável quanto se pode ficar numa cripta vazia — pois era isso o que aquele lugar parecia. Mas lhe fornecia algum nível de proteção.

E, para o menino, isso já era um pequeno milagre.

A essa altura ele se encontrava mentalmente instável. Estava com fome, amedrontado, paranoico e cada vez mais isolado do mundo. Sentia-se sujo, como se fedesse — e provavelmente fedia mesmo —, e não gostava de ficar muito perto das pessoas.

Mas estava desesperado, então fez algumas coisas por dinheiro que...

Não... Eu não consigo escrever sobre isso.

Sinto muito, não quero ser evasivo. Tenho certeza de que você tem algumas coisas que preferiria não me contar também. Todos temos um ou outro esqueleto no armário, por assim dizer. Deixe que esse seja o meu.

A primeira vez que fez aquilo ele se sentiu totalmente dissociado e bloqueou tudo, como se estivesse acontecendo com outra pessoa.

A segunda vez foi muito pior, então ele fechou os olhos e pensou na louca que morava na escadaria da igreja, gritando com os transeuntes para que se atirassem nos braços de Jesus. Ele se imaginou se atirando nos braços de Jesus e sendo salvo. Por algum motivo, porém, a salvação parecia estar bem distante.

Depois, sentindo-se oprimido e com medo, o menino ficou a noite inteira acordado, até amanhecer, com um copo de café na mão na estação Euston. Tentando não pensar, tentando não sentir.

Ficou ali sentado durante a hora do rush matinal — uma figura esquálida e deprimida, ignorada pelo mar de passageiros. Contava os minutos até os pubs abrirem para ele poder tomar umas.

Por fim, o pub lúgubre do outro lado da rua abriu as portas, oferecendo abrigo aos perdidos e desalentados.

O menino entrou e se sentou ao balcão. Pagou uma dose de vodca em dinheiro vivo — foi a primeira vez que bebeu vodca, na verdade. Ele engoliu tudo de uma vez, se retraindo enquanto a bebida queimava sua garganta.

Foi então que ouviu uma voz rouca na ponta do balcão:

— O que é que uma coisinha linda como você faz numa pocilga dessas, hein?

Esse foi — pensando bem — o primeiro e último elogio que ouviu dela.

O menino ergueu o olhar, e lá estava Barbara West. Uma mulher mais velha, enrugada, cabelos tingidos de ruivo, rímel em excesso. Tinha os olhos mais escuros e penetrantes que ele já vira: profundos, brilhantes e assustadores.

Barbara riu — uma risada distinta, uma gargalhada rouca. Ela tinha o riso fácil, como ele veio a descobrir, e geralmente ria das próprias piadas. O menino logo aprenderia a odiar aquela risada. Mas, naquele dia, sentiu apenas indiferença. Ele encolheu os ombros e deu uma batidinha no copo vazio em resposta à pergunta dela.

— O que você acha?

Barbara aproveitou a deixa e gesticulou para o barman.

— Mais uma dose pra ele, Mike. E uma pra mim também, aproveitando. Doses duplas.

Barbara tinha ido ao pub logo após o lançamento de um livro com sessão de autógrafos na livraria vizinha, a Waterstone's — porque era alcoólatra. Caráter é destino, e se não fosse a necessidade de Barbara de tomar um gim-tônica às onze da manhã, ela e o menino jamais teriam se conhecido. Eram figuras de mundos diferentes, esses dois. E estavam destinados, no fim, a só fazerem mal um ao outro.

Tomaram mais algumas doses. Barbara ficou de olho nele o tempo todo, avaliando-o de cima a baixo. Gostou do que viu. Depois de uma saideira, chamou um táxi. Levou o menino para casa.

Era para ter sido apenas uma noite. Só que uma noite levou a outra e depois outra — e ele nunca mais foi embora.

Sim, Barbara West o usou, aproveitando-se daquele menino desesperado passando necessidade. Ela era, de fato, uma predadora, ainda que, diferentemente de seu alcoolismo, isso não fosse visível logo de cara. Ela foi um dos seres humanos mais tenebrosos que conheci. Tenho pavor de pensar no que ela teria feito da vida se não tivesse talento para escrever romances.

Mas também não subestimemos o menino aqui. Ele sabia muito bem no que estava se metendo. Sabia o que Barbara queria e estava feliz em prové-lo. No mínimo, havia ficado com a melhor parte do acordo. Em troca de seus serviços, recebia não apenas um teto, mas também uma educação, da qual ele precisava com o mesmo grau de urgência.

Naquela casa em Holland Park, ele tinha acesso a uma biblioteca privada. Um mundo repleto de livros.

— Posso ler um desses? — perguntou ele, admirando os volumes, deslumbrado.

Barbara pareceu surpresa diante do pedido. Talvez duvidasse que ele soubesse ler.

— Pode escolher. — Ela deu de ombros.

Ele escolheu ao acaso um dos livros da prateleira: *Tempos difíceis*.

— Ai, credo, Dickens. — Barbara fez uma careta. — Tão *sentimental*. Enfim, imagino que você precise começar por algum lugar.

Mas o menino não achou Dickens sentimental. Ele o achou maravilhosamente cativante. E engraçado e profundo. Por isso leu *David Copperfield* em seguida, e seu apreço foi crescendo, junto com seu apetite. Não só por Dickens, mas por qualquer coisa que encontrasse nas estantes de Barbara, devorando os grandes autores que caíam em suas mãos.

Todos os dias que passava naquela casa eram educativos — não só por causa dos livros, mas por causa da própria Barbara e do círculo que ela frequentava: o Salão Literário que comandava de sua sala de estar.

Conforme o tempo foi passando e o menino foi sendo exposto a mais e mais aspectos da vida dela, foi mantendo olhos e ouvidos bem abertos. Tentava absorver o quanto podia das conversas dos convidados, as coisas que todas aquelas pessoas sofisticadas diziam e o modo como diziam. Decorava expressões, opiniões e gestos, praticando quando se via sozinho na frente do espelho, experimentava tudo isso como se fossem roupas desconfortáveis, nas quais estava determinado a entrar.

Não esqueçam que o menino era aspirante a ator. E, para ser franco, esse era seu único papel, que ele foi ensaiando, incansável e meticulosamente, ao longo dos anos, até aperfeiçoá-lo.

E então, um dia, observando-se no espelho, já não conseguia mais ver o menor vestígio do menino.

Havia outra pessoa ali, olhando para ele.

Mas quem era essa nova pessoa? A primeira coisa de que ele precisava era um nome para ela. Acabou roubando um deles de uma peça da estante de Barbara, *Vidas privadas*, de Noël Coward.

Barbara achou isso hilário, é claro. Mas, apesar de rir dele, ela entrou na onda. Preferia esse novo nome, dizia, pois era menos hediondo que o nome verdadeiro. Cá entre nós, acho que a ideia simplesmente apelou ao seu senso de perversidade.

Naquela noite, com as bênçãos de uma garrafa de champanhe, ele foi batizado de Elliot Chase.

Foi quando eu nasci.

E então, num *timing* perfeito, Lana entrou em cena.

4

Já me esqueci de muitas coisas em minha vida inebriada. Incontáveis nomes e rostos, lugares por onde passei, cidades inteiras caíram em um vazio na minha mente. Mas algo de que jamais vou me esquecer, até o dia de minha morte — gravado para sempre na memória e esculpido no coração —, é o momento em que me encontrei com Lana Farrar pela primeira vez.

 Barbara West e eu havíamos saído para ver Kate numa peça, uma nova tradução de *Hedda Gabler* no National. Era a noite de estreia, e, embora a montagem inteira fosse uma porcaria pretensiosa, na minha humilde opinião, a peça foi aclamada e anunciada como um triunfo.

 Houve uma festa de estreia depois, à qual Barbara concordou em ir, a contragosto. Qualquer resistência da parte dela era pura mentira, pode acreditar. Se houvesse bebida e comida de graça, Barbara era sempre a primeira da fila. Ainda mais numa festa dessa gente afetada do teatro, que faria fila para lhe dizer o quanto os livros dela lhes eram caros e puxar seu saco de maneira geral. Ela adorava tudo isso, como você pode imaginar.

 Enfim, eu estava ao lado dela, morrendo de tédio, disfarçando um bocejo e lançando ociosamente meu olhar para um bando desgrenhado de atores e aspirantes a atores, produtores, jornalistas e gente do tipo.

Então reparei num grande grupo de pessoas do outro lado da sala, admiradores e puxa-sacos reunidos ao redor de alguém — uma mulher, a julgar pelo vislumbre que tive no meio da multidão que se amontoava. Estiquei o pescoço para ver quem era, mas os corpos que se mexiam ao redor não paravam de ocultar seu rosto. Por fim, alguém abriu caminho, criando um espaço, e tive um vislumbre momentâneo de sua face.

Não pude acreditar no que vi. Era ela mesmo? Não seria possível, seria?

Estiquei o pescoço para ver melhor, mas nem precisava. Era ela.

Sentindo-me emocionado, eu me virei e dei um cutucão em Barbara. Ela estava no meio de uma ladainha que tinha como plateia um dramaturgo de aspecto triste, explicando o porquê do fracasso comercial dele.

— Barbara?

Barbara ignorou minha interrupção.

— Estou conversando, Elliot.

— Ali. Olha. É Lana Farrar.

Ela resmungou.

— E daí?

— Você a conhece, não conhece?

— Nós já nos encontramos uma ou duas vezes.

— Me apresenta a ela.

— Claro que não.

— Vai. Por favor. — Olhei esperançoso para Barbara.

Ela sorriu. Nada lhe dava tanto prazer quanto recusar um pedido emocionado.

— Acho que não, gato.

— Por que não?

— Não lhe cabe perguntar o motivo. Vai lá pegar outra bebida pra mim.

— Pegue você a porra da sua bebida.

Num raro ato de rebeldia da minha parte, eu a deixei ali. Sabia que ela ficaria furiosa e me faria pagar por isso depois, mas não me importei.

Cruzei o salão, indo diretamente até Lana.

O tempo pareceu desacelerar conforme fui me aproximando. Senti que estava deixando a realidade para trás, entrando num estado de aguçamento dos sentidos. Devo ter aberto caminho no meio da multidão, não me lembro. Eu estava alheio a todos, menos a ela.

Vi-me ali, no meio do círculo, ao lado de Lana. Fiquei admirando-a, embasbacado, enquanto ela ouvia a fala de um homem. Mas ela não conseguiu não reparar na minha presença. E me olhou de soslaio.

— Eu te amo — falei.

Aquelas foram as primeiras palavras que eu disse a Lana Farrar.

As pessoas ao redor ficaram surpresas. Morreram de rir.

Por sorte, Lana também riu.

— Eu também te amo.

E foi assim que começou. Passamos a noite inteira conversando — o que significa que consegui defletir as interrupções dos que aspiravam a competir comigo pela atenção dela. Eu a fiz dar risada, tirando sarro da produção exagerada que havíamos sido obrigados a engolir. Deixei escapar o fato de que Kate era uma amiga em comum, uma descoberta que fez com que Lana relaxasse visivelmente na minha presença.

Mesmo assim, havia muito trabalho pela frente. Eu precisava convencer Lana de que não era um cara estranho, um fã obcecado ou perseguidor em potencial. Precisava persuadi-la de que eu era um igual, pelo menos em intelecto — se não em fama ou fortuna. Queria muito impressioná-la. Queria que ela gostasse de mim. Por quê? Não acho que eu mesmo soubesse, para ser honesto. De um modo vago e inconsciente, eu queria mantê-la por perto. Mesmo naquela época, me parece que seria insuportável deixá-la ir embora.

Lana ficou apreensiva a princípio, mas foi receptiva à minha conversa. Eu nem sempre consigo ser perspicaz — posso lhe dar uma resposta espirituosa, mas só se você me permitir uns três dias para me sentar e escrevê-la. No entanto, naquela noite, milagrosamente, todos os astros se alinharam a meu favor. Pela primeira vez, minha timidez não me venceu.

Pelo contrário, eu estava confiante, lúcido, calibrado com a dose certa de vinho, e me vi falando de maneira inteligente, divertida e até espirituosa sobre uma variedade de assuntos.

Falava com propriedade sobre teatro, por exemplo, sobre as peças que estavam em cartaz, o que estava por estrear, e recomendei a Lana algumas montagens menos conhecidas que afirmei valerem a pena. Sugeri algumas exposições e galerias de que ela não tinha ouvido falar. Em outras palavras, fiz uma performance completamente convincente da pessoa que eu sempre quis ser: um homem urbano, confiante, sofisticado e afiadíssimo. Esse foi o homem que vi no reflexo dos olhos de Lana. Nos seus olhos, naquela noite, eu brilhei.

Barbara West acabou cedendo e se juntou a nós, toda sorridente, cumprimentando Lana como uma velha amiga. Lana foi perfeitamente civilizada com Barbara, mas fiquei com a impressão de que Lana não gostava dela, o que a fez ganhar pontos comigo.

Quando Barbara foi ao banheiro e nos deixou a sós, Lana aproveitou a oportunidade para perguntar sobre a nossa relação.

— Vocês dois estão juntos?

Confesso ter sido meio evasivo. Disse que era o "parceiro" de Barbara e deixei por isso mesmo.

Eu entendia o motivo de Lana ter perguntado. Ela estava solteira quando nos conhecemos, entende? Jason ainda não havia entrado em cena. Desconfio de que Lana queria ter certeza de que era "seguro" conversar comigo, determinando que eu era propriedade de outra pessoa — e, por isso, menos sujeito a dar o bote ou fazer movimentos bruscos. Imagino que isso fosse muito comum com ela.

No fim da noite, concordamos em nos encontrar de novo no domingo para uma caminhada às margens do rio. Pedi o número de Lana quando Barbara não estava olhando.

Para minha completa felicidade, ela me deu o número.

Quando Barbara e eu fomos embora da festa naquela noite, eu não conseguia parar de sorrir. Parecia que estava levitando.

Barbara, por outro lado, estava com um humor péssimo.

— Que montagem de merda — disse ela. — Dou três semanas para acabarem com o sofrimento dela.

— Ah, não sei. — Olhei de relance para o pôster de Kate no papel de Hedda Gabler, com uma pistola na mão. Sorri. — Eu me diverti bastante.

Barbara me lançou um olhar venenoso.

— É, eu sei que sim. Eu *vi*.

Ela não comentou mais nada — por um tempo.

Barbara esperou muito para me fazer pagar pelo comportamento insolente daquela noite. Mas, no fim, me fez pagar sim, como você verá.

Ah, sim. Ela me fez pagar caro.

5

É difícil, para mim, escrever sobre minha amizade com Lana.

Há coisas demais para dizer. Como será que eu poderia descrever, numa série de pequenos causos escolhidos a dedo, o processo lento e complicado da criação de um laço de confiança e de afeto entre nós?

Talvez eu devesse pinçar um único momento dos nossos anos juntos, do jeito que se escolhe uma carta aleatória de baralho em um truque de mágica, para lhe transmitir a sensação de como foi esse processo. Por que não?

Nesse caso, escolho nossa primeira caminhada juntos — uma tarde de domingo no fim de maio. Essa cena explica tudo; sobre o que veio depois, digo. E sobre como duas pessoas que eram tão íntimas em todos os aspectos poderiam, no fim, se enganar tanto uma a respeito da outra.

Nós nos encontramos à margem sul do Tâmisa para seguir o caminho do rio. Eu levei uma rosa vermelha que comprei na banquinha saindo da estação.

Deu para ver na hora, pela expressão no rosto de Lana assim que entreguei a rosa, que aquilo foi um erro.

— Espero que isso não signifique que estamos começando com o pé errado — disse ela.

— E que pé seria esse? — falei estupidamente. — O esquerdo ou o direito?

Lana sorriu e deixou por isso mesmo. Mas não foi o fim da história.

Ficamos caminhando por um tempo. Depois nos sentamos na parte externa de um pub, em um banco à margem do rio, cada um com sua taça de vinho.

Nós ficamos sentados ali em silêncio por alguns instantes. Lana brincou com a rosa nos dedos. Por fim, ela se pronunciou:

— Barbara sabe que você está aqui?

— Barbara? — Fiz que não com a cabeça. — Pode ficar tranquila que ela tem pouquíssimo interesse nas minhas andanças. Por quê?

Lana deu de ombros.

— Só fiquei curiosa.

— Teve medo de que ela pudesse aparecer aqui? — Dei uma risada. — Acha que Barbara está espionando a gente atrás dos arbustos ali? Com um binóculo e uma arma? Eu não duvidaria disso.

Lana riu. Sua risada, com a qual eu já estava tão familiarizado por causa dos filmes, me fez abrir um sorrisão.

— Não se preocupe — falei. — Sou todo seu.

Foi desastrado da minha parte. Fico constrangido de lembrar hoje.

Lana sorriu, mas não disse nada. Ficou brincando com a rosa por um instante. Depois a levantou no ar e inclinou a cabeça para olhar para a rosa e para mim ao mesmo tempo.

— E isto? O que significa?

— Nada. É só uma rosa.

— Barbara sabe que você comprou uma rosa pra mim?

Eu ri.

— Claro que não. Isso não tem nenhum significado. É só uma flor. Sinto muito se deixou você desconfortável.

— Não é isso. — Ela desviou o olhar por um momento. — Não importa. Vamos?

Terminamos nosso vinho e saímos do pub.

Continuamos nossa caminhada ao longo do Tâmisa. Enquanto andávamos, Lana olhou para mim e disse baixinho:

— Não posso dar o que você quer, sabe? Não posso dar o que está buscando.

Eu sorri, embora estivesse nervoso.

— O que estou buscando? Você quer dizer amizade? Não estou atrás de nada.

Lana abriu um meio sorriso.

— Está, sim, Elliot. Você está em busca de amor. Qualquer um consegue ver isso.

Pude sentir minhas bochechas ficando vermelhas. Desviei o olhar, constrangido.

Lana, com muito tato, mudou de assunto. Estávamos chegando ao fim de nossa caminhada.

E foi isso — com o mais leve dos toques, Lana me deixou ciente, com firmeza e educação, de que não pensava em mim como um amante em potencial. Fui despachado para o reino das amizades.

Ou pelo menos foi o que achei na época. Pensando bem, não tenho tanta certeza. Muito do modo como interpretei aquele momento foi afetado pelo meu passado e por quem eu achava que era; e pelas lentes distorcidas através das quais eu via o mundo. Convencido da minha indesejabilidade — se é que essa palavra existe. Foi como sempre me senti, desde criança. Feio, repulsivo. Malquisto.

Mas... e se, por um segundo, eu deixasse de lado a bagagem emocional autocentrada que insistia em carregar por aí?

E se eu, de fato, tivesse dado ouvidos ao que Lana estava dizendo? Bem — aí talvez pudesse ter descoberto que as palavras dela tinham pouco a ver comigo e tudo a ver com ela.

Analisando retrospectivamente, consigo entender o que Lana estava querendo comunicar. Que estava triste, perdida e solitária — ou jamais teria se sentado ali comigo, praticamente um estranho, numa tarde de domingo.

Quando me acusou de estar em busca de amor, o que ela quis dizer, na verdade, é que eu queria ser salvo. *Não posso salvá-lo, Elliot*, Lana estava dizendo. *Não quando sou eu que preciso ser salva.*

Se eu tivesse me dado conta disso na época — se não tivesse sido tão cego, tão temeroso, se tivesse tido mais coragem —, talvez tivesse me comportado de um modo bem diferente naquele momento.

E então, talvez, esta história tivesse terminado com um final mais feliz.

6

Dali em diante, comecei a acompanhar Lana em seus passeios por Londres.

Caminhávamos por horas e passamos muitas tardes felizes atravessando pontes, seguindo ao longo de canais e vagando pelos parques — descobrindo pubs antigos e peculiares escondidos pela cidade e às vezes até no subterrâneo.

Sempre lembro desses passeios. E de todas as coisas que conversamos — e das coisas que não falamos. De tudo o que foi contornado, ignorado, descartado. Das coisas que não percebi.

Eu já contei que Lana sempre enxergava o melhor nas pessoas, fazendo você querer estar à altura do desafio e tentar ser aquela pessoa: encarnar a melhor versão possível de si mesmo. Bem, isso também se aplicava a ela. Lana estava tentando ser a pessoa que eu queria que ela fosse, posso ver agora. Nós dois estávamos encenando um papel, um para o outro. Me entristece escrever isso. Às vezes, olho para o passado e me pergunto se foi apenas isso — uma encenação.

Mas não, não é justo. Foi bem real, no fundo. A seu próprio modo, Lana era uma fugitiva de seu passado, tanto quanto eu — ou, para colocar em termos menos poéticos, era tão fodida quanto eu. Não foi isso que nos uniu no início? O que nos conectou? O fato de estarmos ambos tão perdidos na vida?

Não consegui ver nada disso na época. Minha onisciência é inteiramente retrospectiva. Eu fico sentado aqui agora, sabendo o que sei, e analiso o passado, tentando enxergar o fim no começo e montar todas as pistas e sinais ocultos que me escaparam na época, quando eu era jovem, apaixonado e deslumbrado.

A verdade é que eu não queria ver a mulher triste e ferida que caminhava ao meu lado. A pessoa traumatizada, em pânico. Eu estava muito mais investido em sua atuação, na máscara que ela usava. Eu apertava um pouco os olhos, ao olhar Lana, para não ver as rachaduras na máscara.

Às vezes, enquanto caminhávamos, eu perguntava a Lana sobre seus antigos filmes. Ela era tão rápida em fazer pouco-caso deles que admito que me magoava um bocado — todos aqueles filmes pelos quais eu tinha carinho e que vira tantas vezes.

— Você deixou muita gente feliz — falei. — Incluindo eu. Deveria se orgulhar deles.

Lana deu de ombros.

— Não tenho certeza disso.

— Eu tenho. Eu era um fã.

E só fui até aí. Não queria deixá-la desconfortável. Não queria revelar o tamanho da minha — da minha o quê? Sejamos benevolentes, não vamos chamar de obsessão. Vamos chamar de amor — pois era isso que era, na verdade.

E assim nos tornamos amigos. Mas será que algum dia fomos apenas amigos, de verdade?

Não tenho tanta certeza. Mesmo um homem tão — e aqui sofro para encontrar adjetivos inofensivos — inócuo, afeminado e tímido como eu era não está imune à beleza. Ao desejo. Será que não havia uma tensão entre nós que passou batida, mesmo nessa época? Era um frisson tão sutil, fino como teia de aranha, um sussurro de sexualidade. Mas estava lá, pairando como uma teia no ar ao nosso redor.

Quanto mais íntimos Lana e eu nos tornávamos, menos tempo passávamos na rua. A maior parte do tempo era na casa dela, a mansão enorme de seis andares em Mayfair.

Meu Deus, que saudade daquela casa. Só o cheiro de lá, a fragrância ao passar pela porta. Eu costumava fazer uma pausa naquele vasto hall de entrada, fechar os olhos e respirá-lo, sorvê-lo. O olfato é tão evocativo, não é? É como o *paladar*: ambos os sentidos são máquinas do tempo que transportam você — sem o seu controle, até contra a sua vontade — a algum lugar no passado.

Hoje, se eu sinto o cheiro de madeira polida ou pedra fria, sou transportado na hora para aquela casa, com seu aroma de mármore veneziano, madeira polida de carvalho escuro, lírios, lilases, incenso de sândalo, e sinto um tal estouro de contentamento, um calor no coração. Se eu pudesse engarrafar esse cheiro e vender, faria uma puta fortuna.

Eu logo estava batendo ponto lá. Me sentia parte da família. Era uma sensação desconhecida, mas maravilhosa. O som de Leo estudando violão no quarto, os cheiros sedutores que emanavam da cozinha, onde Agathi fazia a sua mágica, e, na sala de estar, Lana e eu: conversando ou jogando cartas ou gamão.

Que coisa mais mundana, escuto você dizer. *Que banal.* Talvez — não vou negar. A vida caseira é uma característica peculiarmente britânica. Nunca se diga que o lar de um inglês não é o seu castelo.

Eu só queria me sentir seguro dentro daquelas muralhas, com Lana — a ponte levadiça firmemente erguida.

Passei a vida inteira ansiando por amor, o que quer que isso significasse. Ansiava ser visto por outro ser humano, ser aceito — ser gostado. Mas, quando era jovem, fiquei investido demais nessa pessoa *fajuta* que eu queria ser, esse falso eu. Simplesmente não era capaz de me engajar numa relação com outro ser humano — nunca deixava ninguém se aproximar o suficiente. Estava sempre atuando, e qualquer afeto que eu recebia era estranhamente insatisfatório. Era para uma encenação, não para mim.

Essas são as acrobacias mentais que as pessoas traumatizadas fazem: tão desesperadas para receber amor que, quando o recebemos, não conseguimos sentir. Isso porque não precisamos do amor por uma criação artificial, uma *máscara*. Aquilo de que precisamos, aquilo pelo qual ansiamos desesperadamente, é o amor pela única coisa que jamais mostraremos para outra pessoa: a criança feia e machucada que há por dentro.

Mas era diferente com Lana. Eu mostrei essa criança para ela.

Ou, pelo menos, deixei que ela tivesse um vislumbre.

7

Minha terapeuta costumava citar às vezes aquela famosa frase de *O Mágico de Oz*.

Você sabe qual. É quando o Espantalho, confrontado pela Floresta Assombrada, toda escura e apavorante, diz:

"Eu não sei com certeza, mas acho que vai ficar mais escuro antes de começar a clarear."

Mariana dizia isso metaforicamente, referindo-se ao processo terapêutico em si. Ela tinha razão: as coisas ficam mais escuras antes de clarearem, antes da aurora terapêutica.

Curiosamente — fazendo um aparte aqui —, eu tenho uma teoria de que todo mundo na vida corresponde a um dos personagens de *O Mágico de Oz*. Temos Dorothy Gale, a criança perdida, procurando um lugar ao qual possa pertencer; um Espantalho inseguro e neurótico, em busca de validação intelectual; um Leão valentão, que na verdade é um covarde e tem mais medo que todos os outros. E o Homem de Lata, sem coração.

Durante anos, achei que eu fosse o Homem de Lata. Acreditava que faltava algo crucial em mim: um coração ou a capacidade de amar. O amor estava lá fora, em algum lugar, além do meu alcance, na escuridão. Passei minha vida tateando atrás dele — até conhecer Lana. Ela me mostrou que eu já tinha um coração. Só não sabia como usá-lo.

Mas então, se eu não era o Homem de Lata... quem eu era?

Para minha surpresa, percebi que eu devia ser o próprio Mágico de Oz. Eu era uma *ilusão* — um truque de mágica operado por um homem assustado, acovardado atrás da cortina.

Quem é você?, eu me pergunto. Pergunte-se isso honestamente, e talvez se surpreenda com a resposta. Mas será que ela vai ser honesta?

Essa é a verdadeira pergunta, acho.

— Uma criança assustada ainda se esconde em sua mente, ainda se sente insegura, ainda se sente ignorada e mal-amada.

Na noite em que ouvi Mariana pronunciar essas palavras, minha vida mudou para sempre.

Durante anos, fingi que minha infância não aconteceu. Apaguei tudo da memória — ou achei ter feito isso — e perdi o menino de vista. Até aquela tarde nebulosa de janeiro em Londres, quando Mariana o encontrou para mim de novo.

Depois daquela sessão de terapia, saí para uma longa caminhada. Fazia um frio doído. O céu estava anuviado, e as nuvens, pesadas. Parecia que vinha neve. Fui andando o caminho todo de Primrose Hill até a casa de Lana, em Mayfair. Precisava dissipar aquela energia nervosa. Precisava pensar — em mim e no menino preso em minha mente.

Eu o imaginei pequeno e assustado, tremendo todo, definhando, desnutrido — acorrentado na masmorra da minha mente. E, enquanto eu caminhava, todas as lembranças começaram a voltar. Todas aquelas injustiças, as crueldades que eu havia esquecido de propósito — todas as coisas que ele havia suportado.

Fiz uma promessa ao menino, ali mesmo. Um juramento, um compromisso — chame como quiser. Dali em diante, eu lhe daria ouvidos, cuidaria dele. Ele não era feio, nem burro, nem imprestável. Nem mal-amado. Pelo amor de Deus, ele era *amado* — eu o amava.

Dali em diante, eu seria o pai de que ele precisava — tarde demais, eu sabia, mas antes tarde do que nunca. E, desta vez, eu iria criá-lo direito.

Enquanto caminhava, olhei para baixo — e lá estava ele, o menininho, andando ao meu lado. Ele tinha dificuldade em acompanhar meu passo, por isso desacelerei.

Estendi o braço e peguei a mão dele.

Está tudo bem, sussurrei. *Vai ficar tudo bem agora. Estou aqui. Você está a salvo, eu prometo.*

Cheguei à casa de Lana tremendo de frio, bem na hora em que começou a nevar. Não tinha ninguém mais lá além de Lana. Ficamos sentados diante da lareira, bebendo uísque, vendo a neve cair lá fora. Eu contei para ela da minha — não sei bem qual é a palavra — *epifania*? Vamos chamar assim.

Demorou um tempinho até eu explicar tudo para ela. Enquanto eu ia falando, sofria com o medo de não conseguir me fazer entender. Mas não precisava ter me preocupado. Enquanto Lana me ouvia e a neve caía lá fora, foi a primeira vez que a vi chorar na vida.

Ambos choramos naquela noite. Eu lhe contei todos os meus segredos — quase todos —, e Lana me contou os dela. Todos os segredos obscuros dos quais tínhamos tanta vergonha, todos os horrores que acreditávamos que era preciso manter escondidos — tudo isso veio com força naquela noite, sem vergonha, nem julgamento, sem constrangimento, apenas sinceridade, apenas verdade.

Parecia a primeira conversa *real* que eu já tivera com outro ser humano. Não sei como descrever — pela primeira vez, eu me sentia vivo. Não encenando a vida, entende?, não simulando, nem fingindo viver ou *quase* vivendo... mas *vivo*.

Foi também a primeira vez que tive um vislumbre da outra Lana — a pessoa secreta que ela mantinha escondida do mundo, e quem eu não queria conhecer. Nesse momento, eu a descobria, em toda a sua vulnerabilidade nua, enquanto ouvia a verdade sobre a sua infância: sobre aquela menina triste e solitária e as coisas terríveis que lhe aconteceram. Ouvi a verdade a respeito de Otto e dos anos assustadores do seu casamento. Aparentemente, ele foi apenas mais um num longo rol de homens que a trataram mal.

Jurei para mim mesmo que eu seria diferente. A exceção. Eu a protegeria, a valorizaria, lhe daria amor. Nunca a trairia. Nem a decepcionaria.

Estendi o braço até o outro lado do sofá e apertei sua mão.

— Eu te amo — falei.

— Eu também te amo.

Nossas palavras ficaram pairando no ar, como fumaça.

Eu me inclinei para a frente, ainda segurando sua mão — enquanto, lentamente, fitando seus olhos, fui me aproximando mais e mais... até nossos rostos se encontrarem.

Meus lábios encostaram nos dela.

Eu a beijei de leve.

Foi o beijo mais doce que já dei. Tão inocente, com tanta ternura — tanto amor.

Ao longo dos dias seguintes, passei muito tempo pensando naquele beijo e no que ele significou. Parecia ser um reconhecimento final da antiga tensão entre nós — a culminação de uma velha e implícita promessa.

Era, nos termos em que o sr. Valentine Levy poderia ter colocado, a conclusão de um objetivo muito acalentado da minha parte. E qual era o objetivo?

Ser amado, é claro. Eu finalmente me sentia amado.

Era para Lana e eu termos ficado juntos. Isso estava evidente agora. Era algo mais profundo do que qualquer coisa que eu já imaginara.

Era o meu destino.

8

Vou lhe contar algo que nunca contei para ninguém.

Eu estava prestes a pedir Lana em casamento.

Tudo tinha ficado cristalino, entende? Era esse o caminho que estávamos traçando todo esse tempo; avançando, devagar e sempre, até chegarmos ao território romântico. Talvez não com grandes labaredas de paixão, as quais, por sinal, esfriam com a mesma rapidez com que se inflamam. Eu me refiro a uma brasa de queima lenta e constante, de um afeto verdadeiro, profundo e mútuo. Isso é o que perdura. Isso é amor.

De repente, Lana e eu estávamos passando cada segundo do dia juntos. O próximo passo, me pareceu — a progressão lógica —, seria eu ir embora da casa de Barbara West e me mudar para a de Lana. Para que nós nos casássemos e vivêssemos felizes para sempre.

O que há de errado nisso? Se você tivesse um filho, quereria isso para ele, não é mesmo? Viver num mundo de beleza, prosperidade, segurança. Estar feliz, seguro e ser amado. Por que é tão errado que eu quisesse isso para mim? Eu teria sido um bom marido.

Por falar em maridos, já vi muitas fotos de Otto, e ele também não era nenhum príncipe encantado, vai por mim.

Sim, eu defendo minha posição. Apesar da discrepância em nossa aparência e conta bancária, Lana e eu formávamos um ótimo casal.

Nada tão sexy ou glamoroso, talvez, como o casal Lana e Jason. Mas menos afetados e mais contentes.

Como duas crianças felizes, que nem pinto no lixo.

Decidi proceder formalmente, como se faria em um filme antigo. Achei apropriado fazer algum tipo de declaração romântica: uma confissão dos meus sentimentos, a história de amizade que vira amor, esse tipo de coisa. Pratiquei um breve discurso, que terminava com um pedido de casamento.

Até providenciei uma aliança — uma coisa barata, confesso, um anel de prata simples. Foi o melhor que pude comprar. Minha intenção era substituí-la por algo mais valioso um dia, quando minha sorte mudasse. Mas, embora fosse apenas um adereço, um símbolo do meu afeto, aquele anel era tão significativo, tão expressivo quanto qualquer ilha que Otto pudesse ter comprado para ela.

Certa noite de sexta-feira, levando a aliança no bolso, fui me encontrar com Lana na inauguração de uma galeria à margem sul do rio.

Meu plano era levá-la às escondidas até o terraço, sob as estrelas, e fazer o pedido tendo o Tâmisa como pano de fundo. Que cenário melhor que aquele, levando em conta nossas caminhadas pelo rio?

Mas, quando cheguei à galeria, Lana não estava lá. Kate sim, prestigiando o bar.

— Oi — disse ela, com uma expressão engraçada no rosto. — Não sabia que você vinha. Onde está Lana?

— Eu ia lhe fazer a mesmíssima pergunta.

— Atrasada, como sempre. — Kate apontou para o homem alto ao seu lado. — Conheça meu novo boy. Ele não é diabolicamente lindo? Jason, este é Elliot.

Foi aí que Lana chegou. Ela se aproximou e foi apresentada a Jason. E então... Bem, o resto você já sabe.

Lana parecia outra pessoa naquela noite. Ela ficou se jogando para cima de Jason, flertando com ele sem qualquer pudor. Ela se atirou nele. E ficou me tratando de um jeito esquisito, toda fria e desdenhosa. Repeliu todas as minhas tentativas de falar com ela — como se eu não existisse.

Saí da galeria me sentindo confuso e deprimido. O anel, frio e sólido, continuava no meu bolso, e eu o ficava revirando com os dedos. Eu me vi cedendo a um sentimento familiar de desespero, um sentimento de inevitabilidade.

Conseguia ouvir o menino chorando aos soluços na minha mente: *É claro, é claro que ela não quis você. Ela tem vergonha de você. Não é bom o suficiente para ela, não vê isso? Ela se arrepende de tê-lo beijado. E, nesta noite, esse foi o jeito dela de botar você no seu lugar.*

Justo, pensei. Talvez fosse verdade. Talvez eu jamais tivesse a menor chance com Lana. Diferentemente de Jason, eu não era um sedutor de carteirinha. Exceto de idosas, aparentemente.

Minha carcereira estava me esperando quando cheguei em casa. Tinha passado a noite inteira escrevendo e agora relaxava com uma dose generosa de uísque na sala de estar.

— E aí, como foi? — Barbara serviu-se de mais uma dose. — Pode me atualizar das fofocas. Quero um relatório completo.

— Nada de fofoca. Um tédio total.

— Ai, fala sério. Alguma coisa deve ter acontecido. Passei o dia inteiro trabalhando duro, ganhando o pão nosso de cada dia. Pelo menos você pode me entreter um pouco antes de irmos para a cama.

Eu não estava a fim de fazer a vontade dela e continuei monossilábico. Barbara percebeu minha tristeza. E, como a verdadeira predadora que era, não resistiu em dar o golpe final.

— O que foi, querido? — Ela me encarava.

— Nada.

— Está muito quietinho. Algo errado?
— Nada.
— Tem certeza? Me conta. O que foi?
— Você não entenderia.
— Ah, aposto que consigo adivinhar. — Barbara deu uma risada de repente, toda alegrinha, como uma criança encapetada regozijando-se após uma pegadinha cruel.

Senti um nervosismo inexplicável.

— Qual é a graça?
— É uma piada interna. Você não entenderia.

Eu sabia que não deveria reagir. Ela estava tentando me provocar, e não adiantava arranjar briga com Barbara. Aprendi da pior forma que nunca se ganha uma discussão com uma pessoa narcisista. Não é assim que funciona. A única vitória possível é se retirar.

— Vou para a cama.
— Peraí. — Ela terminou a bebida. — Me ajuda a subir.

Naquela época, Barbara precisava de bengala para andar, o que dificultava subir a escada. Eu a apoiei com um dos braços. Ela se segurou no balaústre com a outra mão. Subimos cada degrau da escada bem devagar.

— A propósito — disse Barbara. — Vi sua amiguinha hoje. Lana. Tomamos chá juntas… e batemos um papo bem bacana.

— Ah, é? — Não fazia sentido. Elas não eram amigas. — Onde foi isso?

— Na casa de Lana, naturalmente. Minha nossa, não é incrível? Eu não fazia ideia do quanto você era ambicioso, gato. Não devia mirar tão alto. Lembre-se do que aconteceu com Ícaro.

— Ícaro? — Eu ri. — Do que você está falando? Quantas doses de uísque bebeu?

Barbara sorriu, arreganhando os dentes.

— Ah, você tem razão em ficar com medo. Eu também ficaria se estivesse no seu lugar. Precisei pôr um fim nisso, sabe?

Chegamos ao topo da escada. Barbara soltou meu braço enquanto eu lhe devolvia sua bengala. Tentei usar um tom de voz de quem está achando graça.

— Pôr um fim em quê?

— Nisso de vocês dois, gato — disse Barbara. — Precisei mandar um papo reto na menina. Ela não merece você. Poucas merecem.

Eu fiquei olhando para ela, com medo.

— Barbara. O que você fez?

Ela riu, deleitando-se com minha aflição. Ia batendo com a bengala nas tábuas do assoalho enquanto contava a história, marcando o ritmo do seu discurso. Estava claramente saboreando cada palavra.

— Contei tudo a seu respeito — disse Barbara. — Contei qual era seu nome verdadeiro. Contei quem você era quando eu te conheci. Contei que mandei seguirem você... que sei o que você faz à tarde, e todo o resto. Contei que você era perigoso, um mentiroso, um sociopata... e que você está atrás do dinheiro dela, como está atrás do meu. Falei que já flagrei você mexendo nos meus remédios não uma, mas duas vezes, recentemente. "Se acontecer qualquer coisa comigo no futuro, Lana", falei, "você não deve se surpreender."

Barbara batia com a bengala no chão enquanto ria e continuava.

— A coitadinha ficou *horrorizada*. Sabe o que ela disse? "Se tudo isso for verdade", falou, quase chorando, "como você *aguenta* viver sob o mesmo teto que ele?"

Eu falei num tom de voz baixinho, monótono, inexpressivo. Um cansaço estranho se abatia sobre mim.

— E o que você respondeu?

Barbara se empertigou e falou com dignidade.

— Simplesmente lembrei a Lana que eu sou escritora. "Eu gosto de tê-lo por perto", falei, "não por motivo de pena ou afeto, mas para *estudo*... como um objeto de fascínio repulsivo. Mais ou menos como alguém teria um réptil numa gaiola."

Ela riu e golpeou repetidamente o chão com a bengala, como se estivesse aplaudindo a própria espirituosidade. Não falei nada.

Mas deixe-me contar do ódio que senti por Barbara naquele momento. Eu a odiei tanto.

Poderia tê-la matado.

Teria sido tão fácil, pensei, dar um chute naquela bengala e fazê-la perder o equilíbrio.

E então, o mais leve dos toques a faria cair de costas escada abaixo — seu corpo batendo nos degraus, um por um, até chegar lá embaixo... até o pescoço quebrar, com um estalo, no chão de mármore.

9

Não poderia culpar você se pensasse que, depois de tudo o que Barbara West contou para ela a meu respeito, Lana jamais fosse falar comigo de novo. Amizades já ruíram por muito menos.

Por sorte, Lana era uma mulher de personalidade forte. Imagino o modo como deve ter reagido à tentativa de Barbara de acabar com a minha reputação, aquele esforço cruel para me desacreditar aos olhos dela e destruir nossa amizade.

— Barbara — disse Lana —, a maior parte do que você disse sobre Elliot é mentira. O resto eu já sabia. Ele é meu amigo. E eu o amo. Agora some da minha casa.

É assim que gosto de imaginar, pelo menos. A verdade é que, depois disso, houve uma certa frieza entre mim e Lana.

E piorou porque nunca conversamos a respeito. Nem uma vez. Eu só tinha a palavra de Barbara para crer que essa conversa aconteceu. Dá para acreditar? Lana nunca mencionou nada. Muitas vezes pensei em puxar o assunto, forçá-la a falar dele. Nunca o fiz. Mas odiava o fato de existirem segredos entre nós, assuntos que evitávamos — logo nós, que compartilhávamos tanto.

Felizmente, Barbara West morreu pouco depois. Sem dúvida, o universo suspirou aliviado quando ela faleceu — eu, com certeza, suspirei. Quase imediatamente, Lana passou a me ligar de novo e nossa amizade continuou. Parecia que Lana havia decidido enterrar as palavras venenosas de Barbara junto com o corpo da bruxa velha.

Mas era tarde para mim e Lana.

Tarde demais para "nós".

A essa altura, Jason e Lana já haviam embarcado em seu "romance-furacão", como o *Daily Mail* correu para batizá-lo. Casaram-se poucos meses depois.

Sentado na igreja, assistindo à cerimônia de casamento, tive a percepção nítida de não ser o único convidado com o coração partido.

Kate estava sentada bem ao meu lado, aos prantos e mais do que ligeiramente embriagada. Fiquei impressionado com a volta por cima dela — ao verdadeiro estilo Kate — e com o fato de ela ter ido ao casamento de cabeça erguida, apesar de ter perdido o namorado para a melhor amiga de um jeito constrangedor.

Talvez não devesse ter ido. Talvez o que Kate devesse ter feito, pelo bem de sua saúde mental — e o mesmo vale para mim —, seria ter saído de cena e se afastado de Lana e Jason. Mas ela não conseguiria fazer isso.

Kate amava demais a ambos para abrir mão de qualquer um dos dois. Essa é a verdade.

E, depois que Lana se casou com Jason, Kate tentou enterrar seus sentimentos por ele e deixar o passado para trás.

Se ela conseguiu ou não, fica em aberto.

Posso muito bem confessar. Eu já sabia do caso entre Kate e Jason fazia algum tempo.

Descobri tudo sem querer. Era uma tarde de quinta-feira. Estava no Soho, por acaso, para... bem, vamos chamar de um compromisso... e cheguei um pouco adiantado. Então pensei em dar um pulo num pub para tomar uma rapidinho.

Ao virar na esquina da Greek Street, adivinha só quem eu vi saindo do Coach & Horses?

Kate deixava o pub de um jeito um tanto furtivo, olhando de um lado para o outro.

Eu estava prestes a chamá-la quando Jason apareceu logo atrás com o mesmo olhar hesitante.

Fiquei observando do outro lado da rua. Podiam ter me visto, qualquer um dos dois, se tivessem erguido o olhar. Mas não o fizeram. Mantiveram a cabeça baixa e partiram sem se despedir. Saíram apressados, cada um numa direção.

Oi, pensei. *O que está rolando aqui?*

Que comportamento estranho. Além de elucidativo. Isso me contou algo que eu não sabia: que Jason e Kate estavam se encontrando sem Lana.

Será que Lana sabia disso?, fiquei me perguntando. Fiz uma anotação mental para refletir sobre isso depois e pensar em qual seria o melhor modo de tirar vantagem disso.

Eu ainda não tinha desistido de vez, sabe? Ainda amava Lana. Ainda acreditava que, um dia, nos casaríamos. Não havia um pingo de dúvida quanto a isso na minha mente. Era óbvio que agora ela estava casada com Jason — o que complicava um pouco as coisas —, mas meu *objetivo*, como diria o sr. Levy, permanecia o mesmo.

Quando Lana e Jason se casaram, eu presumi — assim como todo mundo — que não fosse durar. Achei que, após uns meses casada com um boçal como o Jason, Lana voltaria a si. Ela iria acordar e se dar conta do erro terrível que havia cometido, e me veria ali, esperando por ela. Comparado com Jason, eu seria tão amável e sofisticado quanto Cary Grant num filme antigo, encostado em um piano, cigarro numa das mãos, martíni na outra, espirituoso, discreto, caloroso, adorável e, assim como Cary, eu ficaria com a garota no fim.

Mas, muito para meu espanto, o casamento dos dois perdurou. Mês após mês, ano após ano. Era uma tortura para mim. Sem dúvida foi a pura amabilidade de Lana que manteve tudo em ordem. Jason testaria a paciência até de uma santa, e Lana era mais que uma santa. Uma mártir, talvez?

Portanto, no que me dizia respeito, esse encontro-surpresa com Kate e Jason no Soho foi nada menos que uma intervenção divina.

Eu precisava tirar o maior proveito disso.

Decidi que seria uma boa ideia começar a seguir Kate.

O que, claro, faz com que tudo soe mais como um filme de espionagem do que era. Você não precisava ser um George Smiley para espionar Kate Crosby. Ela não era discreta, você não a perdia na multidão — já eu sempre me misturava à paisagem.

Naquela época, Kate estava atuando num remake de sucesso de *Profundo mar azul*, de Rattigan, que havia sido transferido para o Teatro Prince Edward no Soho. Por isso, foi só uma questão de ficar à espreita, da rua até a porta dos bastidores, vendo tudo das sombras, esperando a peça terminar e Kate sair para dar autógrafos para a sua multidão de fãs.

Então, quando Kate saiu e abriu caminho pela rua, eu a segui.

Eu não precisei segui-la até muito longe, só da porta dos bastidores até a porta do pub. Kate virou a esquina e escapuliu pela porta lateral do — sim, você adivinhou — Coach & Horses. Espiando pelas janelas estreitas do pub, pude ver Jason esperando por ela numa mesa de canto, com algumas bebidas. Kate cumprimentou-o com um beijo prolongado.

Fiquei chocado. Não tanto pela revelação de que eram amantes — para ser franco, havia uma inevitabilidade sórdida nisso —, mas pela completa e inacreditável indiscrição deles. Estavam aos agarros, cada vez mais bêbados e caóticos conforme a noite avançava. Não estavam nada cientes do ambiente ao redor, por isso me senti seguro o suficiente para sair de onde me encontrava, atrás da janela, e me aventurar no interior do pub.

Sentei-me na outra ponta do balcão, pedi uma vodca com tônica e fiquei observando tudo dali. Havia uma velha pianista tocando e cantando o refrão de "If Love Were All", de Noël Coward: "I believe the more you love a man, / The more you give your trust / The more you're bound to lose." *Acredito que, quanto mais você ama um homem, quanto mais lhe dá confiança, mais você está fadada a perder.* O que não poderia ser mais apropriado.

Quando enfim saíram do pub, eu os segui. Fiquei observando enquanto os dois se beijavam num beco por um instante.

Então, já tendo visto o suficiente, entrei num táxi e fui para casa.

10

Dali em diante, passei a manter um registro detalhado no meu caderninho de tudo que eu via — todas as datas, horários, locais de seus encontros clandestinos. Anotei tudinho. Tive a sensação de que isso poderia ser útil depois.

Com frequência, durante a minha vigilância, eu refletia sobre a natureza precisa do caso entre Kate e Jason — o que eles tiravam daquilo (além do óbvio) e por que estavam tão decididos a seguir um caminho que, para mim, parecia destinado ao desastre.

Às vezes, eu aplicava o sistema de Valentine Levy ao caso deles, decompondo-o em termos de motivação, intenção e objetivo. Como sempre, a chave era a motivação.

Presumo que a motivação para Jason ter embarcado nesse caso tivesse a ver com tédio, atração sexual ou egoísmo? Talvez isso seja crueldade da minha parte.

Se eu estivesse sendo generoso, poderia dizer que Jason achava Kate mais fácil de conversar — Lana era maravilhosa, mas seu hábito de enxergar o melhor em cada um nos deixava determinados a atender às expectativas dela, o que era desafiador. Kate, por outro lado, era muito mais cínica em sua visão da natureza humana e, portanto, muito mais fácil de confiar, embora Jason também não fosse totalmente honesto com ela.

Mas, sinceramente, acredito que o verdadeiro motivo para a infidelidade de Jason estava num lugar dos mais obscuros. Ele gostava de pensar que era um homem poderoso. Era competitivo e agressivo — pelo amor de Deus, ele sequer conseguia perder um jogo de gamão sem perder, junto, as estribeiras.

Então, o que acontece quando um homem desses se casa com uma mulher como Lana? Uma mulher infinitamente mais poderosa do que ele em todos os aspectos. Será que ele não vai querer punir essa mulher, oprimi-la, subjugá-la, e chamar isso de amor? O caso com Kate era um ato de *vingança* da parte de Jason. Um ato de ódio, e não de amor.

O motivo pelo qual Kate estava levando o caso adiante era bastante diferente. Me lembra aquilo que Barbara West costumava dizer, que a traição emocional era muito pior que a infidelidade sexual. "Foder outra mulher, tudo bem", ela dizia. "Mas levá-la para jantar, pegar na mão, contar seus sonhos e desejos, aí você *me* fode."

E era precisamente isto que Kate queria com Jason: conversas durante o jantar, mãos dadas e um romance apaixonado — um caso de amor. Kate queria que Jason largasse Lana para ficar com ela. Ela insistia nisso. Jason sempre a desencorajava.

Quem poderia culpá-lo? Ele tinha muito a perder.

Certa madrugada, eu segui Kate até um pub em Chinatown. Ela encontrou uma amiga por lá — uma ruiva chamada Polly. As duas se sentaram à janela e ficaram conversando.

Fiquei do outro lado da rua, espreitando nas sombras. Não precisei me preocupar que elas pudessem me ver ali, Polly e Kate estavam envolvidas numa conversa agitada. Em certo ponto, Kate ficou aos prantos.

Eu não precisava saber ler lábios para entender o que estava sendo dito. Eu conhecia bem Polly. Era a diretora de palco de Gordon, e os dois tinham um caso fazia muito tempo. Todo mundo sabia, exceto a esposa de Gordon.

Polly era uma pessoa perturbada de diversas maneiras. Mas eu gostava dela. Era extrovertida e direta, por isso eu era capaz de imaginar o caminho pelo qual a conversa com Kate estava enveredando.

Kate a fazia de confidente, sem dúvida esperando encontrar ali um ombro no qual chorar. De onde eu observava, não parecia estar dando certo.

— Termine — disse Polly. — Termine *agora*.

— O quê?

— Kate. Me escuta. Se ele não largar a esposa *agora*, ele não vai fazer isso nunca mais. A situação só vai se arrastar e se arrastar. Dê um ultimato. Trinta dias para deixá-la, um mês, senão você vai terminar. *Promete para mim.*

Desconfio que essas palavras tenham começado a assombrar Kate. Porque trinta dias se passaram, e ela não seguiu o conselho de Polly. Conforme o tempo passava, começava a cair a ficha da realidade do que Kate estava fazendo. Sua consciência passou a torturá-la.

Isso não deve ser nenhuma surpresa. A não ser que no meu trabalho de contar esta história eu tenha pisado espetacularmente na bola, deve ter ficado claríssimo que, apesar de seus muitos defeitos, Kate era uma pessoa fundamentalmente boa, com consciência e coração. Essa traição prolongada à sua amiga mais antiga — a crueldade hedionda associada a isso — começou a atormentar Kate.

Sua culpa foi crescendo e deixando-a obcecada, até ela ficar com a ideia fixa de "botar as cartas na mesa", como ela disse. Queria expor tudo com Lana e Jason. Uma conversa franca e aberta entre os três. Desnecessário dizer que Jason estava determinado a evitar que uma coisa dessas acontecesse.

Pessoalmente, acho que a intenção de Kate era ingênua, na melhor das hipóteses. Só Deus sabe o que ela imaginou que aconteceria. Uma confissão, seguida de lágrimas e depois perdão e reconciliação? Será que ela acreditava mesmo que Lana lhes daria a sua bênção? Que tudo teria um final feliz?

Kate deveria ter sido mais inteligente que isso. A vida não funciona assim.

No fim das contas, parece que Kate também era romântica. E é precisamente isso o que ela e Lana, tão diferentes uma da outra em todos os outros aspectos, tinham em comum. Ambas acreditavam no amor.

O que, como veremos, acabou resultando em desgraça para as duas.

11

Considerando o quanto Kate e Jason estavam sendo indiscretos, não era possível que eu fosse o único a saber do caso. O mundo teatral de Londres não é grande. Fofoca sobre os dois não devia faltar.

Com certeza seria só uma questão de tempo até chegar a Lana?

Não necessariamente — apesar de toda a sua fama e das caminhadas nas quais mergulhava em Londres, Lana vivia uma vida tranquila. Seu círculo social era pequeno. Suspeito que apenas uma pessoa naquele círculo soubesse a verdade ou pelo menos a tivesse deduzido: Agathi. E ela nunca diria uma palavra sequer.

Não, cabia a mim dar a má notícia a Lana. Um trabalho ingrato.

Mas, como fazer isso? Uma coisa era clara: Lana não poderia ouvir essa notícia diretamente de mim. Seria capaz de duvidar da minha motivação. Poderia decidir desconfiar e se recusar a acreditar em mim. Seria catastrófico.

Não, eu deveria ficar de fora desse assunto desagradável. Só então poderia aparecer como o seu salvador — seu *deus ex machina* de armadura brilhante — para resgatá-la e levá-la embora em meus braços.

De alguma maneira eu tinha de arquitetar a descoberta do caso por Lana de forma invisível, indetectável, fazendo-a acreditar que havia descoberto tudo sozinha. Mais fácil falar do que fazer, eu sei. Mas sempre gostei de um desafio.

Comecei com a abordagem mais simples, a mais direta. Tentei arquitetar uma coincidência, um encontro "acidental", no qual Lana e eu esbarraríamos no casal de culpados inesperadamente, em flagrante delito, como se diz.

Seguiu-se um período de comédia alta — ou de comédia besteirol, dependendo do seu gosto — enquanto eu ia tentando manobrar Lana para que fosse ao Soho sob vários pretextos. Mas meus esforços não deram em nada e, na maior tradição farsesca, as coisas chegaram a lugar nenhum muito rápido.

O motivo óbvio foi a impossibilidade de levar Lana Farrar a qualquer lugar sem que ela fosse notada. Na única vez que consegui levá-la ao Coach & Horses quando a peça de Kate estava acabando, a chegada de Lana causou um minitumulto de jovens alcoolizados, que a cercaram e imploraram que ela autografasse suas bolachas de chope. Se Kate e Jason estivessem sequer perto dali, teriam visto esse circo todo muito antes que nós os víssemos.

Fui obrigado a adotar métodos mais audaciosos. Comecei a plantar certos comentários em nossas conversas: frases cuidadosamente ensaiadas que eu esperava que Lana registrasse e ficasse pensando nelas depois: *Não é engraçado como Jason e Kate têm exatamente o mesmo senso de humor? Estão sempre rindo juntos.*

Ou então: *Eu me pergunto por que Kate não tem mais saído com nenhum cara. Já faz um tempo, não é mesmo?*

E, certa tarde, eu dei uma bronca em Lana por não ter me convidado para almoçar no Claridge's. Então, quando ficou óbvio que ela não fazia ideia do que eu estava falando, reagi com uma cara de afobado e fiz pouco-caso, dizendo que Gordon viu Kate e Jason comendo lá, e que eu havia presumido que Lana estivesse com os dois, mas que Gordon devia ter se enganado.

Lana ficou só me encarando com aqueles seus lindos olhos azuis, inabalável, livre de qualquer desconfiança, e sorriu.

— É impossível ter sido o Jason — disse ela. — Ele odeia o Claridge's.

Em uma peça de teatro, todas as minhas pequenas dicas teriam colado em Lana, criando uma pátina subliminar geral de suspeita, impossível de ser ignorada. Mas o que funciona no palco, pelo visto, não funciona na vida real.

Mesmo assim, eu perseverei. No mínimo, sou um homem persistente, ainda que disparatado às vezes. Por exemplo, comprei um frasco do perfume favorito de Kate, uma fragrância distintivamente floral, com notas de jasmim e rosas. Se isso não a fizesse pensar em Kate, nada faria. Eu deixava o frasco no meu bolso e, sempre que ia à casa dela, fingia ir até o banheiro e corria de volta pelo corredor até o cesto de roupa suja deles para borrifar uma vasta quantidade do perfume nas camisas de Jason.

É questionável o quanto Lana tinha de contato direto com a roupa suja de Jason. Mas, mesmo que Agathi sentisse o cheiro e fizesse a conexão, já ajudaria, eu pensava.

Roubei alguns longos fios de cabelo do casaco de Kate quando estávamos os dois na casa de Lana para jantar, depois deixei-os cuidadosamente no paletó de Jason. Flertei com a ideia de esconder camisinhas no nécessaire de Jason, mas decidi que não era uma boa ideia, parecia óbvia demais.

Era difícil acertar o equilíbrio — se a dica fosse sutil demais, passava despercebida; se fosse exagerada, entregava o jogo.

O brinco acabou sendo perfeito.

E foi tão fácil arquitetar tudo. Eu não fazia ideia de que funcionaria tão bem nem de que provocaria a reação que provocou. Tudo que fiz foi sugerir que Lana e eu fizéssemos uma visitinha-surpresa à casa de

Kate, e roubei um brinco do quarto dela, o qual, então, prendi na lapela do terno de Jason ao voltarmos à casa de Lana. O resto ela mesma fez, com uma ajudinha de Agathi e de Sid, o sujeito da lavanderia.

O fato de Lana ter reagido ao brinco com toda aquela violência sugere que ela já devia suspeitar do caso. Você não acha?

Só não queria ter que admitir isso.

Bem, agora ela não tinha mais escolha.

12

O que nos leva de novo, diretamente, àquela noite no meu apartamento. A noite em que Lana foi me ver, transtornada, após encontrar o brinco.

Lana se sentou de frente para mim em uma poltrona, com os olhos vermelhos, lágrimas no rosto, embriagada de vodca. Ela me contou de suas suspeitas de que Jason e Kate estivessem tendo um caso. E eu endossei os temores dela dizendo que desconfiava também.

Eu me senti triunfante. Meu plano tinha dado certo. Foi difícil esconder minha empolgação. Deu trabalho não sorrir. Mas minha felicidade não durou muito.

Quando sugeri, cheio de dedos, que Lana largasse Jason, ela pareceu confusa.

— Largar? Quem falou em largar o Jason?

E aí foi minha vez de parecer confuso.

— Não vejo que outra opção você tem.

— Não é tão simples assim, Elliot.

— Por que não?

Lana olhou para mim com os olhos cheios de lágrimas desconcertadas, como se a resposta fosse óbvia.

— *Eu o amo* — disse ela.

Eu não conseguia acreditar. Encarando seu rosto, percebi, com um horror crescente, que todo o meu empenho tinha sido em vão. Lana não iria largá-lo.

Eu o amo.

Senti um enjoo no estômago, como se fosse vomitar. Foi tudo perda de tempo. As palavras de Lana destruíram todas as minhas esperanças.

Ela não iria deixá-lo.

Eu o amo.

Cerrei o punho. Nunca senti tanta raiva na vida. Queria bater nela. Queria esmurrá-la. Deu vontade de gritar.

Mas não fiz nada disso. Fiquei ali sentado, fazendo uma cara compreensiva enquanto continuávamos a conversa. O único sinal externo da minha aflição era o punho cerrado ao lado do corpo. O tempo todo em que ficamos conversando, minha cabeça estava a mil.

Foi então que compreendi meu erro. Diferentemente do marido dela, Lana seguia à risca as palavras ditas na hora do casamento. *Até que a morte nos separe.* Lana até poderia cortar Kate de sua vida, mas não estava disposta a abrir mão de Jason. Iria perdoá-lo. Seria preciso mais do que a revelação de um caso para pôr fim a esse casamento.

Se eu quisesse me livrar de Jason, teria que ir muito além disso. Eu precisava acabar com ele.

Por fim, Lana bebeu até cair e apagou no meu sofá. Fui à cozinha para preparar uma xícara de chá e refletir.

Enquanto esperava a água ferver, tive devaneios em que eu chegava por trás de Jason, com uma de suas próprias armas apontada para ele, e estourava seus miolos. Senti uma onda súbita de entusiasmo imaginando isso, um sentimento esquisito e perverso de orgulho, a sensação que dá quando você enfrenta um valentão — exatamente o que Jason era.

Infelizmente, foi apenas uma fantasia. Eu jamais levaria isso a cabo. Sabia que nunca conseguiria me safar de uma coisa dessas. Precisava ser mais inteligente que isso. Mas como?

Nossa motivação é acabar com a dor, disse o sr. Valentine Levy.

Ele tinha razão. Eu precisava agir — do contrário, jamais me livraria daquela dor. E como doía: acredite, eu estava à beira do desespero, parado em pé na cozinha às três da madrugada. Eu me sentia frustrado. Derrotado.

Mas não, ainda não totalmente derrotado.

Pois pensar no sr. Levy havia despertado uma associação em minha mente.

O embrião de uma ideia.

Se isto aqui fosse uma peça de teatro, pensei de repente, *o que eu faria?*

Sim, e se eu abordasse o meu dilema nesses termos, como se estivesse encenando uma obra teatral, um drama?

Se fosse uma peça sendo escrita por mim, e esses fossem meus personagens, eu usaria o conhecimento que tenho deles para prever suas ações e provocar reações. Moldar seus destinos, sem que eles soubessem.

Será que eu não poderia, do mesmo modo, na vida real, armar uma série de eventos que culminariam — sem que eu precisasse levantar um dedo sequer — na morte de Jason?

Por que não? Sim, era arriscado e poderia muito bem falhar, mas é esse elemento de perigo o segredo do teatro ao vivo, não é?

Minha única hesitação a respeito disso tudo era Lana. Não queria mentir para ela. Mas decidi — e podem me julgar com rigor se quiserem — que era para o bem dela.

Afinal, o que eu estava fazendo? Nada além de libertar a mulher que eu amava das garras de um criminoso infiel e desonesto — substituindo-o por um homem honesto e decente. Ela estaria muito melhor sem ele. Ela estaria *comigo*.

Sentei-me à minha mesa. Acendi a luminária verde. Peguei meu caderninho da gaveta de cima. Abri numa página em branco. Escolhi um lápis, fiz a ponta dele — e comecei a tramar tudo.

Enquanto ia escrevendo, pude sentir a presença de Heráclito acima de mim, espiando por cima do meu ombro e acenando com a cabeça, indicando sua aprovação. Pois mesmo que meu plano tenha dado tão errado, mesmo que tenha terminado em tamanho desastre, ali, na concepção da trama, ele era belíssimo.

Esta é a minha história, em poucas palavras. O conto de um fracasso belíssimo e bem-intencionado — que acabou em morte. O que é uma boa metáfora para a vida, não é?

Bem — para a minha vida, em todo caso.

Pronto. Estou ciente de que essa foi uma longa digressão. No entanto, ela é parte integral da minha narrativa.

Mas isso não cabe a mim julgar, certo? O que vale é o que *você* pensa.

E você não é de falar muito, não é mesmo? Fica só aí no seu banco, escutando e julgando em silêncio. Estou consciente do seu julgamento. Não quero entediar você nem fazer com que perca o interesse. Não depois de você já ter me doado tanto do seu tempo.

O que me lembra algo que Tennessee Williams costumava dizer. Seu conselho para ajudar dramaturgos iniciantes a escrever:

Não seja entediante, baby, ele dizia. *Faça o que for preciso para manter as coisas em movimento. Exploda uma bomba no palco, se precisar. Mas não seja entediante.*

Beleza, baby — lá vai a bomba, então.

13

Vamos voltar à ilha — e à noite do assassinato.

Logo após a meia-noite, houve três disparos nas ruínas.

Alguns minutos depois, todos chegamos à clareira. Seguiu-se uma cena caótica, enquanto eu tentava verificar os batimentos de Lana e desvencilhá-la dos braços de Leo. Jason entregou o celular para Agathi, para que ela chamasse uma ambulância e a polícia.

Jason voltou até a casa para buscar uma arma. Foi seguido por Kate, e depois Leo. Agathi e eu ficamos a sós.

Até aí você já sabe.

O que você não sabe é o que aconteceu depois.

Agathi estava em choque. Havia ficado completamente pálida, como se fosse desmaiar. Lembrando que estava com o celular na mão, ela o levou até o rosto, para ligar para a polícia.

— Não — eu a impedi. — Ainda não.

— O quê? — Agathi olhou para mim, inexpressiva.

— Espera.

Agathi pareceu confusa, e então olhou para o corpo de Lana.

Por uma fração de segundo, será que Agathi pensou em sua avó e desejou que ela estivesse ali? E a velha bruxa fecharia os olhos, balançando-se e murmurando um encantamento, um feitiço que ressuscitaria Lana, a traria de volta à vida, resgatando-a do mundo dos mortos?

Lana, por favor, Agathi rezava em voz baixa, *por favor, esteja viva... por favor, viva... viva...*

E então, como se fosse um sonho ou um pesadelo — ou uma alucinação lisérgica —, a realidade passou a se distorcer ao comando de Agathi...

E o corpo de Lana começou a se mexer.

14

Um dos membros de Lana tremeu, de leve, involuntariamente.

Os olhos azuis se abriram.

E seu corpo começou a se sentar, ereto.

Agathi estava prestes a gritar. Eu a segurei.

— Calma — sussurrei. — Calma. Está tudo bem. Tudo bem.

Agathi se contorceu e se desvencilhou de mim. Parecia que ia perder o equilíbrio. Mas conseguiu continuar em pé, vacilante, ofegante.

— Agathi — falei. — Ouça. Está tudo bem. É um jogo. Só isso. Uma *peça*. Estamos atuando. Entende?

Agathi, lenta e temerosamente, desviou o olhar de mim. Olhava por cima do meu ombro, para o corpo de Lana. A mulher morta agora estava em pé, com os braços estendidos em posição de abraço.

— Agathi — disse a voz que ela pensava que jamais ouviria de novo. — Querida, venha aqui.

Lana não estava morta. A julgar pelo brilho em seus olhos, nunca se sentira tão viva quanto naquele momento. Agathi foi tomada pela emoção. Queria desabar nos braços de Lana, chorar até soluçar de alegria e alívio, abraçá-la com força. Mas não foi o que fez.

Em vez disso, ela se viu fitando Lana com uma raiva cada vez maior.

— Um *jogo*...?
— Agathi, ouça...
— Que tipo de *jogo*?
— Eu posso explicar — disse Lana.
— Ainda não — falei. — Não há tempo. Explicaremos depois. Neste momento, precisamos que você entre no jogo.

Agathi estava com os olhos marejados. Fez que não com a cabeça, incapaz de conter as lágrimas. Deu meia-volta e saiu andando até desaparecer entre as árvores.

— Espera. — Lana chamou por ela. — Agathi...
— Deixa comigo — falei. — Deixa que eu lido com isso. Vou falar com ela.

Lana pareceu ter dúvidas. Dava para ver que estava vacilante. Tentei de novo, agora com mais ênfase.

— Lana, por favor, não faça isso. Vai estragar tudo. Lana...

Lana me ignorou e saiu correndo atrás de Agathi em meio ao olival. Eu a observei indo embora, abismado.

Não sei se digo essas coisas agora com o benefício da visão retrospectiva ou se tive algum indício disso na hora, mas foi nesse exato momento que meu plano começou a dar errado.

E aí foi tudo para o inferno.

ATO IV

Verdade ou ilusão, George: você não sabe a diferença.

— Edward Albee,
Quem tem medo de Virginia Woolf?

1

Uma boa regra geral ao contar uma história é retardar o momento da contextualização até que seja absolutamente necessário.

Nada é mais suspeito, a meu ver, do que uma explicação fora de hora. É melhor ficar quieto e evitar qualquer elucidação até que seja necessário.

Agora me parece que chegamos a esse ponto crucial da narrativa. Eu lhe devo uma explicação — tenho consciência disso.

Lembra daquela noite na minha casa, do que falei sobre Jason e Kate? *Seja lá o que eles têm — ou acham que têm —, vai quebrar sob a menor pressão. Vai desmoronar.*

Que melhor jeito de os testar, falei para Lana, do que com um pequeno *assassinato*?

— Como uma daquelas peças que vocês costumavam encenar nas ruínas — falei —, antigamente... lembra? Só que um pouco mais sangrenta, só isso.

Lana pareceu confusa.

— Como assim?

— Estou falando de uma peça. Para uma plateia de dois... Kate e Jason. Um assassinato em cinco atos.

Lana ficou prestando atenção enquanto eu começava a explicar minha ideia. Falei que, ao fingirmos que Lana havia sido assassinada e lançarmos suspeitas sobre Jason, poderíamos observar a sua relação com Kate se desintegrar.

— Eles vão se virar um contra o outro num instante — falei. — Não pense que não. Se quiser pôr um fim ao casinho dos dois, é só colocar esse tipo de pressão sobre eles durante algumas horas.

Os dois amantes se separariam, um suspeitando do outro. No momento em que um acusasse o outro de ter cometido o crime, Lana poderia se revelar. Ela surgiria das sombras, tendo retornado dos mortos. Pararia em frente a eles, gloriosamente viva, dando-lhes o susto de suas vidas. O que não deixaria dúvidas de como eles se sentiam em relação ao outro, de quão superficiais e vergonhosos, quão facilmente poluídos seus sentimentos eram.

— Será o fim dos dois, para sempre — falei.

Isto foi, sem dúvida, o que fez com que Lana se sentisse atraída pela minha ideia: a perspectiva de pôr um fim ao caso de Jason e Kate. Talvez Lana tivesse esperanças de reconquistar Jason. Mas ela também tinha outro motivo para concordar com meu plano — um motivo secreto —, que, como você verá, não era fonte de alegria para ela.

A ideia tinha uma simetria poética maravilhosa, falei. Proporcionaria a vingança perfeita para Lana e seria o desafio artístico máximo para mim. É claro que Lana não sabia exatamente até onde eu pretendia levar a encenação. Eu não menti para ela. Tudo o que fiz — você poderia dizer — foi não a sobrecarregar com contextualizações desnecessárias. Em vez disso, eu me concentrei nos aspectos práticos da encenação da nossa peça.

Enquanto conversávamos, fomos descobrindo juntos qual seria a nossa história.

Afogamento?, sugeri.

Não, tiro, disse Lana, sorrindo. *Seria muito melhor, poderíamos usar as armas da casa, e aí seria fácil incriminar Jason aos olhos de Kate.*

Sim, falei, *é isso. Boa ideia.*

E quanto aos outros? Devemos envolvê-los ou não?

Eu sabia que era necessário, até certo ponto. Lana e eu não conseguiríamos armar algo assim sozinhos. Para que a ilusão funcionasse, Jason e Kate não poderiam chegar perto demais do corpo de Lana. Eu não daria conta de manter os dois afastados. Precisava de ajuda.

E Leo — histérico, aos gritos —, exigindo que eles ficassem longe dela... daria conta do recado.

Fiquei preocupado com a falta de experiência teatral de Leo: e se ele não estivesse à altura do desafio? *E se acabasse sendo um peso morto* — perdão pelo trocadilho — *e entregasse o jogo?*

Lana prometeu que ensaiaria com ele diligentemente até ficar tudo perfeito. Parecia ser uma questão de orgulho materno da parte dela que ele recebesse esse papel. Irônico, considerando o quanto ela reprovava a decisão dele de virar ator.

Concordei com as demandas de Lana, embora tivesse minhas dúvidas quanto a Leo. E quanto à parte de não contar nada para Agathi. Mas, em ambos os casos, a decisão de Lana tinha mais peso que a minha.

E quanto a Nikos?, perguntou ela. *Devemos contar para ele ou não?*

Vamos deixá-lo fora disso, falei. *Não é bom envolver gente demais e tal.*

Lana assentiu. *Certo. Você deve ter razão.*

E assim concordamos.

Três dias depois, na ilha, alguns minutos após a meia-noite, fui me encontrar com Lana nas ruínas. Estava armado com a espingarda.

Lana me esperava sentada em uma das colunas partidas. Eu sorri enquanto me aproximava. Ela não retribuiu o sorriso.

— Não tinha certeza se você estaria aqui — falei.

— Nem eu.
— E aí?
Lana fez que sim com a cabeça.
— Estou pronta.
— Certo.
Preparei a arma e a apontei para o céu.
Disparei três vezes.
Fiquei observando Lana aplicar o sangue falso e a maquiagem teatral em si mesma. Os ferimentos de bala eram de látex, sangrentos e eficazes, pelo menos se vistos à noite. Não tinha certeza se daria tão certo à luz do dia.

Os efeitos especiais foram fornecidos pela própria modelo, adquiridos de um artista de maquiagem com quem ela trabalhou em vários de seus filmes. Disse que precisava deles para uma encenação particular, o que era uma ótima descrição para essa nossa produçãozinha, pensei.

Lana se deitou no chão, na poça de sangue falso. Então puxei o xale vermelho de Kate do meu bolso traseiro e o pus em seus ombros.
— Pra que isso? — perguntou Lana.
— É só o toque final. Agora tente não se mexer. Fique completamente imóvel. Deixe seus membros moles.
— Eu sei me fingir de morta, Elliot. Já fiz isso antes.

Ao ouvir os outros se aproximando, saí e me escondi atrás da coluna. Meti a espingarda embaixo de um arbusto de alecrim.

E então ressurgi alguns minutos depois, agindo como se tivesse acabado de chegar, esbaforido e confuso.

Dali em diante, segui meus instintos dramáticos. Ao ver Lana deitada na poça de sangue, com Leo ao seu lado, histérico, achei fácil entrar na onda. Parecia surpreendentemente real, na verdade.

Vejo agora que foi exatamente aí que dei uma guinada errada no meu pensamento. Não havia antecipado o quanto pareceria real. Fiquei tão envolvido com as reviravoltas do enredo que não pensei no impacto emocional que aquilo teria em todo mundo — e, portanto, em como as pessoas poderiam reagir de modos altamente imprevisíveis.

Você poderia dizer que eu me esqueci da minha regra mais fundamental: *caráter é enredo*. E paguei caro por isso.

2

Lana saiu correndo pelo olival atrás de Agathi.

Precisava encontrá-la. Precisava acalmá-la antes que estragasse tudo.

Foi um erro não ter contado nada para Agathi, ter mantido o plano escondido dela. Mas Lana achou que não tinha escolha. Com certeza Agathi teria se recusado a participar do esquema e teria se esforçado ao máximo para dissuadir Lana. E agora Lana queria ter feito diferente.

Uma silhueta diminuta a distância, em meio às árvores, no fim da trilha... Era Agathi, entrando apressada na casa.

Lana chegou logo em seguida. Na porta dos fundos, ela tirou os sapatos, deixando-os do lado de fora. Foi entrando aos poucos, descalça, em silêncio, furtivamente. Deu uma olhada ao redor.

Não havia sinal de Agathi ali. Será que estava em seu quarto? Ou na cozinha?

Lana ficou se perguntando para onde deveria ir, quando passos pesados seguindo pelo corredor tomaram essa decisão por ela.

Lana deu meia-volta e subiu a escada depressa.

Alguns segundos depois, Jason apareceu na base da escada. Quase trombou em Kate, que entrava pela porta dos fundos.

Não faziam a menor ideia de que Lana estava lá, no patamar, observando-os.

— Sumiram — disse Jason.

Kate ficou encarando.

— O quê?

— As armas. Não estão aqui.

Do lado de fora da porta dos fundos — dos bastidores — eu dei um cutucão em Leo para que entrasse em cena.

— Pode ir — sussurrei. — Essa é sua deixa.

Leo correu para dentro e disse a Kate e Jason que havia escondido as armas.

O fato de as armas não estarem no baú onde Leo as escondera foi uma surpresa para ele. Decidi não contar para Leo que eu mesmo as havia mudado de lugar; pensei que ajudaria em sua encenação se ele não ficasse sabendo.

Do modo como as coisas transcorreram, deu para ver que Leo não precisava de ajuda nenhuma. *O menino tem um dom*, pensei. *Tal mãe, tal filho.* Sua atuação foi assustadoramente real em sua histeria e dor Um *tour de force*.

— *Ela está morta!* — gritou Leo. — *E você não dá a mínima?*

Lana, assistindo a tudo da galeria, esticou o pescoço, tentando ver a reação de Jason.

Era esse o momento pelo qual Lana estava esperando. Tinha sido o real motivo de ela ter concordado em participar do meu plano. Queria observar a reação de Jason diante de sua morte, pôr o amor dele à prova. Queria ver se Jason ficaria com o coração partido ou, pelo menos, obter alguma evidência de que ele sequer possuía um coração. Queria vê-lo chorar, vê-lo aos prantos por causa de sua querida e amada Lana.

Bem, ela observou. Jason não derramou uma única lágrima. Enquanto Lana assistia a tudo do patamar da escada, viu que ele estava com raiva e com medo, tentando não perder o controle. Mas não estava arrasado, nem de luto. Estava inteiramente frio.

Ele não se importa, ela pensou. *Não está dando a mínima.*

E, naquele momento, Lana sentiu que morria pela segunda vez.

Lágrimas encheram seus olhos, mas não eram suas lágrimas — não, elas pertenciam a uma menininha de muito tempo atrás, que um dia se sentiu assim tão mal-amada. Uma menina que costumava ficar agachada naquela mesma posição, no patamar da escada, agarrada aos balaústres, observando a mãe entreter seus "amigos homens" lá embaixo, sentindo-se enjeitada e ignorada. Isto é, até os amigos da mãe começarem a reparar em sua beleza precoce, e foi aí que os problemas começaram de verdade.

Lana passou por tanta coisa desde então, desde aqueles dias sombrios e assustadores, para garantir que ficaria segura, que seria respeitada, que se tornaria invulnerável, e que seria amada. Mas agora, ao observar Jason do patamar da escada, toda aquela magia de Cinderela desapareceu. Lana flagrou-se precisamente de volta à estaca zero: uma menininha sofredora, sozinha no escuro.

Lana ficou nauseada. Levantou-se e correu até a suíte, para o banheiro.

Caiu de joelhos na frente da privada e vomitou.

3

Quando Lana saiu do banheiro, viu que Agathi estava no quarto dela, à espera.

Fez-se silêncio por um instante. As duas ficaram se encarando.

Lana se deu conta de que não precisava ter se preocupado com a possibilidade de Agathi perder o controle. Não havia o menor perigo de um descontrole emocional. Agathi parecia calma da cabeça aos pés. Apenas seus olhos vermelhos mostravam que ela havia chorado recentemente.

— Agathi. Por favor, deixa eu me explicar.

— O que é isso? Uma piada? Um jogo? — falou Agathi num tom de voz baixo e monótono.

— Não. — Lana hesitou. — É mais complicado que isso.

— Então é o quê?

— Posso te contar, se me deixar...

— Como você pôde fazer isso, Lana? — Agathi buscou os olhos dela, incrédula. — Como pôde ter sido tão cruel? Você me deixou pensar que tinha *morrido*.

— Me desculpa...

— Não. Não desculpo. Vou te dizer uma coisa, Lana. Você é uma pessoa egoísta demais, iludida demais. Eu enxergo tudo isso... e amo você. Porque achava que você me amava.

— Eu amo você, sim.

— Não. — Agathi revirou os olhos, com um desdém furioso. Lágrimas corriam por suas bochechas. — Você é incapaz disso. Não sabe o que é amar.

Lana a encarou, profundamente transtornada.

— Egoísta e iludida? É isso o que você pensa? Talvez você tenha razão. Mas sou, sim, capaz de amar. E eu amo você.

As duas ficaram se encarando por um instante. Depois Lana prosseguiu, com a voz baixa:

— Preciso da sua ajuda, Agathi. Deixa eu tentar explicar. Por favor.

Agathi não respondeu. Ficou só encarando.

4

Enquanto isso, eu concordei, com relutância, em acompanhar Jason e Nikos em sua revista da ilha, à procura de um intruso inexistente.

Eu me sentia cada vez mais incomodado enquanto avançávamos pelo litoral, sendo açoitados pelo vento. Estava exausto, e meus sapatos seminovos estavam arruinados de caminhar no meio da vegetação rasteira, da lama e da areia. Também estava ansioso para me reencontrar com Lana — e Agathi.

Mas Jason revelava uma tendência irritante de examinar metodicamente cada centímetro quadrado da ilha. Mesmo após chegarmos ao penhasco — quando ficou óbvio, enfim, que não havia barco algum atracado à ilha —, Jason se recusou a admitir a derrota. Acho que, de algum modo perverso, ele estava se curtindo. Agindo como o herói de algum filme de quinta categoria.

— Vamos seguir em frente — gritou ele, para se fazer ouvir no meio do vendaval.

— Para onde? — gritei. — Não tem ninguém aqui. Vamos voltar.

Jason fez que não com a cabeça.

— Precisamos vasculhar as casas primeiro. — Ele apontou a luz da lanterna para a cara de Nikos. — Começando pelo chalé dele.

Nikos o fuzilou com os olhos, que piscavam sob a luz. Não falou nada.

Jason sorriu.

— Algum problema?

Nikos negou com a cabeça, franzindo o cenho. Não tirava os olhos de Jason.

— Que bom — disse Jason. — Vamos.

— Eu não — falei. — Vejo vocês na casa principal.

— Aonde você vai?

— Ver como os outros estão.

Antes que Jason pudesse reclamar, eu já estava de saída.

Enquanto voltava para a casa pela trilha, apressado, fiquei me perguntando se Lana havia conseguido conversar com Agathi e acalmá-la. Com sorte, Lana já teria se acertado com ela e a convencido a entrar na dança.

Mas, conhecendo Agathi, nem de longe eu me sentia confiante no sucesso de Lana.

Ao entrar na casa pelas portas francesas, olhei à volta. Não parecia haver ninguém por ali. Aproveitei a oportunidade para me agachar em frente ao longo sofá e, esticando a mão embaixo dele, procurei as armas que havia escondido mais cedo.

Saquei um revólver.

Olhei para ele por um instante, sentindo o peso em minha mão. Verifiquei o tambor. Não estava carregado. Tirei as balas do bolso — havia roubado um punhado delas da caixa na sala de armas. Carreguei a arma com cuidado.

Não sei muita coisa sobre armas. Só o básico — quem me ensinou foi Lana, quando Jason havia acabado de adquiri-las. Ela aprendeu a atirar num set de filmagem de um faroeste em que atuou, e tivemos uma sessão de treinamento, nós dois, uma tarde, na ilha. Eu até que era bom de pontaria.

Mesmo assim, eu sentia medo da arma que estava empunhando. Meus dedos tremiam de leve enquanto eu colocava a arma no bolso. Fiquei com uma das mãos sobre ela, cuidadosamente, por cima do tecido da calça.

Verifiquei meu reflexo no espelho.

E ali, refletido também, logo atrás de mim, estava o corpo ensanguentado de Lana, me encarando com os olhos vermelhos.

Dei um pulo e uma meia-volta.

Lana estava um horror: coberta de ferimentos à bala, sangue seco e terra. Uma visão incongruente naquela sala de estar elegante. Dei uma risada.

— Meu Deus, que susto. O que você está fazendo aqui? Volte para as ruínas antes que Jason a veja.

Lana não disse nada. Só entrou e se serviu de uma bebida.

— Você saiu um pouco do script, meu amor. Correndo atrás de Agathi desse jeito. Vai por mim... nada é mais catastrófico do que quando uma atriz começa a escrever o próprio roteiro. Sempre termina em lágrimas.

Falei brincando — estava tentando tirar uma risada dela. Mas não funcionou. Lana não abriu um sorriso sequer.

— Onde está todo mundo? — perguntei. — Onde está Kate?

— Na casa de hóspedes. Com Leo.

— Ótimo. A atuação dele foi maravilhosa, aliás. Herdou o seu talento. Ele vai longe.

Lana não disse nada. Pegou um dos cigarros de Kate da mesa e o acendeu. Eu fiquei observando enquanto ela fumava, sentindo-me desconfortável.

— Você conversou com a Agathi?

Lana fez que sim e soprou uma longa nuvem de fumaça.

Franzi a testa.

— E aí? Se acertou com ela? Ela lhe deu a sua bênção?
— Não, não deu. Está muito chateada.
— Você devia ter falado para ela que foi ideia minha. — Eu ri.
— Eu falei.
— E ela? O que disse?
— Que você é do mal.
— Que dramático. Mais alguma coisa?
— Que Deus vai castigá-lo.
— Acho que já castigou.
— Acabou, Elliot. — Lana apagou o cigarro. — Isso precisa terminar. Agora.

Ah, pensei. Então era isso. Tentei não parecer irritado demais.

— Não acabou ainda. Falta o último ato. Agathi precisa esperar baixarem as cortinas.

— As cortinas já baixaram. Acabou.

— E Jason?

Lana deu de ombros. Num sussurro, falando mais consigo mesma do que comigo, ela disse:

— Jason não se importa. Acha que eu morri... e não se importa.

Ela pareceu estar arrasada ao dizer isso.

Até que enfim, pensei. Até que enfim Lana acordou. Até que enfim ela havia enxergado. Eu vinha esperando por esse momento. Agora poderíamos recomeçar, ela e eu — em pé de igualdade desta vez. Poderíamos recomeçar com franqueza e verdade.

— Muito bem. Acabou. E agora?

Lana deu de ombros.

— Não faço ideia.

— Eu tenho uma ideia... se quiser ouvir.

Lana olhou para mim de relance, com uma vaga curiosidade.

— E aí?

Parecia ser a hora da verdade. Então eu fui fundo.

— Lembra daquela noite quando você conheceu Jason? Na margem sul do rio? Nunca conversamos sobre aquela noite.

— E o que é que tem?

— Eu tinha uma aliança no bolso... Ia pedir você em casamento.

Lana ergueu o olhar para mim. Dava para ver a surpresa em seus olhos.

Sorri.

— Mas Jason chegou antes, infelizmente. Muitas vezes eu me perguntei o que teria acontecido se vocês não tivessem se conhecido naquela noite.

Lana desviou o olhar.

— Nada teria acontecido.

Agora era a minha vez de parecer surpreso.

— Nada?

Ela deu de ombros.

— Você e eu éramos amigos, só isso.

— Éramos? — Eu sorri. — E ainda não somos? Eu achava que sim. E bem mais que isso... você sabe. — De repente, me senti bastante revoltado. — Por que você não consegue ser honesta consigo mesma, nem uma vez sequer? Eu amo você, Lana. Largue dele. *Case comigo*.

Lana ficou me encarando em silêncio, como se não tivesse me ouvido.

— Estou falando sério. Case comigo... e seja feliz.

Foi preciso reunir toda a minha coragem para dizer isso. Prendi a respiração.

Houve uma pausa. A resposta de Lana, quando veio, foi brutal. Ela riu. Uma risada fria e dura, feito um tapa na cara.

— E depois? — disse ela. — Eu caio da escada, como Barbara West?

Senti como se tivesse levado um soco. Fiquei encarando Lana, atordoado. Eu me senti... Bem, você já me conhece a essa altura — dá para imaginar como me senti. Não tive coragem de dizer nada. Tive medo de dizer algo imperdoável, algo que passaria de um limite intransponível.

Por isso não falei nada. Dei meia-volta e me retirei.

5

Saí do mesmo jeito que entrei. Saí pelas portas francesas que davam para a varanda.

Desci os degraus, açoitado pelo vento e por meus pensamentos. Não conseguia acreditar no que Lana tinha me dito. Aquela brincadeira cruel sobre Barbara West — ela não era disso. Não dava para entender.

Mesmo agora, enquanto escrevo isso, acho difícil compreender a crueldade de Lana naquele momento. Isso não era do feitio dela. Eu não conseguia acreditar que aquilo tinha saído da minha amiga Lana. Mas talvez pudesse acreditar nisso saído de uma pessoa oculta, daquela garotinha assustada à espreita sob a pele dela, tão carregada de dor, só esperando para extravasar.

Eu conseguia perdoá-la, é claro. Precisava perdoá-la. Eu a amava. Mesmo que pudesse ser cruel às vezes.

Estava perdido numa nuvem de pensamentos e nem vi Jason entrar. Trombei nele na base da escada.

Jason reagiu me dando um empurrão.

— Mas que merda…?

— Foi mal. Eu estava atrás de você. Chegou a vasculhar o chalé do Nikos?

Jason fez que sim com a cabeça.

— Não tem nada lá.

— E onde está o Nikos agora?

— No chalé. Falei para ele esperar lá até a polícia chegar.

— Beleza, que bom.

Jason tentou passar por mim e subir os degraus. Eu o impedi.

— Só um minuto — falei. — Tenho boas notícias. Agathi acabou de falar com a polícia.

— E?

— O vento diminuiu. Estão a caminho.

Um olhar de alívio brotou no rosto de Jason.

— Ai, graças a Deus.

— Vamos esperar por eles lá no píer?

Jason fez que sim.

— Boa ideia.

— Encontro você lá.

— Espera um segundo. — Ele me olhou, desconfiado. — Aonde você vai?

— Contar para a Kate. — E, incapaz de resistir, acrescentei: — A não ser que você mesmo prefira contar.

— Não. — Jason balançou a cabeça. — Vai você.

Jason deu meia-volta, partindo em direção à praia — para o píer.

E o observei partindo, sorrindo para mim mesmo.

Depois, segurando com firmeza o revólver no bolso, fui me encontrar com Kate — para dar um fim nisso.

Enquanto seguia até a casa de hóspedes, sentia em mim uma determinação sinistra a dar continuidade ao meu plano — custasse o que custasse.

Não vou mentir e dizer que não estava sendo impelido pela minha raiva por Lana naquele momento. Mas nem a pau eu poderia interromper aquilo agora, apesar das objeções de Lana. Assim como não é possível deter uma rocha que você fez rolar ladeira abaixo. Já era algo maior que todos nós; a coisa havia ganhado seu próprio *momentum*. Não tínhamos opção senão deixar que essa peça se desenrolasse. Como atriz, Lana deveria ter compreendido isso.

Eu me aproximei da casa de hóspedes e vi que a porta estava aberta. Leo saiu por ela. Eu me escondi atrás de uma árvore. Fiquei esperando ele se afastar. E aí fui sorrateiramente até a janela para espiar o interior da casa.

Kate estava sozinha lá dentro, toda desgrenhada. Assustada, paranoica, transtornada. Foi uma noite difícil para ela.

Infelizmente, estava prestes a piorar.

Fui andando até a porta. Estendi a mão para abri-la e, aí, inexplicavelmente, eu congelei.

Fiquei ali parado, imóvel, paralisado por um ataque súbito e inesperado de fobia de palco. Fazia muitos anos que eu não atuava, e nunca antes havia representado um papel tão importante. Tudo dependia da minha performance nessa cena com Kate. Era o truque de mágica derradeiro que eu precisava executar. Precisava ser 100% convincente — tudo que eu dissesse e fizesse precisava parecer crível e inocente.

Em outras palavras, eu precisava realizar a performance da minha vida.

Reuni forças e bati forte na porta.

— Kate? Sou eu. Precisamos conversar.

6

Vendo quem estava à porta, Kate a destrancou. Eu a abri e entrei na casa de hóspedes.

— Tranque. — Kate apontou para a porta.

Fiz como ela pediu, passando o ferrolho.

— Acabei de ver o Leo lá fora. Falei para ele nos encontrar no píer.

— No píer?

— A polícia está a caminho. Vamos lá, para esperar. Todos nós.

Kate ficou sem reação por um instante. Eu a observei atentamente. Havia um leve balanço em seus movimentos, sua voz se arrastava, mas eu tinha esperança de que ela estivesse sóbria o suficiente para digerir o que eu estava para lhe dizer.

— Kate, você me ouviu? A polícia está chegando.

— Ouvi, sim. Onde está Jason? Vocês encontraram alguma coisa? O que aconteceu?

Fiz que não com a cabeça.

— Vasculhamos a ilha de cima a baixo.

— E?

— Nada.

— Nem um barco?

— Nada de barco. Nada de intruso. Ninguém aqui além de nós.

Isso claramente não a surpreendeu muito. Ela balançou a cabeça.

— Foi *ele*. Ele a matou.

— De quem você está falando?

— Nikos, é claro.

— Não. — Fiz que não com a cabeça. — Não foi Nikos.

— Foi, sim. Ele é *maluco*. É só olhar para a cara dele. Ele...

— Ele está morto.

Kate ficou me encarando, boquiaberta.

— O quê?

— Nikos está morto — repeti, com a voz baixa.

— O que houve?

— Não sei... eu não estava lá. — Evitei fazer contato visual enquanto falava isso. Sentia Kate me olhando fixo, num esforço febril para tentar me manjar. — Estavam vasculhando o lado norte da ilha, onde fica o penhasco, e Nikos caiu... Foi o que Jason disse. Foi o que ele me falou. Mas eu não estava lá.

— O que você está tentando...? — Kate parecia apavorada. — Onde está Jason?

— No píer, com os outros.

Kate apagou o cigarro.

— Vou para lá.

— Espera. Tem algo que eu preciso contar pra você.

— Isso pode esperar.

— Não pode, não.

Kate me ignorou e foi andando até a porta. Era agora ou nunca.

— Ele a matou — falei.

Kate parou e me olhou.

— O quê?

— Jason matou Lana.

Kate deu uma meia risada, que virou um engasgo.

— Você está louco.

— Kate, escuta. Sei que nem sempre a gente se entende. Mas você é uma amiga de longa data... e eu não quero que você se machuque. Preciso alertar você.

— Me alertar? De quê?

— Não vai ser fácil. — Apontei para uma cadeira. — Quer se sentar?

— Vai se foder.

Eu suspirei, e então falei com um tom de voz paciente:

— Tudo bem... O que você sabe das finanças de Jason? O que ele contou para você?

Kate ficou perplexa com essa pergunta.

— As *o quê* dele?

— Então você não sabe. Ele está com problemas sérios. Lana descobriu que ele criou umas dezessete contas corporativas diferentes, todas no nome dela, em bancos privados do mundo todo. Ele está manipulando a grana dos clientes dele, lavando o dinheiro no nome dela... como se fosse a porra de uma máquina de lavar.

Eu estava todo eriçado de indignação enquanto contava isso. Dava para ver Kate absorvendo tudo, avaliando tudo, me avaliando, decidindo se ia acreditar ou não no que eu falava. Devo dizer que minha atuação foi muito boa — talvez porque a maior parte do que eu estava dizendo era verdade. Jason era, *sim*, um pilantra. E não pense, nem por um segundo, que Kate não sabia disso.

— Que mentirada — disse ela com a voz fraca.

Mas, como ela não fez mais nenhuma objeção, eu continuei, encorajado:

— Jason está prestes a ser desmascarado, se é que já não foi. Vai passar um bom tempo na cadeia, imagino. A não ser que alguém o salve. E ele precisa muito de dinheiro...

— Acha que ele matou Lana por *dinheiro*? — Kate riu. — Você está errado... Jason não faria isso. Não mataria Lana.

— Sei que não.

Kate ficou me encarando, irritada.

— Então o que você está dizendo?

Eu pronunciei as palavras lenta e pacientemente, como se estivesse falando com uma criança.

— Ela estava usando o *seu* xale, Kate.

Uma breve pausa. Ela me encarava.

— O quê?

— Foi por isso que Jason a seguiu até as ruínas. Achou que ela fosse *você*.

Kate me encarou, em silêncio. Ficou pálida de repente.

— É verdade — continuei. — Jason não queria atirar em Lana. Queria atirar em *você*.

Kate balançou a cabeça com violência.

— Você é um doente... é um doente do caralho.

— Você não entende? Ele vai botar a culpa em Nikos... agora que já garantiu que Nikos será incapaz de se defender. Eu avisei para você não fazer Jason ter que escolher entre vocês duas. Lana era valiosa demais para ele abrir mão dela. Enquanto você... é *descartável*.

Enquanto eu dizia essas palavras, pude ver a transformação nos olhos de Kate. Um tipo de reconhecimento doloroso — aquela palavra, *descartável*, entrou em ressonância com algo no fundo do seu ser, algum sentimento do passado, de muito tempo atrás, um sentimento de ser desimportante, de não ser nada especial, de não ser amada.

Ela segurou o encosto da cadeira, como se fosse arremessá-la contra mim. Mas precisava se estabilizar. Ela se segurou firme na cadeira e pareceu estar prestes a desmaiar.

— Preciso encontrar Jason — disse ela num sussurro.

— O quê? Por acaso, você não ouviu uma única palavra do que eu disse?

— Preciso encontrá-lo.

Com uma determinação súbita, ela foi até a porta.

Eu bloqueei seu caminho.

— Kate, para...

— Sai da minha frente. Preciso encontrar o Jason.

— *Espera*. — Eu levei a mão até o meu bolso. — Aqui...

Saquei o revólver. E o entreguei a ela.

— Leve isto aqui.

Kate arregalou os olhos.

— Onde você arranjou isso?

— Encontrei no escritório de Jason... onde ele escondeu todas as armas. — Forcei o revólver na mão dela. — Pegue.

— Não.

— *Pegue*. Você pode se comportar como uma idiota se quiser... mas leve isto. Por favor.

Kate ficou me encarando por um segundo. E então tomou uma decisão. Ela pegou o revólver.

Dei um sorriso e cheguei para o lado, deixando que ela passasse por mim.

7

Com a arma em punho, Kate saiu da casa de hóspedes. Foi seguindo a trilha em direção ao litoral — até a praia e o píer — em busca de Jason.

Esperei um minuto. Depois fui atrás.

Eu me sentia nervoso enquanto andava pela trilha. Com um frio na barriga, como acontece nas noites de estreia. Era emocionante eu ter feito tudo isto: ter roteirizado a peça, não com papel e caneta para personagens fictícios em um palco, mas para pessoas *reais*, num lugar *real*. Todas elas encenando uma peça da qual sequer tinham ideia de estarem participando.

De certo modo, aquilo era arte. Eu acreditava nisso de verdade.

Enquanto me aproximava da praia, pude ver que o vento estava abrandando. Logo a fúria estaria exaurida, deixando seu rastro de destruição. Olhei à volta procurando Kate. E lá estava ela, avançando pela areia até o píer, onde Jason aguardava.

O que aconteceria agora? Eu sabia a resposta. Era capaz de prever o futuro com um grau de certeza que era como se o tivesse escrito no meu caderninho. O que fiz, na verdade.

Kate subiria os degraus de pedra até o píer. Jason veria a arma em sua mão. E, Jason sendo Jason, exigiria que Kate a entregasse para ele.

A questão era que, dado o que eu havia acabado de falar para Kate — todas as dúvidas a respeito dele que plantei em sua cabeça —, será que ela entregaria a arma para Jason?

E o mais importante... agora que a arma carregada estava na mão dela... será que chegaria a usá-la?

Logo saberíamos a resposta à pergunta que eu me fiz naquela noite em que Lana foi ao meu apartamento, e depois fiquei até de manhã escrevendo. Será que eu seria capaz de arquitetar a morte de Jason sem que eu mesmo puxasse o gatilho?

Eu confiava no meu plano, que tinha todas as chances de dar certo. Principalmente porque Kate embarcou na minha direitinho. Ela já era volátil em dias normais, e agora também estava apavorada, extremamente emotiva e embriagada. Era muito possível que Kate fosse permitir que seus sentimentos a dominassem. Se eu fosse de apostar, diria que as probabilidades eram altíssimas.

Assumi a minha posição ao lado dos altos pinheiros no fim da praia. Era perto o bastante para ter uma boa visão, mas não demais a ponto de ser visto; eu estava em segurança, escondido nas sombras. Meu teatro particular.

De repente, tive uma crise de ansiedade. Todo dramaturgo sofre disso em algum ponto, sabe? Aos quarenta e cinco minutos do segundo tempo. O medo de que a história não funcione. *Será que eu fiz o suficiente? Será que a estrutura vai dar conta?*

É imperativo evitar mexer no texto na reta final. Muitas obras de arte grandiosas já foram estragadas pela incapacidade de parar de mexer no texto. Muitas empreitadas criminosas também, sem dúvida.

Eu precisava botar fé no que já havia sido feito. O que aconteceria dali em diante estava além do meu controle. Estava tudo nas mãos dos atores agora; eu era um mero espectador.

E assim eu me acomodei ali para assistir ao espetáculo.

8

Kate cruzou a praia e foi até o píer. Subiu os degraus de pedra devagar.
Jason estava sozinho na plataforma. Os dois se viram cara a cara.
Houve silêncio por um segundo. Jason foi o primeiro a se pronunciar, olhando para ela com cautela.

— Você está sozinha? Cadê os outros?

Kate não respondeu. Ficou só encarando, com lágrimas nos olhos.

Jason a observou. Parecia incomodado, sem dúvida captando que havia algo errado.

— Kate. Você está bem?

Kate fez que não com a cabeça. Ficou um segundo sem dizer nada. Apontou para a lancha atracada abaixo de onde os dois estavam.

— Podemos só ir logo? Vazar desta merda...

— Não. A polícia já vai chegar. Está tudo bem.

— Não está, não. Por favor, só vamos. Agora...

— O que é isso? — Jason encarava a arma na mão dela. Assumiu um tom de voz mais incisivo. — Onde diabos você arranjou isso?

— Eu achei.

— Onde? Passa pra mim.

Jason avançou na direção dela com a mão estendida. Kate deu um leve passo para trás — um movimento involuntário, mas que abria um abismo entre os dois.

Jason franziu a testa.

— Passa a arma pra cá. Eu sei como usar isso, você não.

Por um segundo, Kate acreditou na autoridade de Jason, mas então viu que a mão dele tremia. Percebeu que ele estava tão assustado quanto ela.

Jason tinha todos os motivos do mundo para estar assustado. Kate estava claramente descontrolada; ele precisava dar um jeito nela, de algum modo. Precisava acalmá-la e conduzi-la rumo a um estado de espírito mais racional. Precisava tranquilizá-la, persuadi-la a entregar a arma.

Então ele assumiu um risco calculado.

— Eu amo você — disse ele.

Era óbvio, pela expressão no rosto dela, que sua aposta havia falhado. A fisionomia de Kate endureceu.

— Mentiroso.

E então chegou o momento pelo qual eu vinha rezando. Uma suspensão de descrença, um tipo de alquimia teatral — pode chamar como quiser. A ilusão se tornava realidade na mente de Kate. Em sua imaginação, a ideia de que não dava para confiar em Jason ganhou espaço. Pela primeira vez, desde que ela o conheceu, sentiu medo dele.

A situação piorou ainda mais quando Jason tentou de novo, com maior ênfase:

— Passa a arma pra mim, Kate.

— Não.

— Kate...

— Você a matou?

— O quê? — Jason a ficou encarando, incrédulo. — O *quê*?

— Você matou Lana? — Kate continuou, sem demora. — Elliot disse que você a matou... por engano. Ele disse... que você queria me matar.

— O quê? — murmurou Jason. — Ele é *maluco*. Isso é *mentira*.

— Ah, é?

— Claro que é! — Ele avançou na direção dela. — Passa a arma pra mim.

— Não. — Kate ergueu a arma, apontando-a para ele. Estava tremendo tanto que precisou das duas mãos para mantê-la firme.

Jason deu mais um passo na direção dela.

— Me escuta. Elliot é um *mentiroso*. Sabe quanto dinheiro Lana deixou pra ele? *Milhões*. Pensa nisso... Em quem você confia, Kate? Em mim ou nele?

Jason parecia tão chateado, tão exaltado, tão genuíno, que Kate se viu sentindo uma pontada de vontade de confiar nele. Mas já era tarde demais. Não conseguia confiar.

— Fica longe de mim, Jason. Estou falando sério. Fica longe.

— Passa a arma pra mim. Agora.

— Para. Não se aproxima.

Mas ele continuou se aproximando dela, passo a passo.

— Jason, *para*.

Ele continuou se aproximando.

— Para.

E continuou indo. Estendeu a mão.

— Passa a arma pra mim. Sou *eu*, pelo amor de Deus. É o Jason.

Mas não era ele. Não era Jason, não mais — não era a pessoa que ela conhecia e amava. Como num pesadelo, ele havia se transformado de amante em monstro.

Então ele deu um bote súbito para cima dela...

E o dedo de Kate apertou o gatilho. Ela disparou.

Mas ela errou. E Jason continuou vindo... Kate disparou de novo...

E de novo...

E de novo.

Por fim, acertou o alvo. Jason foi ao chão e rolou pelos degraus do píer. Ficou ali deitado, imóvel... sangrando até a morte sobre a areia.

Eu queria poder terminar a história aqui.

Um puta final, é ou não é? Tem tudo de que a gente precisa: um homem, uma mulher, uma arma, uma praia, a luz do luar. Hollywood teria adorado.

Mas não posso terminar a história assim.

Por que não? Porque infelizmente não é verdade.

Não foi assim que aconteceu. Isso foi só fruto da minha imaginação. É o que eu esperava que acontecesse — a cena que esbocei em meu caderno.

Mas receio que seja apenas ficção.

Na vida real, o resultado foi um pouco diferente.

9

Enquanto eu estava ali, nas sombras, observando Kate subir os degraus do píer, tive a primeira sensação desagradável de que a realidade começava a divergir dos meus planos.

Senti uma pontadinha aguda nas minhas costas. Rapidamente, dei meia-volta.

Nikos estava ali, atrás de mim. Apontava uma arma, que utilizou para me cutucar de novo. Dessa vez com mais força.

Quando vi que era ele, fiquei mais irritado que preocupado.

— Sai pra lá — falei. — Não aponta essa merda aí pra mim. Achei que Jason tivesse mandado você ficar no seu chalé.

Nikos ignorou minhas palavras. Ele me encarou com desconfiança.

— Vamos achar os outros. — Ele gesticulou, indicando que era para eu sair do lugar. — Anda.

Inclinou a cabeça indicando a praia, na direção do píer, onde estavam Jason e Kate. Fiquei alarmado na hora.

— Não — falei logo. — Por ali não. Não é uma boa ideia.

— Vai. — Nikos me cutucou com a arma de novo. — Agora.

— Não, escuta aqui. A polícia está chegando. Precisamos encontrar Leo e Agathi. — Eu enunciava as palavras devagar, dando bastante ênfase para ele entender. — Você e eu, a gente volta para dentro da casa. E vamos encontrar os dois. Certo?

Tentei virá-lo na direção certa. Mas, assim que minha mão se mexeu, a arma entrou mais fundo em meu peito. Ele a pressionou com força nas minhas costelas. Dava para sentir meu coração batendo contra o cano.

Nikos não estava de brincadeira.

Ele indicou o píer com um gesto de cabeça de novo.

— Vai. Agora...

— Certo, certo. Se acalma.

Vendo que eu não tinha escolha, aceitei o meu destino com um suspiro. Feito uma criança emburrada, fui andando até a praia.

Nikos ficou na minha cola enquanto cruzávamos a areia, cravando a arma nas minhas costas. Ele desconfiava de mim com razão. Que burrice a minha deixar que ele me flagrasse ali, à espreita nos arbustos, espiando Kate e Jason. Pegou mal para mim, e agora eu precisava passar uma conversa nele — não ia ser fácil. Precisaria improvisar, o que não era o meu forte.

Desgraçado, pensei. *Ele está estragando tudo.*

Chegamos aos degraus do píer. Eu parei, sem vontade de avançar. Senti a pressão da arma nas minhas costas me forçando a subir, degrau por degrau... até que me vi ali, em pé na plataforma de pedra.

Estava cara a cara com Kate e Jason.

Kate ainda tinha a arma nas mãos, reparei, e Jason não parecia se incomodar com isso, então talvez eu tivesse me enganado nessa parte. Kate olhou para mim e depois para Nikos com uma expressão de descrença misturada com repulsa. Ela se virou para Jason.

— Ele falou que Nikos estava *morto* — disse ela. — Falou que você o matou.

— O quê? — Jason parecia atordoado. — O *quê*?

— Elliot disse que você o matou... assim como matou Lana.

Jason tomou um susto.

— Mas que *merda é essa*?

— Que cobra você é, hein, Elliot. — Kate se virou para mim. — Que cobra do caralho. Não sei como você consegue falar com essa língua de serpente. Como consegue falar qualquer coisa que não seja Ssssssssssssss...?

— Kate, para, por favor. Eu posso explicar...

Eu estava prestes a começar a me defender quando vi alguém na praia, por cima do ombro de Jason. Meu coração pesou na hora. Era Agathi. Ela vinha até nós, apressada.

Estava tudo acabado agora. Todo o meu castelo de cartas estava para desabar ao meu redor. Não havia nada que eu pudesse fazer a não ser me entregar.

Enquanto esperava Agathi nos alcançar, voltei minha atenção para Kate e Jason, que falavam de mim como se eu não estivesse ali. O que era, no mínimo, perturbador.

Muitas vezes ouvi outros autores falarem que seus personagens estavam "se desvencilhando deles", comportando-se de modo independente, "ganhando vida própria". Eu tinha desprezo por esse conceito, toda essa pretensão me fazia revirar os olhos. Mas, agora, muito para o meu espanto, eu estava tendo essa experiência pessoalmente. Queria interrompê-los e dizer, *Não, não, não era para vocês estarem dizendo isso*, ou então, *Não era para isso estar acontecendo*. Mas estava, *sim*, acontecendo. Era a realidade, e não uma peça. E não estava saindo como eu havia planejado.

— Ele está tentando incriminar você — disse Kate. — Lana deixou milhões de libras pra ele. Sabia disso?

— Não. — Jason parecia furioso. — Não sabia, não.

Agathi apareceu no último degrau da escada. Olhou para nós, assustada.

— O que está acontecendo?

— Sabemos quem atirou em Lana — disse Kate.
— Quem? — Agathi parecia confusa.
Kate apontou a arma para mim.
— *Elliot*.

10

Ficamos ali parados no píer, um olhando para a cara do outro. Passou-se um segundo de silêncio. Os únicos sons eram os uivos do vento e as ondas rebentando à nossa volta.

Pelos olhos de Agathi eu conseguia ver que ela estava refletindo, decidindo seu próximo lance. Ela se pronunciou com cuidado.

— Por que Elliot faria uma coisa dessas?

— Por dinheiro — disse Kate. — Ele está falido, Lana me contou. Disse que deixou uma fortuna pra ele.

Esta foi a única possibilidade que eu jamais havia considerado: a de que *eu* acabasse virando o principal suspeito.

A ironia não me escapou. Precisei fazer um esforço para manter a pose. Eu me recompus e fiz uma cara séria.

— Sinto muito por decepcioná-los. Sou culpado de várias coisas... mas o assassinato de Lana não é uma delas.

Lancei um olhar desafiador para Agathi.

Anda logo, pensei. *Desembucha. Aposto que você está morrendo de vontade de contar para eles que é tudo uma farsa.*

Agathi, porém, continuou calada. E me ocorreu um pensamento esperançoso. Será que Lana teria conseguido dobrá-la? Será que Agathi entraria na brincadeira, depois de tudo? Será que ela poderia me ajudar a virar o jogo?

Enquanto isso, Kate estava falando com uma voz baixa e eletrizada:

— Elliot a matou. Ele não pode se safar. Não pode, não pode...

— Não vai — disse Jason. — A polícia...

— Foda-se a polícia. Ele vai passar a conversa neles. Não *dá* para deixar que ele se safe, Jason. Não *podemos* deixar isso acontecer.

— Do que você está falando?

— Falo de justiça. *Ele matou Lana.*

— Quer dar um tiro nele? Vai em frente. Mete a merda de uma bala nele.

— Estou falando sério.

— Eu também.

Fez-se uma breve pausa. Decidi que isso já tinha ido longe demais. Não gostava do rumo que as coisas estavam tomando, ainda mais com Kate apontando aquela arma carregada. Era fácil perder o controle. Por isso, com muita relutância, eu me senti compelido a botar um fim naquilo.

— Senhoras e senhores. — Ergui as mãos enquanto falava. — Odeio estragar a surpresa. Mas receio que nada disto seja real. Esta noite inteira foi uma farsa. Lana não está morta. Foi só uma pegadinha.

Jason me olhou com nojo.

— Você é fodido da cabeça, cara.

Ele não acreditou em mim — o que, de certo modo, foi um tremendo elogio.

Abri um sorriso.

— Tudo bem. Pode perguntar para Agathi, se não acredita em mim. Ela vai contar para você. — Eu a olhei de relance. — Anda logo. Conta para eles.

O olhar de Agathi cruzou com o meu, sem piscar.

— Contar o quê?

Franzi a testa.

— Conta a verdade. Conta para eles que Lana está viva...

Agathi cuspiu na minha cara.

— *Assassino.*

Fiquei perplexo, atordoado.

— Agathi...

— Você *a matou*. — Agathi fez o sinal da cruz. — Que Deus tenha piedade de você.

Fiquei incrédulo e furioso. Limpei o rosto.

— Que merda é essa que você está armando? Para com isso agora. Conta a verdade para eles!

Mas Agathi ficou só me encarando com um olhar insolente. Por isso, controlei a minha raiva e me virei para Jason.

— Sério. Vamos voltar pra casa. Vocês vão encontrar Lana bem viva... tomando uma vodca e fumando os cigarros de Kate e...

Jason me deu um soco na cara. Seu punho colidiu com a minha mandíbula. O golpe me fez cambalear para trás.

Demorei um segundo para conseguir me firmar de novo. Minha mão subiu até a minha mandíbula dolorida e latejante. A dor era imensa. Doía para falar.

— Acho que você quebrou minha mandíbula... *Porra.*

— Estou só começando — disse ele com um tom de voz sinistro.

— Pelo amor de Deus. — Eu fuzilava Agathi com o olhar. — Está feliz? *Satisfeita?* Agora, por favor, conta para esse imbecil do caralho que era só uma pegadinha...

Jason me deu outro soco. Desta vez, o golpe acertou a lateral da minha cabeça e me fez perder o equilíbrio. Eu tropecei, caindo de joelhos. O sangue jorrava do meu nariz e caía no chão de pedra coberto de areia. Eu arquejei, tentando recobrar o fôlego. Psicológica e fisicamente, eu estava fora de prumo. Precisava me ajustar ao fato de a situação estar saindo rapidamente do controle. Dava para ouvi-los ali conversando acima da minha cabeça, e as coisas que escutei foram inquietantes, no mínimo. Parecia haver um entusiasmo esquisito, quase como se estivessem chapados.

— Bem — disse Jason. — A gente vai seguir em frente? Sim ou não?

— Não temos escolha — disse Kate. — Ele a matou. É *justiça*.

— E o que vamos falar para a polícia?

— A verdade... que Elliot atirou em Lana... e depois deu um tiro na própria cabeça.

Era um caso de insanidade temporária, e eu não acreditei nem por um segundo que eles fariam aquilo de verdade. Mas, apesar do que eu dizia a mim mesmo para me tranquilizar, estava começando a ficar com medo. Precisava sair dessa situação.

Eu me levantei. Abri um sorriso forçado, mesmo com a dor na minha mandíbula.

— Bravo. Que bela atuação, gente. Quase me convenceram... Mas esta farsa já se prolongou mais do que deveria. Deixem-me dar uma dica. Não dá para deixar o ato final se arrastar demais... assim vocês perdem a atenção do público.

Dito isso, eu me virei para ir embora...

Então ouvi um baque surdo. E senti uma dor incapacitante se espalhando pela minha lombar. Nikos havia me golpeado com o cabo da pistola. Eu caí de joelhos, gemendo.

— Segurem ele — disse Jason. — Não o deixem fugir.

Nikos agarrou meus ombros, me segurando ajoelhado no chão. Eu me debati, tentando me soltar.

— Sai de cima de mim, porra! Isto é loucura! *Eu não fiz nada de errado...*

Eles me cercaram. Dava para ouvi-los conversando por cima da minha cabeça aos sussurros.

— Justiça? — disse Jason.

— Justiça — repetiu Kate.

Começando a entrar em pânico, eu me contorcia, me esforçando para virar a cabeça na direção de Agathi. Apelei para ela.

— Por que você está fazendo isso? Já provou o que tinha que provar, beleza? Eu peço *desculpas*... Agora para com isso!

Mas Agathi sequer olhava na minha cara.

— *Justiça*. — Ela traduziu a palavra para o grego, para Nikos. — *Dikaiosýni*.

— *Dikaiosýni* — Nikos assentiu. — Justiça.

Jason acenou com a cabeça para a arma que estava com Kate.

— Ele precisa estar com a arma na mão. Passa aqui pra mim.

— Pronto. — Kate a entregou para ele. — Pode pegar.

— *Me soltem!* Lana está viva...

Eu me debati, tentando escapar, mas Nikos me prendia feito um torno mecânico. Senti o pânico entrando em erupção dentro de mim.

Jason pressionou a arma na minha mão, mantendo a dele sobre a minha. Ergueu a arma até as minhas têmporas. Dava para senti-la cravada na lateral da minha cabeça.

— Aperta o gatilho, Elliot — disse ele. — Este é o seu castigo. Aperta o gatilho.

Eu estava me segurando para não chorar.

— *Não, não... eu não fiz nada de errado. Por favor...*

— Calma. — Jason agora estava agindo com uma estranha delicadeza, até mesmo ternura. — Pare de fingir agora — sussurrou ele no meu ouvido. — Vai. Aperta o gatilho.

— *Não... não... por favor...*

— Aperta o gatilho, Elliot.

— Não. — Eu já estava chorando de soluçar a essa altura. — *Por favor... parem...*

— Então eu vou apertar.

— Não — disse Kate. — *Eu* aperto.

De repente, eu me flagrei encarando os olhos de Kate. Estavam enormes, selvagens e aterradores.

— Isto aqui é pela Lana — disse ela, sibilante.

— Não, não...

E então, num pavor absoluto, eu comecei a gritar.

Eu gritei por Lana, é claro. Não tinha ideia se ela estava a uma distância em que pudesse me ouvir, mas precisava me escutar. Precisava vir me salvar.

— LANA! LANA!

Senti os dedos de Kate sobre a arma, esgueirando-se por cima dos meus, forçando meu dedo no gatilho. Percebi, com absoluta certeza, que a sensação dos dedos de Kate sobre os meus, a arma na minha cabeça, o vento em meu rosto... seriam as últimas sensações que eu teria.

— LAAANA...

Kate fez força sobre o meu dedo no gatilho.

— LAN...

Meu grito foi interrompido. Ouvi um clique e um estouro enorme. Tudo ficou escuro.

E meu mundo desapareceu.

ATO V

*Sei que isto é errado. Mas ainda mais forte que
a minha consciência é a minha fúria.*

— Eurípides, *Medeia*

1

Lana acordou no escuro.

Não tinha certeza de onde se encontrava nem de que horas eram. Sentia-se grogue e confusa.

Seus olhos foram se ajustando devagar à penumbra, e ela conseguiu distinguir a forma de uma grande janela com as cortinas fechadas. Havia réstias de luz nas beiradas, esgueirando-se de fora para dentro.

É de manhã, pensou. *E eu estou no sofá do Elliot.*

Ao observar os destroços que a cercavam, da carnificina da noite passada — a mesinha de centro repleta de garrafas vazias de vinho, garrafas de vodca, vários copos, flores soltas de maconha, cinzeiros transbordando de baseados e bitucas —, sua memória começou a voltar. Foi para cá que ela veio ontem. Começou a lembrar também o motivo de sua visita — a descoberta do caso de Kate e Jason — e, com isso, foi tomada pela dor.

Lana ficou deitada, imóvel, por um instante. Sentia-se tão triste, cansada e totalmente arrasada. Precisou fazer um esforço enorme para reunir forças para se levantar. Conseguiu se segurar no braço do sofá e erguer o corpo. Pôs-se de pé. Com uma leve hesitação, começou a juntar suas coisas.

Então, do outro lado da sala, ela viu a silhueta de um homem adormecido, com o rosto enfiado na mesa.

É Elliot, pensou.

Ela abriu caminho com cuidado em meio à devastação. Parou ao lado da mesa. Ficou me vendo dormir por um instante.

Lembranças da madrugada foram voltando, e ela lembrou que, quando mais precisou de um amigo, quando estava desesperada, sentindo-se totalmente perdida... Elliot Chase estava ali, para lhe dar apoio, ser seu porto seguro, manter a sua cabeça fora da água.

Ele é a minha rocha, pensou. *Sem ele, eu morreria afogada.*

Lana abriu um sorriso repentino, lembrando-se do plano maluco de vingança que havíamos arquitetado juntos, no auge de sua loucura.

A gente se deixou levar. Mas a gente se deixou levar juntos, cúmplices. Parceiros.

E enquanto estava ali, olhando para mim, ela sentiu muito amor. Na mente de Lana, parecia que eu estava emergindo de uma névoa, saindo de uma neblina. Ela se sentiu me vendo com clareza pela primeira vez.

Ele parece um menininho.

Lana analisou meu rosto com afeição. Era um rosto que ela conhecia tão bem, mas nunca havia olhado para ele tão atentamente.

Era um rosto pálido, com um aspecto cansado. Um rosto triste. Mal-amado.

Não. Não é verdade, ela pensou. *Ele é amado sim. Eu o amo.*

E então, olhando para mim na penumbra, Lana experimentou um momento de clareza transformador. Ela compreendeu que não apenas me amava, mas que sempre me amou. Não com a paixão louca que Jason inspirava nela, talvez, mas com algo mais tranquilo, mais duradouro e profundo. Um grande amor, um amor verdadeiro, nascido do respeito mútuo e de vários atos de bondade.

Ali, finalmente, estava um homem com quem ela podia contar. Um homem em quem podia confiar. Um homem que jamais a abandonaria, nem a trairia, nem mentiria para ela. Ele daria apenas aquilo de que ela mais precisava. Daria companhia, carinho e amor.

Lana sentiu uma vontade súbita de me acordar e me dizer o quanto me amava.

Vou largar Jason, ela estava prestes a dizer. *E você e eu poderemos ficar juntos, meu amor, e poderemos ser felizes. Para sempre, todo, todo o sempre.*

Lana estendeu a mão para tocar o meu ombro, mas algo a fez parar. Meu caderno estava na mesa, sob minha mão direita.

Estava aberto, e suas páginas estavam cobertas por palavras rabiscadas. Parecia o esboço de um roteiro, talvez, ou a cena de uma peça de teatro.

Uma das palavras saltou aos seus olhos: *Lana*.

Ela olhou mais de perto. Outras palavras se destacaram — *Kate... Jason...* e *arma*.

Devia ser aquela ideia maluca. *Bobinho*, ela pensou, *ele deve ter começado a botar tudo no papel antes de cair no sono. Vou fazer com que ele destrua isso assim que acordar.* Lana presumiu que, assim como aconteceu com ela, eu acordaria mais sóbrio e mais sábio.

Ela hesitou por um instante, mas a curiosidade venceu. Com cuidado, para evitar que eu acordasse, ela puxou o caderno de baixo da minha mão. Andou até a janela e parou. Ela segurou o caderno na altura das réstias de sol e começou a ler.

Enquanto lia, Lana franzia a testa, confusa. Não entendia o que estava lendo. Não fazia sentido. Por isso voltou umas páginas. E mais algumas... e aí voltou tudo, para a primeira página, e leu desde o começo.

Ali, naquela posição, Lana passou a compreender o que estava diante dela, e seus dedos começaram a tremer. Os dentes começaram a bater. Ela ficou fora de controle, teve vontade de gritar.

Vai embora, uivava a voz dentro dela, *sai daí, sai daí, sai daí, sai daí...*

Ela tomou uma decisão. Já ia enfiar o caderninho na bolsa, mas pensou melhor. Então levou-o aberto de volta à mesa, arrastando-o devagar sob os meus dedos.

Quando comecei a me mexer, Lana saiu do meu apartamento furtivamente.

Saiu sem fazer o menor ruído.

2

Era de manhã cedo quando Lana saiu cambaleando do meu prédio.

A luz do dia estava clara demais para ela, ofuscando-a, então protegeu os olhos, mantendo a cabeça baixa enquanto andava. Seu coração batia forte no peito, sua respiração era pesada e rápida. Sentia que as pernas poderiam ceder. Mas conseguiu continuar.

Não sabia para onde estava indo. Só sabia que precisava ir o mais longe possível daquelas palavras que havia lido e do homem que as tinha escrito.

Enquanto caminhava, tentava entender o que tinha visto no caderno. Era tudo um horror, e demais para digerir. Olhar aquelas páginas foi como perscrutar a mente fragmentada de um louco, foi como ter um vislumbre do inferno.

A princípio, ela teve a impressão desconcertante de estar lendo o próprio diário: havia tanto dela nele, estava repleto de suas palavras, suas ideias, seus ditos, suas observações sobre o mundo, até seus sonhos. Tudo registrado fielmente e escrito na *primeira pessoa*, como se ela mesma estivesse escrevendo. Parecia quase um exercício de atuação, como se estivesse sendo estudada, como se fosse uma personagem em uma peça de teatro, e não uma pessoa de verdade.

Pior ainda e mais doloroso de ler foi o longo catálogo de encontros entre Jason e Kate, que se estendeu por várias páginas. Cada entrada continha a data exata, a localização, além de um resumo do que havia acontecido.

Havia uma lista intitulada Lana, com uma coluna de pistas a serem plantadas em sua casa para fazê-la suspeitar da infidelidade de Jason.

Outra lista, Jason, esboçava uma variedade de métodos alternativos pelos quais ele poderia ser eliminado. Mas essa lista havia sido riscada. Evidentemente, nenhum dos métodos propostos se mostrou satisfatório.

Por fim, nas últimas páginas do caderno, escrita e depois reescrita, havia uma trama bizarra para assassinar Jason na ilha. E, o mais perturbador, estava escrito na forma de uma peça de teatro — incluindo diálogos e rubricas.

Lana estremeceu ao pensar nisso. Sentiu como se ela também tivesse enlouquecido. A última vez que teve essa sensação de surrealidade foi durante a descoberta do brinco.

O *brinco* — que, segundo o caderno, havia sido plantado para que ela o encontrasse. Seria possível isso? Ela lutava para conciliar as palavras que leu com o homem que as escrevera. Um homem que achou que conhecia — e amava.

Era isto que tornava tudo tão doloroso: o amor que sentia. Essa traição parecia tão profunda, tão visceral, que era como uma ferida física, um buraco aberto. Não podia ser verdade.

Será que seu melhor amigo realmente mentiu para ela? Será mesmo que ele a manipulou, a isolou, arquitetando o fim do seu casamento? E, agora, planejou um assassinato de verdade?

Lana sabia que precisava levar isso à polícia, agora mesmo, naquele segundo. Não tinha escolha. Encorajada por essa decisão, apressou o passo. Iria direto para a delegacia e contaria a eles...

Contaria o quê? Sobre as palavras desconexas escritas por um louco? Por acaso ela também não pareceria louca, surgindo lá com acusações truncadas de *gaslighting*, casos amorosos e conspirações de assassinato?

Seu passo foi diminuindo de ritmo enquanto imaginava a cena na sua cabeça. Essa história vazaria quase instantaneamente — Lana estaria na primeira página de todos os tabloides do mundo amanhã. Havia ali material suficiente para manter os jornais ocupados durante semanas, meses. Não, ela não podia permitir isso — pelo bem de Leo e dela mesma. Ir à polícia não era uma possibilidade.

E agora? O que poderia fazer? Não havia mais opções.

Seus passos vacilaram e pararam. Ela ficou imóvel no meio da calçada. Não sabia o que fazer nem para onde ir.

A rua não estava movimentada, era muito cedo. Algumas pessoas passaram por ela, a maioria ignorando-a, exceto um homem impaciente que suspirou pesadamente.

— Vamos, querida — disse ao passar por ela. — Sai da porra do caminho.

Isso a levou a se mexer, a colocar um pé na frente do outro e seguir em frente. Não sabia para onde ir, por isso só continuou andando.

Uma hora ela se viu em Euston. Foi vagando até a estação de trem e, sentindo-se cansada, afundou num dos bancos. Estava exausta.

Esse foi o segundo ataque psicológico brutal que sofreu em poucos dias. O primeiro foi a descoberta do caso entre Jason e Kate — que provocou uma onda de emoções, lágrimas e histeria. Mas Lana já havia esgotado todas as suas lágrimas, pois não lhe restara nenhuma para essa segunda traição. Não parecia ser capaz de chorar nem de sentir qualquer coisa. Estava apenas cansada e confusa. Até pensar era difícil.

Lana ficou ali sentada no banco por cerca de uma hora. Manteve a cabeça baixa enquanto a estação ganhava vida ao seu redor. Ninguém a notava, estava invisível, mais uma alma perdida, ignorada pelo fluxo constante de passageiros.

Até que alguém a viu. Um senhor de idade que, assim como Lana, não tinha para onde ir. Ele se aproximou dela. Fedia a bebida.

— Anime-se, meu bem. As coisas não podem estar tão ruins assim. — E então, olhando mais de perto. — Vem cá, você parece familiar... Eu te conheço?

Lana não ergueu o olhar, não respondeu, apenas balançou a cabeça. Uma hora o velho desistiu e foi embora.

Lana se forçou a levantar. Saiu da estação bem na hora em que o pub do outro lado da rua estava abrindo as portas. Ela hesitou e pensou em entrar. Mas decidiu que era melhor não. Não precisava encher a cara. Precisava da mais absoluta clareza mental.

Ao passar pelo pub, ela se pegou pensando em Barbara West.

De repente, Lana foi inundada de memórias que havia se esforçado muito para esquecer. Relembrou todas as coisas que Barbara tinha dito sobre Elliot. Que era perigoso, que era louco. Lana se recusara a acreditar nela. Havia insistido em que Elliot era um homem bom, amoroso e gentil.

Mas se enganara. Barbara estava dizendo a verdade.

Enquanto andava, Lana se sentiu mais focada. Ela se viu pensando com mais facilidade, com mais fluidez. Sabia qual era seu propósito agora. Entendia o que deveria ser feito. Temia fazê-lo, mas não tinha escolha — precisava saber a verdade.

Então caminhou de Euston até Maida Vale. Foi até uma casa geminada em estilo vitoriano em Little Venice, parou diante da porta da frente e ficou com o dedo cravado na campainha até ouvir passos furiosos no hall de entrada e a porta ser aberta bruscamente pela proprietária.

— Que diabos...? — Kate estava com uma aparência horrível. Havia acabado de pegar no sono depois de uma noitada. Estava descabelada, a maquiagem borrada. A raiva evaporou quando viu que era Lana. — O que você está fazendo aqui? O que aconteceu?

Lana a encarou. Disse a primeira coisa que lhe veio à cabeça:

— Você está trepando com o meu marido?

Kate puxou o ar de forma brusca, no susto. E então soltou um suspiro longo, lento e audível.

— Ai, *meu Deus*. Lana... já acabou. Eu terminei tudo. Sinto muito... sinto tanto...

Não foi muito, mas, de algum modo, esse diálogo genuíno forneceu uma pequena base, um caminho das pedras, a partir do qual ela poderia prosseguir. A verdade as libertou — ou, pelo menos, abriu uma fresta na porta. Finalmente, as duas podiam ter uma conversa franca.

Lana entrou e se sentou à mesa da cozinha de Kate. As duas ficaram ali sentadas por horas, conversando e chorando. Foram mais honestas uma com a outra do que fazia anos não eram. Todos os mal-entendidos, as falhas de comunicação, as mágoas, mentiras e suspeitas, foi tudo colocado para fora. Kate admitiu seus sentimentos por Jason, presentes desde que os dois se conheceram. Ela enterrou a cabeça nas mãos e caiu no choro.

— Eu o amava — disse Kate baixinho. — E você o tirou de mim, Lana. Doeu tanto. Eu tentei desapegar, tentei esquecer... mas não consegui.

— Então você tentou reconquistar o Jason? Foi isso?

— Tentei. — Kate deu de ombros. — Ele não me quer. É você que ele quer.

— O meu dinheiro, você diz.

— Não sei. Só sei que você e eu... isso é real. Isso é amor. Será que um dia você vai me perdoar?

— Posso tentar — disse baixinho.

Talvez essa reconciliação comovente não seja nenhuma surpresa. Lana e Kate estavam mais próximas do que nunca agora.

Afinal, estavam unidas por um inimigo em comum.

Eu.

3

Kate fumava seus cigarros furiosamente, um atrás do outro, enquanto escutava, incrédula, a história de Lana.

— Puta que pariu — disse ela, com os olhos arregalados de espanto. — Elliot é *mau*.

— Eu sei.

— E o que nós vamos fazer?

Lana deu de ombros.

— Não sei. Não estou pensando direito. Não consigo acreditar que isto esteja acontecendo.

— Eu consigo — disse Kate com uma risada sinistra. — Vai por mim.

Apesar de seu espanto inicial, Kate achou mais fácil aceitar a existência da minha tramoia do que Lana. Afinal de contas, Kate já desconfiava de mim por instinto fazia anos. Agora, enfim, sentia-se validada — até mesmo triunfante — e justificada em sua sede de retaliação.

— Não podemos deixar esse desgraçado sair impune — disse Kate, apagando o cigarro. — Temos que fazer alguma coisa.

— Não dá para ir à polícia, não com uma história dessas.

— Não, eu sei. Sinceramente, não sei até que ponto eles nos levariam a sério. Para entender a porra da gravidade disso é preciso *conhecer* o Elliot. É preciso *saber* o tipo de psicopata que ele é.

— Kate. Você acha que ele é louco? Eu acho.

— Claro que é. Louco de pedra. — Kate serviu uísques para as duas. — Eu avisei a você há muitos anos, lembra? Falei para você não confiar nele. Sabia que havia algo estranho nele. Você nunca deveria ter deixado ele se aproximar de você. Esse foi o seu erro.

Lana ficou em silêncio por um instante, depois disse em voz baixa:

— Acho que estou com um pouco de medo dele.

Kate franziu a testa.

— É exatamente por isso que não podemos deixar que ele saia ganhando. Entende? Precisamos agir. Já contou pro Jason?

— Não. Contei só pra você.

— Você precisa contar pra ele.

— Ainda não.

— E quanto ao Elliot? — Kate disparou um olhar inquisitivo para ela. — Você vai confrontá-lo?

— Não. — Lana balançou a cabeça. — Ele não pode descobrir que sabemos. Não o subestime, Kate. Ele é perigoso.

— Sei que é. Então, o que faremos?

— Só há uma coisa que podemos fazer.

— E o que seria?

Lana fixou os olhos em Kate. Não disse nada por um segundo. Quando o fez, foi com a voz desprovida de emoção, simplesmente declarando um fato.

— Precisamos acabar com ele — disse Lana. — Antes que ele mate o Jason.

As duas ficaram se encarando. Kate assentiu lentamente.

— Mas como?

Elas ficaram sentadas em silêncio por alguns instantes, refletindo sobre o assunto enquanto bebiam seus uísques. De repente Kate levantou a cabeça, com um brilho nos olhos.

— Já sei. Vamos vencer o Elliot no jogo dele.
— Como assim?
— Entramos na jogada. Seguimos o roteiro. Então, assim que ele achar que está tudo indo de acordo com o plano... a gente vira a mesa. Escreve um final diferente. Um que ele não estava esperando.

Lana pensou a respeito. E fez que sim com a cabeça.

— Tá bem.

Kate ergueu o copo para fazer um brinde.

— À vingança.

— Não. — Lana ergueu seu copo. — À *justiça*.

— Isso. À justiça.

As duas beberam solenemente pelo sucesso de sua produção.

As cortinas foram imediatamente abertas. Naquela tarde, na verdade, em que fui à casa de Lana, cansado e de ressaca.

— Meu bem — falei. — Vim ver como você está. Fiquei preocupado quando acordei e você tinha ido embora. E não está atendendo o telefone. Está tudo bem?

— Estou bem — disse Lana. — Eu ia acordar você, mas parecia tão sereno.

— Estou péssimo agora. Bebemos demais ontem à noite... Por falar nisso... Que tal curarmos a ressaca com mais uma dose?

Lana fez que sim com a cabeça.

— Por que não?

Fomos até a cozinha, e abri uma garrafa de champanhe. Então, aos poucos, comecei a refrescar a memória de Lana sobre o que conversamos durante a noite. Eu a encorajei a seguir em frente com nosso plano, de atrair Kate e Jason para a ilha.

— Isso se você ainda quiser prosseguir — falei casualmente.

Fiquei esperando. Percebi que Lana estava com dificuldade de me olhar nos olhos. Mas achei que fosse por causa da ressaca.

Ela forçou um sorriso.

— Nada poderia me impedir.

— Que bom.

E então, sob minha sugestão, Lana pegou o telefone. Ligou para Kate, que estava no Old Vic.

Kate atendeu logo.

— Oi. Você está bem?

— Vou ficar. Já entendi que o que gente precisa é de um pouco de sol. Você vem?

— O quê?

— Para a ilha... Passar a Páscoa?

Lana continuou antes que Kate pudesse responder.

— Não diga que não. Vai ser só a gente. Você, eu, Jason e Leo. E Agathi, claro... Não tenho certeza se vou convidar Elliot... ele anda me irritando ultimamente.

Isso serviu de alerta para Kate de que Lana não estava sozinha, o alerta de que eu estava no mesmo cômodo que ela.

Kate compreendeu. Sorriu e entrou no jogo. Ela concordou.

— Estou comprando minha passagem agora mesmo.

4

Elas não contaram do plano para os outros até chegarem à ilha.

Lana ficou adiando a hora de contar para Agathi — tinha certeza de que ela se recusaria a participar. No fim das contas, percebeu que havia chegado erradamente a essa conclusão — Agathi revelou-se uma voluntária bastante disposta a participar ativamente das festividades da noite.

Lana contou para Leo no segundo dia, durante o piquenique na praia. Sugeriu que os dois fossem dar uma caminhada juntos.

— Querido — disse Lana baixinho enquanto andavam pela beira da água de braços dados. — Há algo que você precisa saber. Vai haver um assassinato hoje à noite.

Leo ficou ouvindo, surpreso, enquanto a mãe explicava os aspectos práticos do enredo. No fundo, Leo sentiu um lampejo de incerteza, uma sensação incômoda de que o que Lana estava sugerindo era moralmente errado, e que haveria um preço muito alto a pagar por aquilo. Mas logo baniu esse pensamento. Como ator iniciante, sabia que não poderia recusar. Jamais receberia uma oportunidade como essa de novo.

E o fato de me detestar o ajudou a ignorar seus escrúpulos. Imaginou que eu merecesse. Talvez tivesse razão.

Contar para Jason, entretanto, foi um pouco mais complicado.

Lana tentou falar com ele naquela tarde, depois da praia. Saiu escondida para encontrá-lo nas ruínas, onde estava caçando.

Mas Jason não estava sozinho. Kate estava com ele.

Enquanto Lana olhava os dois se beijando, ficou furiosa. Demorou um pouco para se acalmar. Então ela confrontou Kate, na lancha, a caminho do Yialos.

— Você disse que tinha acabado — disse Lana aos sussurros. — Vocês dois.

— O quê? — perguntou Kate. — Acabou.

— Por que você o beijou?

— Nas ruínas? Elliot estava de olho... vi que ele estava ali escondido. Precisei entrar no jogo. Não tive escolha.

— Você foi muito convincente. Parabéns.

Kate aceitou a bronca dando de ombros.

— Tudo bem, eu mereço. — Ela olhou, desconfiada, para Lana. — Quando é que você vai contar para o Jason? Ele precisa ser avisado.

Lana balançou a cabeça.

— Não vou contar.

— O quê? — Kate a encarou, estarrecida. — Se ele não souber, não vai dar certo. E eu nunca vou conseguir convencê-lo a fazer isso.

— Ah, você consegue ser muito persuasiva quando quer. Pense nisso como um desafio de atuação.

— Você não pode fazer uma coisa dessas com o Jason. Não pode submetê-lo a isso.

— Esse é o castigo dele.

— Isso é tão doentio. — Kate fez careta. — E *eu* tenho que assistir?

— Sim. — Lana assentiu. — Esse é o seu castigo.

Algumas horas depois, Lana estava em pé ao lado da janela da casa de hóspedes. Ficou observando Kate fazer a sua encenação ali dentro, para uma plateia de uma pessoa só.

— Jason não queria atirar em Lana. Queria atirar em *você*.

Kate fez que não com a cabeça.

— Você é um doente... é um doente do caralho.

Kate percorreu toda uma gama de emoções naquela cena — paranoia, medo, raiva. Foi uma atuação brilhante, ainda que um pouco exagerada, na opinião de Lana.

Kate está pesando a mão, ela pensou. *Mas ele parece convencido — olha como é arrogante. Como é vaidoso. Se tivesse alguma noção, teria conseguido enxergar o teatrinho. Mas ele pensa que é tão inteligente, pensa que é um tipo de deus. Só que ele vai aprender. Vai ser humilhado.*

Dentro da casa de hóspedes, peguei a arma e a coloquei nas mãos de Kate. Depois mandei que ela fosse se encontrar com Jason no píer.

Lana espreitava na escuridão, à espera. Ela apareceu no caminho na frente de Kate. As duas se entreolharam e trocaram as armas.

— Merda pra você — disse Lana.

Kate não disse nada. Ficou só encarando Lana por um segundo. Então se virou e foi embora.

Lana me seguiu até a praia. Ela se posicionou um pouco atrás de onde eu estava. Mandou Nikos vir me abordar e me levar, sob sua mira, até o píer, onde fui humilhado, brutalizado e espancado.

Lana assistiu a tudo isso, seus olhos azuis brilhando no escuro, como uma deusa vingativa, cruel e impiedosa. Enquanto eu, sua vítima, fui obrigado a ficar de joelhos, implorando por misericórdia, gritando o nome dela... até que o tiro me silenciou.

E a vingança de Lana estava completa.

5

Eu lhe prometi um assassinato, não foi? Aposto que você nunca pensou que seria o meu.

Pois é, lamento desapontar você — eu não morri. Só achei que tinha morrido. Acreditei de verdade que aquele tinha sido meu último momento na Terra. Aquele tiro me fez desmaiar. Morri de susto, você poderia dizer.

Fui acordado pelo pé de alguém me cutucando.

— Acorde-o — disse Kate.

O pé de Nikos me cutucou de novo, dessa vez com mais força. Abri os olhos, e o mundo entrou em foco. Eu estava deitado de lado no chão. Eu me sentei e, com cuidado, botei a mão na lateral da cabeça, procurando qualquer sinal de ferimento à bala.

— Relaxa — disse Kate. — Era de festim. — Ela jogou a arma no chão. — É um acessório de palco.

Claro, pensei.

Kate era atriz, e não assassina. Devia ter me tocado.

A julgar pela expressão em seu rosto, Jason estava mais surpreso que eu pelo fato de eu ainda estar respirando.

— *Mas que porra é essa...?* — Jason encarava Kate, incrédulo. — O que está acontecendo?

— Foi mal. Eu queria ter contado para você. Ela não deixou.

— Quem? Do que você está falando?

Kate ia responder, mas fechou a boca assim que viu Lana na praia.

Jason seguiu o olhar de Kate e ficou observando, boquiaberto, horrorizado, enquanto Lana atravessava a areia em direção ao píer. Estava de mãos dadas com Leo. Atrás dos dois, o sol nascia e o céu estava estriado de marcas vermelhas.

Lana e Leo subiram os degraus do píer. E se juntaram aos outros.

— Lana? — disse Jason. — Que porra é essa...? *O que é isso...?*

Lana ignorou Jason, como se ele não estivesse ali. Segurou a mão de Kate e a apertou. As duas se entreolharam por um segundo.

Depois se viraram para me encarar. Estavam enfileirados — todos eles —, como atores na chamada de cortina. Lana, Kate, Agathi, Nikos, Leo. Só Jason estava de lado, deslocado, confuso. Até eu tinha mais noção do que havia acontecido do que ele. Na verdade, eu compreendi tudo bem até demais.

Eu me levantei com alguma dificuldade. Bati palmas, sarcasticamente, três vezes.

Tentei falar, mas minha boca estava cheia de sangue. Cuspi o sangue no chão. Tentei de novo, mas não era fácil com a mandíbula quebrada. Só consegui dizer duas palavras:

— *Por quê?*

Em resposta, Lana sacou meu caderninho.

— Você não deveria deixar isto dando mole por aí.

Ela o atirou em mim, com força, e me acertou bem no peito.

— Achei que você fosse diferente — disse ela. — Pensei que era meu amigo. Você não é amigo de ninguém. Você não é *nada*.

Não reconheci Lana. Ela parecia outra pessoa. Durona, implacável. Ela me olhava com ódio — eu não tinha outra palavra para descrever a expressão em seu rosto.

— Lana, por favor...

— Fique longe de mim. Fique longe da minha família. Se eu vir você de novo um dia, chamo a polícia e você vai preso.

Ela se virou para Agathi.

— Manda esse merda para bem longe da ilha.

E então Lana se virou para ir embora. Jason estendeu a mão, tentando encostar nela. Ela afastou a mão dele, como se ele lhe fosse repulsivo.

Sem olhar para trás, desceu os degraus. Atravessou a areia sozinha.

Houve uma pausa momentânea, e então o clima mudou de repente. Leo quebrou o silêncio com uma gargalhada súbita, uma risada infantil estridente.

Ele apontava para mim e ria.

— Olha isso — disse. — Ele *se mijou* todo. Que *aberração*.

Kate riu e pegou Leo pelo braço. Ela o apertou de leve.

— Vamos, meu bem. Vamos embora.

Os dois foram até os degraus.

— Sua atuação foi incrível — disse Leo. — Parecia de verdade. Eu quero ser ator também.

— Eu sei — disse Kate. — Sua mãe me contou. Acho que é uma ideia maravilhosa.

— Você me ensina?

— Com certeza posso dar umas dicas. — Kate sorriu. — É claro que o mais importante é ter uma boa plateia.

Ela me disparou um último olhar de triunfo. Então se virou e desceu os degraus. Leo a seguiu. E os outros também.

Eles caminharam em procissão pela areia. Kate e Leo iam na frente, e, um pouco atrás deles, Agathi seguia segurando no braço de Nikos. Jason ia no rastro deles, logo atrás, a cabeça inclinada para a frente, os punhos cerrados de raiva.

Pude ouvir Kate e Leo conversando enquanto se afastavam.

— Não sei vocês — dizia Kate —, mas acho que isso pede uma bebida para comemorar. Que tal um espumante bem caro?

— Boa ideia — disse Leo. — Talvez até eu tome uma tacinha.

— Ai, Leo. — Kate lhe deu um beijo na bochecha. — Há esperança para você, afinal.

À medida que se afastavam, suas vozes foram sumindo, mas eu ainda conseguia escutar a risada infantil de Leo.

Aquilo ecoou na minha cabeça.

Se eu tivesse o mínimo de bom senso, teria parado por aqui. Eu pagaria a sua conta e sairia cambaleante, às pressas, deste bar, deixando você com esta história admonitória, me mudaria e não deixaria endereço. Sairia da cidade logo, antes que eu dissesse algo que não devia.

Mas preciso continuar — não tenho escolha. Isso vem pairando sobre mim desde o começo, me lançando em sua sombra, desde que eu me sentei para contar esta história.

Veja bem, o retrato não está completo. Ainda não. Precisa de mais uns detalhes. Umas pinceladas aqui e ali para ser finalizado.

Estranho, eu usei esta palavra — *retrato*.

Imagino que seja um retrato. Mas de quem?

A princípio, achei que fosse um retrato de Lana. Mas agora começo a suspeitar que seja o meu. O que é um pensamento assustador. Não é algo que eu queira olhar, essa representação hedionda de mim mesmo.

Mas devemos confrontar isso juntos, uma última vez, você e eu, para poder terminar esta história.

Aviso que não vai ser bonito de ver.

6

Era a alvorada. Eu estava sozinho no píer.

Sentia muita dor. Não sabia o que doía mais — minha lombar, onde Nikos me acertou com a arma, minhas costelas quebradas ou a minha mandíbula latejante. Eu me retraía todo de dor enquanto descia os degraus até a praia.

Não sabia aonde estava indo — não tinha para onde ir. Por isso fiquei apenas andando com dificuldade na areia, acompanhando a orla.

Enquanto caminhava, tentei avaliar o que havia acontecido.

Basta dizer que meu plano não saiu como eu esperava. Na minha versão dos acontecimentos, Lana e eu estaríamos juntos agora, na casa, esperando a polícia chegar. Eu a estaria consolando — explicando que a morte de Jason foi um acidente infeliz, trágico até.

Eu não fazia ideia de que as coisas sairiam do controle desse jeito, eu diria a Lana, contendo as lágrimas. *Que Kate iria mesmo pegar uma arma e usá-la.*

Eu diria a Lana que jamais conseguiria superar a visão terrível da qual eu fora testemunha: Kate descarregando a arma em Jason ali na praia, num surto de fúria alcoolizado e selvagem.

Essa seria a minha versão, que eu sustentaria até o fim.

Kate talvez contasse uma história diferente da minha, mas seria a minha palavra contra a dela. Palavras, lembranças, acusações, sugestões seriam tudo o que restaria, tudo soprando ao vento. Nada real. Nada tangível.

A polícia e Lana, que era quem importava, acreditariam em mim, e não em Kate — que, afinal de contas, havia acabado de assassinar o marido de Lana a sangue-frio.

— Eu me sinto tão culpado — eu diria. — Foi tudo culpa minha...

— Não — responderia Lana. — Foi culpa minha. Eu nunca deveria ter concordado com essa ideia maluca.

— Eu que convenci você... Nunca vou me perdoar por isso, nunca...

E assim por diante — estaríamos nos consolando agora, cada um querendo assumir a culpa. Estaríamos abalados, mas conseguiríamos nos recuperar. Estaríamos unidos, ela e eu, unidos em nossa culpa. E viveríamos felizes para sempre.

Era assim que era para terminar.

Só que Lana viu meu caderno. O que foi um azar — o que ela viu lhe deu uma impressão ruim, consigo ver isso agora. Palavras escritas com raiva, ideias tiradas de contexto, fantasias particulares que não deveriam ser vistas por ninguém — com certeza não por Lana.

Se ela tivesse me acordado, ali mesmo, naquela hora, quando o encontrou. Se tivesse me confrontado, eu poderia ter explicado tudo. Poderia ter feito com que ela entendesse. Mas ela não me deu essa chance.

Por que não? Com certeza ela havia descoberto coisas igualmente terríveis a respeito de Kate nos últimos dias, não? E, mesmo assim, Lana encontrou um jeito de perdoá-la. E por que não a mim?

Imagino que tenha sido Kate quem deu a ideia. Assim como eu, ela estava sempre tendo ideias brilhantes. Como as duas devem ter gostado de roteirizar tudo isso, de ensaiar suas atuações. Como devem ter rido de mim o tempo inteiro, me vendo fazer papel de bobo na ilha. Permitindo que eu presumisse ser o autor dessa peça, quando era apenas sua plateia.

Como Lana pôde fazer isso comigo? Não entendi como ela pôde ter sido tão cruel. Essa punição era desproporcional ao meu crime. Eu havia sido humilhado, aterrorizado, privado de toda dignidade, toda humanidade, reduzido a nada além de ranho e lágrimas, a um menino choramingando no chão.

Então isso que era amizade? Isso que era amor?

Conforme eu andava, ia sentindo uma raiva cada vez maior. A sensação era de que eu estava de volta à escola. Sofrendo *bullying*. Sofrendo violência. Só que, desta vez, não havia escapatória. Não havia uma felicidade futura ao lado de Lana para almejar. Eu estava preso aqui, por toda a eternidade.

Sem perceber, eu me vi de volta às ruínas. Estava em pé, no centro do círculo de colunas partidas.

As ruínas eram um lugar sombrio e desolado à luz da alvorada. E, juntamente com a aurora, vieram as vespas.

De repente, havia vespas por toda parte, um enxame no ar ao meu redor, como uma névoa negra. Vespas rastejando pela superfície das colunas de mármore, rastejando no chão. Rastejavam na minha mão enquanto eu a enfiava no arbusto de alecrim. Havia vespas rastejando na espingarda enquanto eu a pegava.

Estava prestes a me retirar quando vi algo que me fez congelar.

Dizem que o vento é capaz de enlouquecer você. E deve ter sido o que aconteceu comigo — devo ter sido afetado por uma insanidade temporária. Pois estava testemunhando algo que não tinha como ser real. Ali, à minha frente, as rajadas de vento convergiram de todas as direções, rodopiando e formando uma espiral de vento gigantesca.

Um redemoinho, girando e retorcendo-se no ar.

Ao seu redor, o ar estava perfeitamente estático. Sem o menor indício de brisa. Nem uma folha se mexia. Toda a violência e a fúria do vendaval se concentravam ali, naquela massa rodopiante.

Fiquei admirando, maravilhado. Pois compreendi o que era.

Eu sabia, com certeza absoluta, que aquilo era a própria Aura. Era a deusa, aterrorizante, vingativa e cheia de fúria. Ela era o vento.

E ela tinha vindo por mim.

Assim que pensei isso, o vento soprou na minha direção. Ele entrou na minha boca aberta, desceu pela minha garganta e preencheu o meu corpo. Ele me fez expandir, crescer e inflar. Meus pulmões quase estouraram. O vento correu pelas minhas veias, rodopiou em torno do meu coração.

O vento me consumiu, e eu me tornei o vento.

Eu me tornei a fúria.

7

Lana entrou na cozinha. Foi seguida pelos outros. Mas ela mal reparou na presença deles.

Olhava, pela janela, para o céu que clareava.

Estava perdida em pensamentos, mas sem se sentir confusa nem aflita. Sentia uma estranha calma, como se tivesse tido uma noite reparadora e acabado de acordar de um sono profundo. Tinha uma clareza que não experimentava fazia muito tempo.

Você poderia imaginar que ela estaria pensando em mim, mas isso seria um engano. Eu havia sumido quase que inteiramente dos pensamentos dela, como se jamais tivesse existido.

E, com a minha saída de cena, uma nova clareza veio à tona. Todas aquelas coisas que Lana havia temido tanto — toda a solidão, perda, remorso — não significavam mais nada para ela agora. Todas as relações humanas que ela considerava tão necessárias para sua felicidade não significavam nada. Ela, enfim, enxergou a verdade — de que estava sozinha e que sempre estivera.

Por que isso tinha sido tão assustador? Ela não precisava de Kate, nem de Jason. Poderia libertá-los, todos eles. Libertaria seus reféns. Compraria um terreno para Agathi na Grécia, uma casa e uma vida, em vez de exigir que ela se sacrificasse pelo seu medo. Lana não tinha mais medo. Deixaria que Leo vivesse a própria vida, fosse atrás dos próprios sonhos. Quem era ela para se segurar nele, para se agarrar a ele?

E Jason? Ela o jogaria na rua. Deixaria que fosse para a cadeia, que fosse para o inferno; ele não significava mais nada para ela agora.

Não via a hora de ir embora. Queria se afastar o máximo possível da ilha. E não voltar nunca mais. Iria embora de Londres também. Disso ela sabia.

Mas para onde? Vagaria pelo mundo sem destino, perdida para sempre? Não. Não estava mais perdida. A neblina havia dissipado, a estrada se revelava. A jornada adiante era cristalina.

Ela voltaria para o seu lar.

Lar. Ao pensar nisso, sentiu um calor no coração.

Voltaria para a Califórnia, para Los Angeles. Todos esses anos, ela estivera fugindo — de quem era, da única coisa que lhe dava sentido. Agora, enfim, ela confrontaria seu destino, ela o abraçaria. Voltaria para Hollywood, onde era o seu lugar. E voltaria a trabalhar.

Lana se sentia tão poderosa agora, erguendo-se como uma fênix das cinzas. Forte e destemida. Sozinha, mas sem medo. Não havia nada a temer. Ela sentia... o quê? O que era esse sentimento? Alegria? Sim, alegria. Ela se sentia plena de alegria.

Lana não me ouviu entrar na cozinha. Eu tinha entrado na casa pela porta dos fundos. Percorrendo o corredor em silêncio, escutei todos eles na cozinha, se parabenizando pelo sucesso da montagem. Havia risadas e o som de rolhas de champanhe estourando.

Quando entrei, Agathi estava servindo o champanhe numa fileira de taças. Ela não me viu a princípio, mas então reparou em algumas vespas sobre a bancada. Foi aí que ergueu o olhar.

Ela me viu parado ao lado da porta. Me lançou um olhar esquisito. Deve ter sido por causa das vespas que estavam em cima de mim.

— Um táxi aquático chegará daqui a vinte minutos — disse Agathi.

— Vá buscar suas coisas.

Eu não falei nada. Fiquei ali parado, encarando Lana.

Lana estava separada dos outros, perto da janela, olhando para fora. Pensei no quanto estava bonita, sob aquela luz do começo da manhã. O sol lá fora fazia a janela brilhar atrás dela, criando uma auréola ao redor da sua cabeça. Parecia um anjo.

— Lana? — falei baixinho.

Minha voz soou calma. Minha aparência era calma, na superfície. Mas na cela acolchoada da minha mente, onde eu mantinha o menino como meu prisioneiro, dava para ouvi-lo, levantando-se feito um golem, aos uivos e gritos, esmurrando as portas da cela com seus punhos, ululando de raiva.

Mais uma vez vítima de violência, mais uma vez humilhado. E, pior, muito pior — todos os seus medos mais sombrios, todas as coisas terríveis que eu lhe prometera que não eram verdade haviam acabado de se confirmar, pela única pessoa que ele já amou na vida. Lana havia exposto o menino, enfim, pelo que ele era: um enjeitado, um mal-amado, uma fraude. Uma *aberração*.

Eu pude ouvi-lo libertar-se da cela, uivando como um demônio. Ele não conseguia parar de gritar — era um grito horrendo e aterrador.

Eu queria que ele parasse de gritar.

E então percebi que não era o menino gritando.

Era eu.

Lana havia se virado e estava me encarando, alarmada. Seus olhos se arregalaram quando saquei a espingarda que havia escondido às costas.

Mirei nela.

Antes que qualquer um pudesse impedir, puxei o gatilho.

Disparei três vezes.

E assim termina a triste história de como acabei matando Lana Farrar.

Epílogo

Outro dia eu recebi visita.

Não recebo muitos visitantes, sabe? Por isso foi bom ver um rosto conhecido.

Era minha antiga terapeuta, Mariana.

Ela tinha vindo visitar um colega aqui, mas decidiu que valia a pena matar dois coelhos com uma cajadada só e por isso apareceu para me ver também. O que de alguma forma diminuía o valor do gesto — mas é isso aí. Atualmente, o que vier é lucro.

Mariana parecia estar bem, apesar de tudo. Seu marido morreu alguns anos atrás, e ela ficou arrasada. Aparentemente, ficou em frangalhos. Sei como é.

— Como você está? — perguntei.

— Estou bem. — Mariana abriu um sorriso cauteloso. — Sobrevivendo. E você? O que tem achado daqui?

Dei de ombros e respondi com as banalidades de sempre sobre aquilo de aproveitar o que se tem e como nada dura para sempre.

— Tenho bastante tempo para pensar — falei. — Tempo demais, talvez.

Mariana fez que sim com a cabeça.

— E o que você tem feito com esse tempo todo?

Sorri, mas não respondi. O que poderia dizer? Como sequer começar a lhe contar a verdade?

Como se lesse meus pensamentos, Mariana disse:

— Já considerou botar tudo no papel? Tudo o que aconteceu na ilha?

— Não. Não posso fazer isso.

— Por que não? Talvez ajude. Contar a história.

— Vou pensar.

— Você não parece muito animado.

— Mariana. — Eu sorri. — Sou um escritor profissional, sabe?

— O que isso quer dizer?

— Quer dizer que eu só escrevo se tiver público. Senão, não tem sentido.

Mariana pareceu achar graça.

— Você acredita mesmo nisso, Elliot? Que não faz sentido se não tiver público? — Ela sorria, como se algo tivesse lhe ocorrido. — Isso me lembra de algo que Winnicott disse... a respeito do "eu verdadeiro". Ele disse que o brincar é uma *peça* primordial para acessar esse "eu".

Não entendi direito o que Mariana disse e fiquei alerta.

— Uma *peça*? Sério?

— Não uma peça de *teatro*. — Mariana fez que não. — Uma peça, uma *parte*.

— Ah, entendi — respondi, já perdendo o interesse.

— Ele quis dizer que o "eu verdadeiro" aparece apenas quando não se está encenando para ninguém... sem plateia, nem aplauso. Sem expectativas. Imagino que o brincar não sirva a nenhum propósito prático e não exija nenhuma recompensa. É, por si só, a própria recompensa.

— Entendo.

— Não escreva sua história para uma plateia, Elliot. Escreva para si mesmo. — Mariana me lançou um olhar encorajador. — Escreva para o menino.

— Vou pensar. — Abri um sorriso educado.

Antes de ir embora, Mariana sugeriu que talvez fosse me ajudar ir conversar com o colega dela, o que ela tinha vindo visitar.

— Só o cumprimente, pelo menos. Você vai gostar dele, tenho certeza. É muito fácil de conversar com ele. Talvez ajude.

— Talvez eu faça isso mesmo. — Sorri de novo. — Com certeza me faria bem conversar com alguém.

— Que bom. — Ela parecia contente. — O nome dele é Theo.

— Theo. Ele é terapeuta aqui?

— Não. — Mariana hesitou. Por uma fração de segundo, ela pareceu constrangida. — É um dos detentos, como você.

Sendo escritor, já tenho, por hábito, uma suscetibilidade a fugir da realidade. Inventar coisas e contar histórias.

Mariana uma vez me perguntou sobre isso numa sessão de terapia. Perguntou por que eu passava a vida inventando coisas. Por que escrever? Por que ser criativo?

Sendo bem sincero, fiquei surpreso por ela precisar perguntar. Para mim, a resposta era dolorosamente óbvia. Eu era criativo porque, quando criança, estava insatisfeito com a realidade que era obrigado a suportar. Por isso, criei uma nova na minha imaginação.

É daí que nasce toda a criatividade, acho — do desejo de fugir.

Tendo isso em mente, acabei acatando o conselho de Mariana. Se eu escrevesse minha história, talvez ela me libertasse. Segundo sua recomendação, eu não a escrevi para ser publicada — nem encenada. Escrevi só para mim mesmo.

Bem, talvez isso não seja exatamente verdade.

Veja bem, assim que me sentei à mesinha estreita em minha cela para escrever, senti uma ansiedade dissociada e estranha. No passado, eu a teria ignorado — acenderia um cigarro, tomaria outro café ou uma bebida para me distrair.

Mas agora eu sabia que era o menino quem estava ansioso, e não eu. Sua cabeça estava a mil por hora, esse registro o aterrorizava. Quem poderia ler e descobrir a verdade a respeito dele? E quais seriam as consequências? Eu falei para ele não se preocupar — eu não iria abandoná-lo. Estávamos nisso juntos, ele e eu, até o amargo fim.

Peguei o menino e o coloquei delicadamente na cama de solteiro ao meu lado. Falei para ele se ajeitar e lhe contei uma história para dormir.

Esta é uma história para qualquer um que já amou, falei.

Foi uma história para dormir meio estranha, talvez, mas repleta de acontecimentos e aventuras, com mocinhos e bandidos, heroínas e bruxas malvadas.

Devo dizer que estou bastante orgulhoso dela. Foi uma das melhores coisas que já escrevi. Com certeza foi a mais honesta. E, no espírito dessa honestidade, permita-me contar uma última história antes de nos despedirmos. A meu respeito e de Barbara West, da noite em que ela morreu.

Acho que você vai considerá-la esclarecedora.

Depois que Barbara caiu da escada, fui correndo até ela.

Examinei o corpo no chão, na base da escada. Depois de confirmar que ela estava morta, fui até o seu escritório. Antes de ligar para a ambulância, quis me certificar de que ela não tinha deixado para trás nada que pudesse me incriminar. Talvez existissem provas escritas ou fotográficas de todas as coisas de que ela me acusava? Não seria atípico dela manter um diário secreto, detalhando os meus delitos.

Revirei metodicamente as gavetas da sua escrivaninha — até que, enfim, no fundo da gaveta inferior, encontrei algo inesperado. Sete cadernos fininhos, presos por um elástico.

Um diário, pensei, enquanto abria os cadernos. Mas logo me dei conta de que aquilo que estava em minhas mãos não era um diário.

Era o manuscrito de uma peça de teatro, escrita por Barbara West.

Era sobre nós dois, sobre nossa vida juntos. Era a coisa mais cruel, mais devastadora e mais genial que eu já tinha lido na vida.

Então, o que eu fiz?

Arranquei a primeira página e transformei a peça numa obra minha.

Não sou um escritor de verdade, sabe? Não tenho o menor talento para nada, exceto mentir. Com certeza, não sou bom em escrever histórias.

E, sejamos francos: não fui capaz de roteirizar nem um assassinato.

Eu só tive uma única história para contar na vida. E, agora que a contei, não consigo reunir coragem para destruí-la. Em vez disso, vou guardá-la trancada até o dia da minha morte. E então, se tudo correr conforme o planejado, ela poderá ser publicada numa edição póstuma. A intriga em torno dela deverá transformá-la em *best-seller* — o que vai me dar uma grande satisfação, mesmo no além-túmulo.

Brincadeiras à parte, se você estiver lendo isto, então estas são as palavras de um homem morto. Esta é a reviravolta final. Também não escapei com vida. Ninguém escapa, no fim.

Mas não vamos nos alongar nisso.

Em vez disso, vamos terminar como começamos — com Lana.

Ela ainda está aqui, sabe? Eu ainda não a perdi completamente. Ela continua viva na minha mente.

Quando me sinto solitário, ou com medo, ou com saudade dela — que é o tempo inteiro —, só preciso fechar os olhos.

Nessas horas, eu estou bem ali — um menininho no cinema, na décima quinta fileira.

E eu olho para ela, sorrindo, no escuro.

AGRADECIMENTOS

É impossível para qualquer pessoa escrever um livro como este sem estar apoiado nos ombros de gigantes que o fizeram primeiro e o fizeram muito melhor — então sinto que devo começar reconhecendo a dívida de gratidão que tenho com escritores como Agatha Christie, Anthony Shaffer, Patricia Highsmith e Ford Madox Ford, por me inspirarem e inspirarem *A fúria*.

Dizem que é preciso uma vila inteira — e esse ditado nunca foi tão verdadeiro quanto no processo de escrever este livro. Foram tantas as pessoas que me ajudaram ao longo do caminho. Eu me diverti demais ao escrever esta história e explorar esse mundo, mas houve algumas vezes em que fiquei seriamente perdido na floresta. Meus editores brilhantes, Ryan Doherty, da Celadon, e Joel Richardson, da Michael Joseph, e meu agente extraordinário, Sam Copeland, sempre me ajudaram a reencontrar o caminho de volta. Obrigado, meus amigos — vocês fizeram muito mais do que precisavam.

Gostaria de agradecer às editoras que me publicam nos EUA e Reino Unido por fazerem um trabalho tão impressionante. Sua dedicação incansável e puro talento me deixam boquiaberto. Na Celadon, devo muitos agradecimentos a Deb Futter, Jamie Raab, Rachel Chou, Christine Mykityshyn e Anne Twomey. Também gostaria de agradecer a Jennifer Jackson, Jaime Noven, Sandra Moore, Rebecca Ritchey,

Cecily van Buren-Freedman, Liza Buell, Randi Kramer e Julia Sikora. Obrigado, Will Staehle e Erin Cahill, pela fabulosa arte da capa. E na equipe de produção eu agradeço a vocês, Jeremy Pink, Vincent Stanley, Emily Walters e Steve Boldt. E um obrigado imenso à equipe comercial da Macmillan.

Na Michael Joseph, deixo minha imensa gratidão a Louise Moore, Maxine Hitchcock, Grace Long e Sarah Bance. Também a Ellie Hughes, Sriya Varadharajan, Vicky Photiou, Hattie Evans e Lee Motley.

Na Rogers, Coleridge & White, devo muita gratidão a Peter Straus, Honor Spreckley, David Dunn, Nelka Bell e Chris Bentley-Smith. E um agradecimento mais que especial aos agentes de direitos autorais internacionais, que são simplesmente os melhores do ramo — Tristan Kendrick, Katharina Volckmer, Stephen Edwards e Sam Coates.

Gostaria também de agradecer a Nedie Antoniades, pelo nosso diálogo enquanto desenvolvíamos o embrião da narrativa e pela sugestão do personagem Nikos. E, pelos apontamentos incrivelmente úteis, que elevaram o nível dos rascunhos finais num grau considerável, agradeço a Sophie Hannah, Hannah Beckerman, Hal Jensen, David Fraser, Emily Holt e Uma Thurman.

Obrigado, Ivan Fernandez Soto, por sua ajuda e bons conselhos. Obrigado, Katie Haines, por brilhar tanto e deixar tudo tão divertido. Obrigado, Olga Mavropoulou, por me deixar pegar emprestado o seu sobrenome maravilhoso.

E, por fim, agradeço aos meus pais, George e Christine Michaelides, e às minhas irmãs, Emily Holt e Vicky Holt, por todo o seu apoio.

Este livro foi composto na tipografia Palatino LT Std,
em corpo 11/16, e impresso em papel off-white
no Sistema Cameron da Divisão Gráfica
da Distribuidora Record.